TAKE
SHOBO

失神するほど愛されて
悪魔は聖姫を夜ごと悦楽に堕とす

当麻咲来

Illustration
氷堂れん

失神するほど愛されて
悪魔は聖姫を夜ごと悦楽に堕とす

Contents

イラスト／氷堂れん

失神するほど愛されて

悪魔は聖姫を夜ごと悦楽に堕とす

MOON DROPS

プロローグ

「えっ？　それは……どういうことなの？」

その日、奥宮殿の窓から見える景色は、朝から低く陰鬱な雲で覆われていた。普段なら娘のサラとお茶の時間を穏やかに過ごすはずの王妃は、今日は不安げな表情を隠しきれていない。

「王妃様、落ち着いて聞いてくださいませ。城は警備を強めております。ご安心ください」

王妃が話しているのは奥宮殿を取り仕切る女官長だ。いつも冷静な女官長が取り乱した様子を見せていることに、サラは驚き、固唾をのんでふたりの会話を聞いていた。

「エルセラ国王は既に……落盤事故で亡くなられたそうです。それに同行していたリアム王子も、一緒に事故に巻き込まれてお亡くなりになったと」

「なんてこと！　……しかも、そのエルセラから我がラスターシア王国に、宣戦布告が届いたと……。いったいエルセラに何が起こっているのですか？」

緊張に耐えかねて思わず出てしまったのだろう。声を荒らげたことのない母が漏らす、悲鳴交じりの言葉に、サラは思わず目を見開く。

刹那。稲妻が光り室内を明るく照らした。

同時に雷の落ちる激しい音がして、ざあああっと雨が一気に降り出し、窓を叩き始める。

（今、リアム王子って……言った？）

サラは友好国であった隣国からの突然の宣戦布告より、『リアム』のことが気にかかって仕方ない。ただそれを問うにも恐怖で唇が凍り付いて、言葉が発せなかった。

（リアム王子様が……亡くなったって……どういうこと？）

ついこの間、リアムはサラに生まれて初めて、恋人としてのキスをしてくれたばかりなのに？

サラは雷の音が鳴り響く部屋で、悲鳴を上げる代わりにぎゅっと両手で耳を塞いだ。

＊　＊　＊

――それはほんの二ヶ月ほど前。

ラスターシアとエルセラ国境にある城で、幼馴染みでもある隣国のリアム王子とサラ姫が婚約を正式発表した日。祝宴を抜け出して、ふたりは中庭の大きな木の下にいた。

『サラの国ラスターシアと俺の国エルセラは、永遠に友好国であることを誓いあっている。だからエルセラに輿入れしても、サラはいつでもご両親に会いにラスターシアに行くことができるだろう？』

サラは十五歳になれば、エルセラの王太子であるリアムの元に正式に輿入れすることになっていた。サラはリアムの言葉に頬を染めながら小さく頷く。身長の高いリアムは、サラに向かい合うように立っている。サラは目の前の王子を見上げながら、今日のリアムは今までより、ずっと素敵に見えるのはどうしてだろうと思っていた。

『サラ……安心して俺のところに来たらいい。その日まで待っている。……俺のスミレ姫』

ふたりの距離が少し近づき、リアムは緩やかにうねるサラの金色の髪を撫でる。彼はふたりきりの時はいつも花の名前にちなんだ愛称でサラを呼んだ。以前、サラの瞳と同じ色をした愛らしいその花を、異国の本で見かけたのだとリアムが話してくれたことがあった。サラはその秘密の愛称が大好きだ。だから幸せな気持ちで笑み崩れる。

『……ねえ私がリアムのお嫁さんになったら、もう揶揄《からか》ったり意地悪したりしない？』

嬉しくて照れ交じりに尋ねたサラに、リアムは少し困ったような顔をして、「それはサラの反応が面白すぎるから約束できない」と言って笑った。そんなリアムの返事に唇を尖らせたサラを見て、彼は小さく苦笑すると、高い身長を屈め彼女の顔を見つめる。

『そんな顔をされると、婚約者として触れたくなってしまうな』

サラのバラ色に色づく頬を大きな手で包み込み、じっと紫水晶《アメジスト》のような瞳を覗き込む。

その真剣な瞳に、サラの胸はきゅんと甘く締め付けられるような気がした。

『少しだけ……目をつぶっていて』

口早にリアムにそう囁かれて、サラは鼓動を高鳴らせながら目を閉じる。そんな彼女の唇に、王子はそっと触れるだけの優しいキスをした。

『――これは恋しい人にする、最初のキスだ』

唇が離れた瞬間、銀色の髪をそよ風に揺らし、蒼色の瞳を細めてそう囁く。照れたように優しく笑った五歳年上の王子様を、サラは世界で一番素敵な男性だと思った。胸がありえないほどドキドキとしている。目の前の世界がいつもより明るくなって、キラキラと輝いているみたいに思えた。

生まれて初めてのキスに恋のときめきを覚え、ここから始まる素晴らしい未来を想い、サラはとても幸せな気持ちになったのに……。

（リアム王子が……亡くなったってどういうこと？）

友好の証しとして婚約を交わしたふたりであったが、優しいリアムのことが、サラは幼い頃からずっと大好きだった。母がエルセラからこの国に嫁いできたように、将来サラがエルセラに嫁ぎ、リアムの妻になれる日を、彼女はずっと楽しみにしていた。素晴らしい配偶者を選んでくれた父に礼を言いたいくらいだと思っていたのだ。

――なのに。

すぅっと血の気が引いていく感じがする。どこかで誰かが叫んでいる声が聞こえる。ラスターシアがエルセラと開戦？　エルセラ王が亡くなった？

――大好きなリアムがもう、いない？

その瞬間。再び閃光が室内を一瞬白くして、鋭い雷鳴がとどろく。

はぁっ……はぁっ。サラの荒れた息づかいに煽られるかのように、雨音はますます強まっていく。雷鳴と室内を明るくする稲光。それらが繰り返されていくうちに、サラの脳は情報を処理しきれなくなり、徐々に意識を混濁させていく。

「サラ姫様！」

刹那、侍女たちの声が室内に響いた。

彼女たちがサラの体を抱きとめた時には、サラはショックと緊張の限界で、生まれて初めて完全に失神してしまっていたのだった。

第一章　悪魔と失神癖のある元お姫様

朝の神殿の空気は清廉で、気持ちが澄んでいくような気がする。

サラがひとりで生活している神殿は、都から少し離れた森の中にあった。町では朝市が立つ時間帯、喧騒から離れているこの周辺は、静かな空間が保たれている。

朝の清めが終わり、サラは供え物を捧げると、いつも通り愛の女神エレア像の前に立ち跪く。そしてゆっくりと立ち上がり、音楽すらない中でひとり舞い始めた。

くるり、くるりと舞い踊るたびに、巫女の衣装の裾が神々と遊ぶように風を孕《はら》む。紅を差さなくても赤い可憐な唇は自然と神を称え、人々の幸福を祈るために、祝詞が紡がれる。乙女である証拠に、結い上げられることなく下ろされた長い金色の髪は、朝日を浴びてキラキラと輝き、神秘的な紫色の瞳は柔らかく弧を描く。祈りの舞と共に、神とひとつになっていくような幸福感が、サラの胸の中に熱く湧き上がった。

そうして朝の儀式を終えると、彼女は再び女神像の前で跪《ひざまず》き、一礼をする。

明るい朝の光の中、ひと通り朝のお勤めを終えると、ほっと吐息を漏らし背すじを伸ばして爽やかな空気を吸い込んだ。その時。

「巫女《みこ》姫様ぁ。サラ姫様の舞はいつも綺麗ねえ」

いつの間に神殿に来ていたのだろう。静かにサラの舞に見惚れていたらしい、茶色い髪と瞳の女の子が、サラの傍に走り寄ってくる。

ここ『愛の女神・エレノア神殿』の熱心な信者、レナの娘で名前はマイアと言う。レナは、亡き夫が遺した一粒種のマイアをそれはそれは可愛がっているのだ。

（確かにマイアは本当に愛らしいもの……）

ころころと笑い、スズメのように明るい声で話す彼女は、家族を失ってしまったサラにとっては、妹のような存在だ。

「あのね、母様が巫女姫様にお食事を届けてって……」

マイアは手に持った籠《かご》をサラに見せた。

サラの日常の食事は信者たちの差し入れによってギリギリ成り立っている。最近はすっかり数が減ってしまったが、信者たちの寄進がなければ、食事をとることすら困難なのだ。

「いつもありがとう。じゃあ天気が良いから、神殿のお庭で食べましょうか？」

サラの誘いの言葉にマイアは嬉しそうに頷いた。

「わあ。美味しそう」

庭で質素な食事を広げると、マイアは歓声を上げた。途端にお腹がぎゅるっと鳴り、マイアは自分のお腹を指先で押さえて、アハハと笑ってごまかす。

「私、あまりお腹がすいてないの。マイア、少し食べるのを手伝ってもらってもいいかしら？」

サラの言葉にマイアは一瞬ためらうような顔をした。

「昨日の夜、少しお腹が痛かったのよ。今はすっかり良くなったけれど、無理に食べるとまた痛くしてしまうから」

サラが重ねて言うと、マイアはおずおずとサラに用意された料理に手を伸ばす。

「……巫女姫様、いただきます……あの、これ美味しいよ。食べないの？」

「ええ、全部食べてしまってもいいのよ」

その言葉にマイアは瞳を輝かせたが、それでも幼いなりの理性を働かせて、自分は半分だけ食べて、あとは名残惜しそうにバスケットに戻した。

「姫様が夜、お腹空いちゃう……」

「…………」

こんないたいけな少女にまで気遣われる自分の立場と、そうさせる今のこの国の状況を、サラは切なく思った。

七年前、サラを王女から巫女に変えたあの戦争以来、サラの故郷は飢えと貧困に苦しむ国になった。その戦いでサラの父と兄は戦死し、国は攻めてきた隣国エルセラに併合されてしまったのだ。

幸いにもサラは女だったため斬首こそ免れたが、代わりにエレノア神殿の処女巫女として、一生純潔を通して生きること、つまり前ラスターシア王の血を引く子を残さないことが処刑を免れる条件となった。

そして戦争は終結し、ラスターシアはエルセラに併合された。だが、亡くなったリアムの叔父であるエルセラ新王の圧政は続き、戦勝国からの課税という名の搾取も激しい。未だこの国の治安は悪く、食糧事情すら改善の兆しが見えない。

裕福な町人の娘であるマイアも、日々の食事に事欠いて、常に飢えているような状態だ。貧しい者たちは食べるものがなく、弱いものから死んでいっているという。

(この国の現状……何とかならないのかしら……。エレア様、せめて幼い子供たちに食べ物を……)

食べ物の入った籠を切なそうに見ているマイアを見て、サラは胸をひどく痛めていた。

エレノア神殿で崇められている女神エレアは、他者を思いやり、愛することの大切さを教える愛の女神だが、サラが祈っても祈っても、ラスターシアの民の口に食べ物は落ちてこない。サラは深いため息をつきながら、籠に入った固くて食べにくいパンをひとつ取り出すと、

「やっぱりお腹が痛くて食べられなさそうだわ。悪くなるといけないから、これ今日のおやつに持って帰りなさい」

そう言って、マイアに渡したのだった。

日中にほとんど物を食べていないせいで、夜になれば空腹で眠れない。

（それでも小さいマイアが、お腹がすいて眠れないよりマシよね）

自分に言い聞かせ、神殿内にある図書室に降りていく。サラは古い本がそろった神殿の図書室を巡りながら、現実から逃避するように父と母に囲まれて、優しかった婚約者と共にあって幸せだった過去へ想いを馳せ、本の世界で楽しい空想に浸る。

「——あら、こんな本があったかしら」

一冊本を読み終わり、元の場所に戻そうとして一番上の棚に手を伸ばした時、何かが光ったような気がして、覗き込むと本の裏側に隠すように置いてあった古い本を見つけた。

「…………何だろう」

見たことない本だ。革張りの装丁、羊皮紙に手書きで書かれた本は、妖し気なオーラを纏《まと》っており、異彩を放っていた。そっとタイトル部分を指でなぞる。

「『黒魔術』？　こんな本がなんで神殿に……」

疑問に思いながらも、パラパラとめくっていく。

（——悪魔召喚《しょうかん》術？）

偶然開いたそのページには、悪魔を呼び出し、願い事を叶える方法が記されていた。つい好奇心で読み始めてしまう。

＊　＊　＊

『古来より悪魔を召喚すれば、たいていの願い事は叶えることができると言われている。ただし、それには相応の覚悟が必要だ』

サラは一瞬、物思いにふけるように宙を見上げた。

（もし悪魔を呼び出せれば、苦しんでいるこの国の人たちを救うことができるのかしら）

ラスターシアの現状に焦りを感じていたサラには、その思い付きがなんだか魅力的な方法に思えた。

（えっと……それには？）

冒頭の言葉の下には具体的な内容について触れており、対価として召喚者の魂を悪魔に差し出さなければいけない、と書かれていた。

（『一度契約を交わせば、決して約束をたがえることはできない』……まあ、なんでも願い事を叶えたいと思うのなら、そのくらいの代償は当然いるわね）

悪魔だって慈善事業をやっているわけではなし。サラは肩を竦めて、興味本位で儀式の具体的な方法について読み進めていく。

「……ってこれ、材料、全部揃うかもしれない……」

＊　＊　＊

「本当に集まっちゃった……」

サラは魔導書の通り集めた儀式の道具を見つめながら、図書室の中央に立っていた。目の前には大きな布に描いた魔方陣。その上に置かれた蠟燭《ろうそく》。今日の夕方、偶然にも信者が狩りの帰りに届けに来てくれた、まだ処理されていないウサギ。

怖いという気持ちがないわけではなかった。けれど、彼女はエルセラに寝返った貴族たちに何度も責め立てられたせいで、元王女として、苦しむ国の民に対して強い贖罪《しょくざい》の気持ちを持っており、民のために何か具体的に行動したいと考えていた。だが神殿で巫女をしている自分が、悪魔召喚などという得体のしれないものに興味を持っていることに、強い良心の呵責《かしゃく》も感じている。

（でも……私のせいで、この国の人たちはこんなに苦しんでいるんだから……）

一瞬の躊躇いの後、仕上げにそっとナイフで人差し指を突くと、たちまち真っ赤な血が指先に玉を作る。それを慎重に魔方陣の中央に垂らした。

「『処女の血、願わくば、高貴な血筋か聖職にある者の血が用意できれば理想的』」

正真正銘、処女の血だけれども――と、サラは思う。

まるでその本に選ばれたかのように、あまりにぴったりな自分の立場に、試してみたい気持ちが湧いてきて、こんなことをしてしまったのかもしれない。それにいくらサラが祈っても、ラスターシアの困窮は改善することなく、小さな子供が飢えで亡くなった、などという話を聞くたびに、罪悪感で胸が張り裂けそうな想いをしているのだ。

（そうよ……こんな本、たいていデタラメだし。もし万が一、それでこの国が救えるな

ら、悪魔にだって頼りたいくらいなんだから）

自分を励ますように胸の中でつぶやき、サラは本を開くと悪魔を呼び出す呪文を唱え始める。

「……万の形を持つ月の庇護のもとに、我は訴える。汝、我と契約を結ばんことを……」

唱え終わった瞬間、ぱぁっと魔方陣が光り始め、サラは声も立てることもできずに、その紫色の瞳を見開いた。

魔方陣に垂らした自らの血に呼応するかのように、体内の血がゾワゾワと妖しげなさざ波を起こしているように感じる。

（ウソ。こんなもの……まがい物に決まってる）

刹那、いきなり恐ろしい何かが背すじを撫でたような感触があった。それと同時に魔方陣の中に一気に邪悪なものが流れ込んでくる。手のひらを爪がめり込むほどきつく握りしめて、サラはその恐怖に必死で耐えた。

こんなバカなことをするんじゃなかった。しかも自分は仮にも由緒あるエレノア神殿の巫女だ。悪魔を呼び出し、契約を結ぶなんて、絶対にしてはいけないことなのだ。

（もうこんなこと、やめたいっ！）

サラは咄嗟に本を閉じ、魔方陣から目を逸らすように後ろを向き、ぎゅっと目を瞑った。その時。

「……残念だが、一度始めた儀式は最後までやめることはできないぞ」

「そ、そうですよね……」

普通に話しかけられて、思わず答えた次の瞬間。

「――っ⁉」

魔方陣の上に立ち、肩越しにサラが手繰っていた本を覗き込んでいる存在に気づき、体温が数度、一気に下がるような心地がした。

「……初めまして、巫女姫」

耳元で聞こえた声はサラに圧倒的な恐怖を与える。だが、どこか懐かしくて心地よい響きを孕んでもいた。

「………………」

一瞬すぅっと意識が遠くなる感覚がする。いけない、とサラは咄嗟に唇を噛みしめて耐えた。リアムが亡くなったと聞いた日に、ショックで初めて気を失ってから、強い恐怖を感じたり、興奮したり緊張して限界を超えると、あっさりと失神してしまうようになっていた。だが今は気を失うわけにはいかないことを、サラは理解している。

「どうかしたのか?」

男から気遣うように掛けられた言葉と穏やかな話し方のおかげで、サラはなんとか意識を保っている。だがさすがに完全に顔を上げて、その姿を確認する勇気が持てない。

「まったく、元王女は挨拶をされても、返事をすることもできないのか?」

「――っ」

耳元に聞こえる声は、苛立ちというよりは、かすかに揶揄うような響きがある。だが告げられた言葉は辛辣で、一瞬、カッとするような羞恥心をサラに感じさせた。

（そうだ。私は失われたとはいえ、ラスターシア王国の王女だわ……）

サラの胸の内側にずっとあった、自覚と矜持が目を覚ます。

目の前の存在を自らの目で見て確認することは怖い。でもそれが何者であっても、元王女として、礼を失した行動を取ってはならない。サラは頭をまっすぐに上げ、後ろを振り向き、声の主を見上げると、粗末な寝巻きの裾をつまんで優雅に一礼した。

「……失礼しました。初めまして。私はエレノア神殿巫女のサラです」

「……ほう」

かすかな感嘆の声が頭上から降ってくる。それを無視して、先ほどはまともに見ることができなかったその顔を見上げると、意外にも綺麗な漆黒の瞳が目に入って、サラは言葉を失った。

「今は滅びても一国の元王女か。それで巫女姫、お前は悪魔に何を望む？」

怯えに似た震えを感じながらも、サラは目の前の男を改めて見つめ直す。

「貴方は……」

目の前に立っていたのは、黒装束を身にまとった長身の端正な顔立ちの男だ。闇を映し込んだような漆黒の瞳。カラスの濡れ羽色の艶やかな髪は、肩のあたりまで無造作に伸びている。

だが、普通なのはそこまでだった。

髪の中からは、天に向かって黒瑪瑙《くろめのう》のような質感の、捩《ね》じれた角がふたつ顔を出しており、背中には黒髪よりもっと闇色の、カラスのような禍々《まがまが》しい大きな羽が生えている。

「どうした、お前が呼んだから来たのだが……。用事があったから召喚したのだろう？」

男はぶつぶつと文句を言いながら、サラの頤《おとがい》に手を伸ばした。

「――っ」

捩じれた黒い爪がサラの頬に触れると、親指の腹が喉をなぞり、ゆっくりと頤を持ち上げる。じっと瞳を覗き込まれて、サラは恐怖と……なぜか蠱惑《こわく》されるような感じがした。

（間違いなく、邪悪な存在のはずなのに……）

何故か目が惹きつけられる。古来、悪は人の心をひどく魅惑するものだとは聞くけれど、それだけではない何かがある気がした。

「……なんだ？　その顔は……」

「……私は名乗りました。貴方のお名前は？」

息苦しいほど顔を間近に寄せる男に向かって、喘ぐような呼吸になりながらも、必死に男の名を尋ねた。

「これは失礼した。俺は……」

男は一瞬、どう名乗るか迷ったようだった。だが自嘲気味な笑みを浮かべると、彼女の頤から指をはずし、胸元に手を当ててこちらも優雅に会釈する。

「悪魔だ。貴女に呼び出された……ね？　それで巫女姫殿はその悪魔に何をお望みかな」

間近で顔を覗き込まれると、角がまがい物ではなく、頭から直接生えていることがわかり、背中の大きくて黒い羽も、彼の体の一部のように動くのが見て取れた。

「やっぱり……悪魔、なんだ……」

自分の呼び出した者の正体を再確認すると、一気に恐怖が込み上げてきた。手を胸元でぎゅっと握りしめ、無意識に体を膠着させ、息を吸った途端、悲鳴が喉をつく。

「きゃあああああああああっ」

「お、おい？」

焦った彼が彼女を支えようと触れた途端、サラは完全に意識を失ってしまったのだった。

第二章　悪魔との契約は前払い制!?

「……っ！」

　はっと目が覚めると目の前には、見慣れた天井があった。それはいつもサラが眠ってい
る部屋のベッドから見える光景だ。

「……変な夢、見ちゃったな……」

　深くため息をつきながら、昨日の悪夢の経緯をたどろうとした瞬間。

「ようやく気づいたか」

　上から降ってくる声と覗き込む顔に、サラは再び悲鳴を上げかける。

「きゃ……っ」

「もういい、その反応には飽きた」

　端的に言ってサラを黙らせると、次の瞬間、男はサラをベッドに押し付けた。唇を寄せ
てキスをし、合間に舌で唇を舐める。

「んっ…………っ」

　サラは突然の狼藉《ろうぜき》に体を震わせた。

「……巫女で、姫で処女か。魂の値としてはなかなか悪くはないな。それではさっさと契約を済ませるぞ」

冷たく言い放つ目の前の男は、夢の中の男とよく似ていた。ただし黒い髪の間から覗いていた角と、背中に生えていた羽は姿を消している。爪すら色は付いておらず、普通の男性のように短く整えられていた。

黒装束を着た黒髪黒瞳の、ごく普通というには少々美丈夫すぎるが、人間の男性に見える格好だ。

「……ああ、元の姿だとどうやらお前は怯えるようだからな。この格好の方が話を進めるには都合がいいだろう。だからもう叫ぶなよ。騒がしいのは嫌いだ」

そう言うと男は、ゆっくりとサラの口を覆っていた手を離した。

「……夢じゃ……なかったんだ」

じわりとサラの瞳に涙が溢れ、みるみるうちに零れ落ちそうになる。

「泣くな。面倒くさい」

邪険に言い放つ男を相手に、サラは涙を拭き、睨むようにして尋ねた。

「……それじゃ、貴方は悪魔で、私の願い事を叶えてくれるために、ここに来たってことなの？」

ようやく話が通り始めたことに心底ほっとしたように、男は頷く。

「ああ、これが契約書だ。これにお前がサインして条件をクリアできれば、俺はお前の望みを叶えてやる。ちなみに一度呼び出した悪魔は、契約を履行しない限り消えないからな」

男は空中からいきなり羊皮紙でできた契約書を取り出し、サラに見せた。彼女はベッドの上に座り込み、その契約書を読み始める。

「……汝の願いをかなえる対価は、汝自身の魂とその器で贖《あがな》う。契約時に器を、契約終了後に魂を支払う」

そこまで読んでサラは男の顔を見上げた。

「私ひとりを対価として差し出せば、貴方はなんでも私の願いを叶えてくれるんですか？」

怯えていただけのサラの表情が、徐々に強い意志を持ち、まっすぐな瞳で男のことを真正面から見つめる。

「死人を生き返らせることはできないが、それ以外のことならなんでも。お前は尊い血筋で穢れを知らぬ巫女だからな。それだけの価値がある」

たとえ悪魔であっても、亡くなった人を生き返らせることはできないということだ。小さな落胆の思いを隠し、サラは微かに吐息を漏らした。

「あの……それでは、私を全部、貴方に差し上げますから、この国を元通り豊かで、皆の笑顔があふれる国に戻してください」

それでも生きている人は救うことができる。サラは悪魔の手を握り、懇願のまなざしで男を見上げた。

「……そんなことがお前の望みなのか？」

男は拍子抜けしたような顔をして、サラの紫の瞳を覗き込む。サラは自分が無意識に男の手を握りしめていたことに気づいて、真っ赤になりながら手を離した。

本当は戦で亡くなった父や兄、そして何よりリアムに会いたいという切ない願いが頭をかすめたが、サラはそれでも目の前の男に向かって頷いた。

「はい、私はこの国の民が幸せに暮らせるようになってほしいのです」

「……酔狂な奴だ。俺に望みを告げれば、世界中の富も、素晴らしい配偶者も、許しがたいものを完膚《かんぷ》なきまでに叩きのめす権力も、どれでも望み放題だというのに……。自分を犠牲にしてまでこの国を救いたいというのか？」

肩を竦める男の言葉に、サラは首肯した。

「まあいい。人間の望みなど、崇高であろうが下世話なものであろうが、さしたる差もない。では、さっさとサインするのだな」

男の言葉に、彼女は大きく息をつき、ゆっくりと用意されたペンを握った。

「女神様、申し訳ありません……」

聖なる神殿の中で悪魔の力を借りるとは、不敬にもほどがあると思いながら、祈りの仕草をすると、サラは決心が鈍らないうちにと一気に署名し終えた。

「たしかに契約書は受け取った。魂はお前の生が失われた時に貰い受ける。まずは、前金代わりに、その体を貰い受けよう。だがその前に……」

男はベッドの上に座っている彼女の姿をしげしげと眺めると、呆れたようにため息をつく。

「お前には悪魔との初夜にふさわしい恰好をしてもらわねばなるまいな……」

「しょ、初夜？　しょ、初夜ってどういうことですか」

驚くサラの肩に手を置くと、男は天に向けた指を軽く鳴らす。

「わっ……」

次の瞬間、サラは自分の身を確認して驚きの声を上げた。一瞬で身に着けている服が変わってしまったからだ。さらりと肌を覆っているのは、絹の白いネグリジェだ。細かいレースが施されているが、驚くほど軽く滑らかな肌触りだ。今まで着ていた木綿のごわごわとした寝巻きとは問題にならないほど高価な物だろう。

「もう少し布地の少ない艶っぽいものでもいいが……その程度の方がお前も落ち着くだろう？　その寝間着ならば、元王女の初夜にふさわしく、初々しくて美しく見えるぞ」

くくっと男は楽し気に喉の奥を震わせて笑うと、サラをベッドに押し倒す。長い金色の髪がふわりと彼女の体を覆うように広がった。

「——っ」

サラは突然の悪魔の行いに、目を大きく見開き、驚愕の表情を浮かべる。

「……何を驚いている。お前の体を前金代わりにもらい受ける、と契約を交わしただろう？」

「え、ええ？」

サラはその言葉に思わず驚きの声を上げた。

「先ほど契約書にお前自身が署名したのだ。魂も器も悪魔にくれてやる、とな。さあ大人しくその体を、俺に差し出せ」

〝器〟の意味にサラが遅ればせながら気づいた時には、彼女の唇は悪魔のそれで覆われていた。

（思ったほど……怖い気持ちが湧いてこないのはどうしてだろう）

恐ろしい悪魔の風貌から角や羽がなくなってしまえば、その姿は端正で整っていた。それこそ、どこかの王族と言ってもおかしくないほどに。触れる唇はどこまでも優しい。啄むような甘やかなキスに、今までリアム以外の男性に免疫のないサラはぼうっとしてしまう。

「そんなに怯えなくていい。安心しろ」

触れるだけのキスから解放されて、そっと髪を撫でられて囁かれる。柔らかな声の響きは耳に心地よい。

「一応は手順を踏んで、ちゃんと気持ちよくしてやる」

……内容はともかくとして。

目覚めたばかりで、しかも予想外のことばかりが起きているサラには、すべてが夢のように感じられる。ゆるりと唇を撫でられて、思わず体がぴくんと震えた。

「……なかなか敏感だな。それに初心《うぶ》なくせに、表情はなかなか艶っぽい」

甘く囁かれながら、再び抱きしめられた。その腕の力強さは何故か安心感があって心地よい。微かに漂う肌の薫りは、妙に懐かしい。優しい口づけに、じわりじわりと頭の芯が痺れていくような気がする。

（……私、どうしちゃったんだろう……）

もしかしたら、すでに悪魔の術中に嵌《はま》っているのかもしれない。でもどちらにせよ、願いを叶えるためには彼を受け入れなければいけないのだ。

混乱して甘い声を漏らすサラの唇から男の舌先が侵入し、ちろちろとサラの口内を犯して、欲望の色合いを深めると、ねっとりと舌を絡めとる。徐々にお腹の奥がうずくような感じが高まっていく。

（なんだろう、この感覚……）

決して嫌な感じではない。どちらかというと切なくて、きゅんとなって……どうしたらいいのかわからないほど、もどかしい。

「……ずいぶんと快楽に素直な体だな……」

くくっという含み笑いが聞こえて、男の唇が耳元に移った。耳たぶを唇で挟むと、唇と舌がくちゅくちゅといやらしい音を立てて舐《ねぶ》る。その音と感触は、サラのお腹の奥の方に、ますます甘くて淫らなさざ波を掻き立てていく。

「……いやっ……だめっ」

制止したはずなのに、男の舌はさらに執拗にサラの耳を蹂躙し続けた。

「姫、知っているか？　ここで感じているということは、ここも感じているということなのだ」

男は含み笑いを零すと、耳の襞に舌先を滑らせる。ぴちゃぴちゃという湿っぽい音をサラに聞かせながら、男の手は、ゆっくりとサラのお腹の部分からさらに下に降りていき、普段人に触れられることのない所に指先を滑らせ、その部分をやんわりと手のひらで包み込むようにした。

「あっ……」

思わず恥ずかしさに身を竦《すく》めると、服の上から、割れ目を確認するように指先がその部分をなぞり、男は囁いた。

「ほら、ここの奥……姫の愛らしい花びらが覆う複雑な襞と、耳の襞は、繋がっている」

ゆっくりと、布の上からその部分が何処か教えるように、指先でゆるゆると撫で続ける。

「ほら、この部分だ……」

軽く指を折り、既に湿り始めている部分を淡く掻いた。

「……あぁっ…………んんっ」

喘ぎが漏れそうになって、サラは慌てて唇を両手で抑え込む。

「ああ……もう濡れてきている。とろとろに溶けた花びらを男の手で開かれて、舌で舐められているところを想像してみるといい……」

男は秘所の代わりに、サラの耳をねっとりと舌で犯し続ける。

「せっかくだ、清らかな巫女姫のいやらしい声を、たっぷりと聞かせてもらおうか」

そういうと、男はサラの手首を捕らえ、淫らに啼けと促す。

「やっ……恥ずか……し……」

「……なぜ恥ずかしい？　この奥が……疼くからか？」

そんなサラの心の動きを読んだように、濡れている耳に息を吹きかけた。指は布越しに秘められた箇所を撫で、もう一方の指は豊かに張り詰めているサラの胸の頂を目指し登り始めている。

「耳だけでは物足りないか？　それなら閉じられた花びらの奥を直接開いて、たっぷりと舌で弄んでやろうか？」

ぬちゅぬちゅと耳元で響く音に、背中がゾクリとする。初めての感覚にサラは、どうやってそれを受け入れたらいいのか、わからもなくて身悶えるばかりだ。たまに押し寄せてくる強い何かに飲み込まれそうになり、背をそらし必死にやり過ごす。

「蜜もたっぷりと溶けだしていそうだな」

甘くて優しいけれど、意地悪な響きの言葉がよけい、サラにその部分を意識させる。むずがゆいような感じに思わず膝を伸ばして、こすりあわせるような仕草をしてしまっていた。

「……もう中が疼くのか？　初めてのくせに淫らな反応だな……。一度抱けば、あっさりと陥落するのではないか？」

乱れたサラの髪をそっと撫でて整える。意地悪な囁きに、優しくて愛おしげに触れる指。こんな淫らなことをしているのに、なんだか胸が苦しくて切ない。その腕の中で感じるぬくもりは、悪魔だというのに温かい。

（なんで……全然抗う気になれないんだろう……）

サラの戸惑いに気づいていないのか、男はもう一度サラの長い髪を指先に絡めて弄ぶ。

「そうだな……だが簡単に奪ってしまうのは惜しい。ゆっくりと時間をかけて可愛がらせてもらおうか」

その言葉にぎゅっとつむっていた瞳をかすかに開くと、男は思いがけず柔らかい視線をサラに向けていた。

（私……この瞳を知っている気がする……）

出会ったことのないはずの闇を映したかのような黒い瞳。記憶を辿ろうとした時、ゆっくりと胸の稜線《りょうせん》を辿っていた指が、胸の先で色づいている部分をかすめた。

「はぁっ……」

そんな不埒《ふらち》な指にすら反応してしまう自分が切なかった。それなのに、たわわな膨らみを薄い絹の上から揉みしだかれて、敏感な部分に触れられるのを、心待ちにしている自分が信じられないと思う。

男の指がネグリジェの胸元を大きく開く。剥き出しにされたサラの白い胸元から、男はツンと尖った蕾のような突起を見出した。

「まだ直接触れてもいないのに、こんなに固く尖って……やはりお前は感じやすく淫らなんだな……」

男は欲望に掠れた声で囁くと、固く尖ったそれを人差し指でゆっくりと撫でた。

「ああっ……」

擦られるその感触に、サラはひと際高い声で啼いてしまう。

「……いい声だ。では、我を忘れるほど啼かせてみようか？」

愛でるように撫でられるそれは、まるでロゼカラーの薔薇の蕾のように見えた。今度はぎゅっと人差し指と親指で摘み、甘く捩じり上げた。

「はぁっ……ああっ……ぁ……やぁっ」

捩じられるたびに、脳をかき回されるような淫らな愉悦が湧いてくる。両方の先を男に順番に捩じられて、サラは甘い声で啼き続けていた。

「なるほど……姫はこうされるのが好きか」

男の声にサラは無意識で頷いてしまう。

「巫女だろうと、姫だろうと、単なる女だ」

合間に指の腹で柔らかく転がされ、意地悪く笑われて、お腹の中のぎゅっと締まる感じが消えない。

「しかも虐げられるようなことを囁かれて感じるとは、神聖な巫女姫のくせに、淫蕩な体に生まれたものだな」

男は外気にさらされたサラの白い頂きに舌を寄せる。チロチロと赤い舌が胸に這うのを見て、サラはゾクリと身を震わせた。その舌は普通の人間のそれと違って長く、根元は太いのに、先は蛇のように細く割れていたからだ。

（やっぱりこの人は普通の人間じゃない。私、悪魔にこんなことされて、気持ち良くなってしまっているんだ……）

じりじりと胸の頂上を上り詰める細い舌先が、チロリと敏感な蕾を舐めると、ジンとそこが痺れたように感じる。

男が蕾を咥え、柔らかく吸い立てる。男の口中では淫らに動く舌が、吸い上げられた蕾に複雑に絡みつき、サラの快楽を絞り取ろうとしている。

「や……ダメっ……ぁっ……」

淫らな光景に、サラは頭がおかしくなりそうだった。冴え冴えとした美麗な男性が、自らの胸にしゃぶりついて堪能し、たまにサラの反応を確認するように妖艶な視線を送る。そんな彼の姿を脳裏に焼き付けながら、喘ぎに混ぜて、やめて、とサラは呟いた。

だけど本当はやめてほしいのかすら、自分でもわからなくなっている。蓋をするように秘所を押さえている男の手の奥、お腹の中がじわんと温かく痺れたようになり、湯に浸かったように熱っぽい潤みを感じる。

（なんか……おかしい。これって……私どうなっちゃうの？）

「ぁあっ……ダメぇぇぇぇぇ……っ」

自分の体の疼きに怯えながらも、淫らな声を上げ、男の首筋に縋りつき、無意識で自らの胸に引き寄せる。散々舌で蹂躙され、熟れたように赤味を帯びた蕾に、男がかじりつくように、甘く歯を立てたその瞬間。

「……おい？」

快感がはじけ飛ぶような感じと共に、すぅっと意識が遠くなる。サラは失神する前の感覚から逃れようとするが、そのままふっと灯りが消えるように、意識を落としていたのだった。

＊　＊　＊

「……目が覚めたか？」

再び、目を開いたサラの目の前に、黒髪の男がいた。深い漆黒の瞳は呆れたような色を帯びている。

「……はい、あの、私」

さっき、私はどうしたんだろう？　サラは朦朧としている記憶を探る。

その瞬間、頭の中に扇情的な光景がフラッシュバックした。

男にキスされて、耳元で卑猥なことを言われ、胸元を開かれ、固く尖った蕾を舌と指で弄られて、限界に達して……。

そこまで思い出して、サラはかぁっと体中の熱が込み上げてくる。

「わ、私、また気を失ってしまったんですね」

「……まったく、お前は快楽でも気を失うのか……」

「あんなこと、初めてで……」

今までも緊張や恐怖で意識を失うことはあったが、あんな事をされて気を失うなんて、情けなくて恥ずかしくて、またクラクラしてきた。もう一度気を失わないように唇を噛みしめると、男ははぁっとため息をつく。ハッと気づいて、気を失った後どうなったのかと自分の服装を見ると、先ほど着せられたネグリジェを着ているだけで、狼藉《ろうぜき》の跡は残っていない。

「あの……私」

「……未遂だ。というか、俺はまだお前の秘所すらあばいていない……」

男はうんざりしたように肩を竦めた。どうやら少し呆れているみたいだ。

「胸を少し責めただけで軽く達してしまって、あっさりと意識を失うとは……感じやすいのにもほどがある」

「あの……それで私の願い事はどうなったんでしょうか?」

サラが気がかりだったことを尋ねると、男はガクリと頭を落とし、深いため息をついた。

「姫君はマイペースだな。さっきの契約書を見ればわかるとおり、俺との情交が成立するまで、姫の願い事は叶えられない」

男は呆れ果てたような息を吐き、そのくせサラの頭を柔らかくクシャリと撫でた。温かい指先がやはり懐かしくて心地いい……。

「……あの……それってどういうことですか？」

ぼうっとした表情のまま尋ねると、男はぶっきらぼうに答えた。

「願いを叶えるためには、お前の体をすべてもらい受けるのが条件だ。しかし、それはお前の意識のあるうちでないといけない」

「私の……意識のあるうちにって？」

要領を得ていない様子のサラに気づくと、男は何度目かのため息をつく。今度は自分の髪を無造作にかきあげた。

「悪魔に処女を奪われたのだ、と理解することで初めて契約は成立する。その条件が達成されない限り、お前の願いを叶えることはできない。……だから」

それだけ言うと男は再びサラの胸元を広げようとする。

「ちょ……何するんですかっ」

思わず上げたその声に、男は小さく笑う。

「いや、急ぎの願いのようだからな。もう一度、やり直そうかと」

男の言葉に一瞬絶句して、それからサラは目の前の男をじっと見上げて尋ねた。

「……あの、せめてその前に……貴方の名前を教えてください」

たとえそれが悪魔でも、初めて男性に抱かれるのなら、名前ぐらいは知っておきたい。

「……ならば、俺のことはヴェリアルと呼ぶといい」

サラはヴェリアル、という名前を舌先に乗せる。悪魔という存在に名前がついた途端、目の前の人の怖さが薄まり、ほんの少し親近感が増す。

「あの、ヴェリアル。やっぱり私の体が全て、貴方のモノにならないと、願いは叶えてもらえないんですか?」

「そんなにお前は願いを叶えたいのか?」

ヴェリアルは目を細め冷笑を浮かべる。その言葉にサラが頷くと、彼はもう一度サラの唇を人差し指で撫でながら、彼女をゆっくりとベッドに押し倒した。

「そうだな。だったら大人しく、俺のモノになればいい……」

男はそう告げると、先ほどのように柔らかくサラの髪を撫でたのだった。

＊　＊　＊

「――っ」

チチチという鳥の鳴き声に、ハッとサラは目を開けた。

「……ヘンな夢、みちゃった……」

男に触れられ、淫らな気持ちにさせられて、意識を失う。そんな爛《ただ》れた夢をみていた自分に消え入りたいほどの羞恥心を覚える。慰めるように自らを抱きしめたその時。

「えっ？」

指先にさらりと触れるのは、細やかな絹を織って作られた繊細な生地だった。慌ててサラは自らの着ているものを見て確認する。

それは昨夜の夢で、悪魔がサラに着替えさせた真っ白な絹のネグリジェだ。レースの仕立てが可憐で美しいけれど……。

つとサラは立ち上がると、部屋に置かれた大きな鏡の前に立つ。

それは肌が透けるほど薄く、胸の頂点にある、桃色の花の蕾のような陰りまで見えた。薄い絹の生地を通して、なだらかな腰のラインも、へそから秘所につながるラインと淡く透ける下映えまで扇情的に鏡に映っている。それがたまらなく淫らに見えて、慌てて視線を逸らした。

（……って、夢、じゃ、なかった？）

「――ようやく目が覚めたか」

鏡越しにふいに姿を現したのは、昨夜の夢の中で、サラの耳元に誘惑の言葉を囁き続けていた悪魔だ。

「きゃああ…………っ」

悲鳴を上げた彼女の唇を、彼が大きな手のひらで抑え込む。

夢が現実だったと認識した途端、自分のしでかした事実に思い至り、サラは息を呑んで鏡越しの姿を確認する。ズキと胸が痛むような感覚がして、ショックで意識が遠くなる。

（事実から逃げちゃダメ。こんな風に何かがあるたびに失神してたら……大事な時に絶対に困るんだから）

そう思って何とか堪えようとしても、自然と怯えや恐怖が心臓を支配して、鼓動を高めていく。

「おい、大丈夫か？」

心配そうに掛けられた声に、振り向いて見上げると、そこにいるのは漆黒の角と羽をもった悪魔だ。視界に直接飛び込んだ光景に、恐怖が一気にサラの心を支配する。限界に達すると、堪えきれずサラはそのまま気を失った。膝から崩れ落ちそうになる彼女を、男は咄嗟に抱き留める。

「……ったく、またか。というかそんな失神癖、前はなかっただろう？」

サラを支えた男は苦い顔をしてそう呟いたのだった。

＊　　＊　　＊

二度気を失って、三度目に目覚めた時には、さすがのサラも状況を理解していた。

「まったくお前は、何度気を失えば満足するんだ」

最初は一定のよそよそしさがあった悪魔……ヴェリアルだが、もうその慇懃《いんぎん》さは、完全に姿を消していた。サラは自分がまだ色っぽいネグリジェを着たままだったことに気づくと、慌ててシーツを被り、おそるおそる尋ねた。

「あの……私……あなたと……あの」

「……まだ契約は成立してない！」

ヴェリアルは吐き捨てるように言う。今の彼は禍々しく見える黒い羽や角を消している。朝の光の下では、あんな淫らでいかがわしい悪魔にはちっとも見えない。

「……というわけで、次は気を強く持って、俺と契約を成立させるべく頑張るのだな。それだけ感じやすいんだ、契約を交わす頃には、肉欲に溺れ、男がいなければ耐えられない体に変わっているかもしれないぞ」

（なっ……なんて恥ずかしいことを平気で言う人なんだろう。そう言えば自分を悪魔って言ってたもんね。だとしてもこんなの酷すぎる）

真っ赤になりながらも、言葉の出ないサラに艶っぽい視線を送ると、ヴェリアルは大きく開いたサラの胸元に、顔を寄せキスを落とす。

「――きゃ……」

悲鳴を上げかけた瞬間、またヴェリアルの手に口を抑え込まれる。そして彼はそのままサラを抱き寄せるようにして耳元に唇を寄せた。

「どちらにせよ、もう朝だ。服は俺の妻にふさわしいものを幾つか用意してやる。さっさと気に入ったものに着替えるといい」

第三章　悪魔の甘いお仕置き

——俺は何をしているのだ。

ヴェリアルは苛立っていた。

心地よい春の日差しの中、空中から見つめるヴェリアルの眼下で、サラは彼の用意した彼女の瞳と同じ色の、品の良いドレスを身に着けて歩いている。当然、ヴェリアルがあとをつけていることなど、全く気づいていない。


結局、あれから数日。すぐ失神してしまうサラの純潔は奪えていない。だからサラのそばから離れられないのだ、とヴェリアルは自分に言い訳をしていた。

(まあ、俺のことなど、とっくに忘れているだろうしな)

髪も瞳すら漆黒の闇色に染められた自分に、七年も会ってないサラが気づくわけもない。

……そう思いつつ、何故か傷ついたような気分になっているヴェリアルは、一羽のカラスに姿を変えて、サラのあとをこっそり追っていた。

(まあ純潔を手に入れ、願いを叶えるまではサラは俺の花嫁だ。うっかり他の男に奪われ

るような、無様なことだけは避けたい）

　それにいくつか気になることもある。しばらく世間と切り離され、世情に興味のなくなりつつあったヴェリアルには、なんでラスターシアの王女であったサラが巫女になって、ひとり神殿で暮らしているのか。そして悪魔を召喚してまでも、国のために自らの魂を捧げたい、などと言い出したのか、全く理解できなかったからだ。

　あの事件以降、ヴェリアルは世情について関心を失っていた。十九になり、王女として適齢期になったサラは、姿を消した婚約者のことなどとっくに忘れて、当然どこかの男のモノになっていると思っていたから、よけいに知ろうとも思わなかった。だが……。

　サラは神殿のある森を抜けて、町の繁華街にたどり着いたようだ。寄進で集まった小銭を持ち、日常の必要なものを買うために市場を歩くと、サラの周りに存在する不快な意識の塊を、ヴェリアルは感じ取った。

『ほら、また来たわ。あのけがらわしい娼婦の娘』

『売国奴《ばいこくど》の娘。愛の女神の神殿巫女に、娼婦の娘が居座るなんて。愛なんてひとかけらもなく、男に抱かれる女の娘のくせに』

『可愛がってくださった王様の檻《おり》に獰猛《どうもう》な獣を誘い込んだ悪女。そしてその獣に身を投げ出して、自分の安寧《あんねい》を買った女』

『その娘にも、同じ血が流れているに違いない』

サラはなんでもないふりをしているが、青ざめた顔を見れば、周りの悪意に気づいていることはわかる。

『あの新品のドレス。今どきどこで手に入れたのかしらね。どこかの男を誑《たら》し込んで手に入れたんじゃない？　さすがあの女の娘ね』

『私たちは食べる物にすら困っているのに、あんなドレスひん剝いて売り飛ばしてしまえばいい』

ヴェリアルはサラの噂をしている人間たちの心を読み取って、事情を理解する。

（なるほど。王妃だったサラの母がこの国を売った、とそう思われているのだな。そしてサラは裏切り者の娘として嫌われていると。それにしても、何の努力もせず、文句ばかり言っている連中のために、尊い身を犠牲にしようとするサラの感覚は、俺には全く理解できない）

そもそも理性的に考えれば、どんな母親を持とうとも、その娘は別人格で、母の咎《とが》を娘が負ういわれもない。それなのにサラは、この国に対して大きな罪悪感を持っている。『悪魔に身と魂を売る』という最悪の手段を使ってまで、この国を救わなければいけない、と自分を追い込んでいるのだ。

（もともとお人好しではあったが……何故ここまで変わったのだ？）

自分の事ばかり考えている人間たちの思念に囲まれて、ヴェリアルは顔を顰めた。サラの考えが理解できないが故に、よけいに苛立ちが強まる。悪魔となってから、彼の思考回路も徐々にそれらしく変わっている。いっそこの辺りの人間を一掃してやろうかと思案し、それも面倒かと肩を竦めた。そんなヴェリアルの視界の下で、買い物を終えたらしいサラは硬い表情のまま、一軒の家に入っていく。

そこまで見届けて、ヴェリアルは木の上から黒い羽を伸ばし、大空へと飛び立った。

＊　　＊　　＊

「カルツェさん、こんにちは。昨日はウサギ、ありがとうございました」

サラが信者のひとりで猟師をしているカルツェの家のドアを叩くと、男がドアから顔を出した。カルツェは猟師らしい鍛え上げられた大きな体を持つまだ若い男だ。

「あの、神殿の庭にお祖母様の好きだった花が咲きましたので、お供えできたらと思って……」

サラがそう言って籠から花束を取り出すと、カルツェはドアを引いて、サラを部屋に招き入れた。

「花、ありがとう……」

カルツェは元々言葉数が少ない。武骨な掌で花束を受け取ると、うっとりとサラのことを見つめる。

「…………」

瞳と同じ夜明け色のドレスに身を包んだサラは、清楚でいつもよりずっと美しく見えた。カルツェにとってサラは、決して冒してはならない憧憬の象徴だ。そのくせ、カルツェはベッドの中では、サラの身に着けているドレスを引きちぎり、清らかな白い身に襲いかかる夢ばかり飽きることなく見ている。

「ウサギ……旨かったですか？」

お茶を出す気遣いすらできず、立ちっぱなしでそう尋ねると、サラが一瞬困ったような顔をした。

「あの……ごめんなさい。実は食べてないの」

「ああ、これから？」

「いえ、あの日の夜、旅の人が訪ねてきて、その方がとてもお腹が空いていらして。ですから、差し上げてしまったの……」

悪魔を呼び出す贄《いけにえ》に使ったとは言えずに、そう告げたサラの言葉にカルツェはゆっくりと眉を顰めた。

「旅の……男ですか？」

「――ええ。若い男性の方」

どこか恥ずかし気に答えるサラの顔を見て、カルツェの顔は嫉妬でどす黒くなる。

「……そのドレス、どうしたんですか？」

綺麗だなと思っていた。だがそのドレスは、ここらへんでは手に入らないような高級品らしい。あまり人と交わることのないカルツェのところにも、毛皮を受け取りに来た女から、市場での噂がすでに入ってきていた。

『あの娼婦の娘が男を誑し込んで、神殿でふしだらな生活をしているらしいわよ』

『今日は新しい高価なドレスを身にまとって得意げだったみたいね』

――そういうことなのか。とカルツェは頭の中にジワリと煮え立つような感情を覚える。

（俺がいつも一番いい獲物を、自分に届けていることを知っているくせに）

それはカルツェにとっては、愛の告白と等しい行動だったのだ。なのにこの目の前の売国奴の娘は、若く金を持っているらしい旅の男に身を売ったのだ。

そう思った瞬間、カルツェは花を飾ろうとしていたサラの手を掴み、強引にベッドに引き倒していた。

「――っ！」

紫色の瞳が驚愕に見開かれる。薔薇の蕾のような唇がなんで、というように震えた。カルツェの脳内で、夜毎繰り広げられていた妄想が、目の前で現実になろうとしていた。気づけば、カルツェは放たれた猟犬のように、華奢な体に襲いかかっている。

「きゃっ……」

悲鳴を上げかけた唇を大きな手が抑え込み、もう片方の手が無理やりドレスの胸元を引き裂く。真っ白な胸が零れ落ちた瞬間。男はその胸に貪りついていた。

＊　＊　＊

「――っ」

逃げ出そうとしても、筋骨たくましいカルツェはびくともしない。飢えた目が、布越しにサラの大事なところをじっと見つめている。

(もうダメ……誰か。……リアムっ)

咄嗟に頭に浮かんだのは、喪われた婚約者リアムの姿だった。サラのすべてを捧げるはずだった人だ。

サラの必死の抵抗もむなしく、男はゴクリと唾を飲み、サラの貞操を守るにはあまりにか弱いその布を引きちぎろうとする。

「リアム、お願い、助けてっ。……怖いっ！」

突然降ってわいたような危機の中で、サラが無意識で婚約者の名を呼び、助けを求めた瞬間。

――バン。

扉の開く大きな音がし、同時に、カルツェの体がサラの上から吹き飛んだ。

はっとサラが視線を向けると、そこには男のシルエットがあった。

(――来てくれたんだ……)

「リアム……ありがとう」

突然の狼藉に、ぎりぎりのところで意識を保っていたサラが、ほっとして気を失い掛けると、刹那ふわりと抱き上げられていた。

「……ったく。サラは本当に世話が焼ける……」

あきれ果てたような言い方に、ほんの少し甘やかす響き。それはやはり、昔サラが大好きだったリアムの話し方そのものだ。先ほどまでの張り詰めていた緊張が解け、優しい腕に抱きしめられて、安堵したサラは完全に失神したのだった。

*　*　*

再び目を覚ますと、そこはエレノア神殿の廊下だった。しかも……。

「あ。あの？　す、すみません、重いですから、おろしてくださいっ」

サラが目覚めたのは、ヴェリアルの腕の中だ。お姫様抱っこをされたまま、上から呆れたような黒い瞳に見下ろされる。

「……少し黙っていろ」

それだけ言うとヴェリアルはサラを腕からおろすことなく、すたすたと神殿の中を抜け、そのままサラの部屋も通り過ぎていった。

「あの……私、どこに連れていかれるんですか？」

「湯殿だ……」

　ヴェリアルの言葉は相変わらずそっけない。

「……俺の獲物のくせに、あんな男に襲われかけるとは。自分の身の安全に関して、どれだけ認識が甘いのか……。今後は男がいる家に、ひとりで入り込むような愚行はするな」

　ヴェリアルの声はやはり苛立ちを含んでいる。サラはさっき猟師の男にされていたことを思い出して、恐怖にふるりと体を震わせた。たしかに自分は迂闊だった。彼が言っていることは間違っていない。

「……契約が成立するまで、お前は俺の花嫁だ。純潔だからこそ価値があるのだ。周りの男は一切近寄らせるな」

（ヴェリアル、すごく怒っている）

　それなのに、なぜかその声に胸がきゅんと締め付けられた。サラの貞操の危機から救ってくれた人の腕の中にいることにほっとする。あの恐怖で朦朧《もうろう》とした意識の中、懐かしい人の影を思い出していたサラは、その腕が婚約者のそれでなかったことに落胆もしていたが……。

「助けてくれて、ありがとうございます。あの……私も体を清めたいです。……でもここではお風呂を沸かすなんて贅沢、できないんです」

　自分で水をくんでこないと、浴室で水すら浴びることができないのだ。おずおずと告げるサラに、ヴェリアルは不機嫌そうな声で返した。

「……俺を誰だと思っている？」

その言葉と同時に、浴室へつながる扉を開いた。

「うわあ……すごい」

瞬間、サラは目の前に広がっている光景に、思わず大きな声を上げてしまった。しばらく水を浴びることにしか使われていなかった大きな浴槽は、ピカピカに磨き上げられ、満々と湯を湛えている。綺麗な白い石で作られた浴室には、温かな湯気が立ち上がり、豊かな頃のサラの生活を思い出させた。

ヴェリアルは何も言わずに彼女を洗い場に連れていく。

「あの、私ひとりで入れますから……」

慌てて言うと、ヴェリアルはようやく、唇を緩めて笑った。

「……遠慮するな。花嫁らしく、俺に身を任せたらいい。ほかの男に触れられた穢《けが》れは、この手でちゃんと落としてやる」

キュッと口角を上げた表情は、見た目が整っている分だけ凄みがある。先ほどの男にされたことと、この悪魔がすることにどれだけの差があるのか、と改めて思いながらも、サラはその笑みについ見惚れてしまっていた。

「だがこのままでは風呂に入れないな……」

次の瞬間、サラの着ていたドレスは一瞬で消え去り、生まれた姿のまま抱きあげられている。素肌が触れ合って、彼もまた腰巻き程度で服を身につけてないことに気づいた。

「あ。あっ……あのっ」

慌てて胸元を隠しながら、男の腕の中からサラは抜け出そうとする。だが、ヴェリアルはすました顔でサラを抱きかかえたままだ。

「さあ、さっきの男に触れられたところはどこか素直に言え。綺麗に洗ってやる」

サラを膝に座らせて、ヴェリアルは耳元で囁くと、彼女を膝の上に抱え上げ、背中から手を回し、ぬるぬるとした石鹸の泡を手に取って、サラの胸を洗い始めていた。

「……ぁっ……やっ……」

思わず甘い声が漏れると、浴室の中で反響する。それがよけい恥ずかしさを増す。

「ここをあの男に舐めまわされていたのか？」

苛立ちを含んだ声でヴェリアルは尋ねると、執拗に胸のふくらみを洗い始めた。たっぷりと泡を使い、指先で優しく擦られるとたまらずサラは背筋をそらして、その指に身を震わせてしまった。

「……お前は俺の花嫁だと言っただろう？　他の男に触れられるのは絶対に許さない」

言葉は鋭いのに、サラの肌を滑る指は優しい。思わずビクンと体が跳ねてしまう。そんなサラをヴェリアルは見逃すことはなく……。

「……もっと触れて欲しいのか？　たった数日でずいぶんと変わるものだな……」

耳元でくくっと笑われて、サラは羞恥で全身を真っ赤に染める。なのに嫌だと言うこともできずに、淫らな行為を受け入れてしまっていた。

くちゅりくちゅりといやらしい音がして、ゆっくりと円を描くように胸を丹念に洗われている。まだ触れられていない胸の頂点に、ツンと血が集まるようなもどかしさを覚える。ふと視線を落とすと、石鹸の泡で覆われていない胸の先が赤みを帯びて、ぷっくりと立ち上がり、ヴェリアルに触れられることを待ちわびているように見えた。

つい先日、初めて男性に触れられたばかりだというのに、サラの官能は容易にヴェリアルに高められてしまい、サラは身を震わせ、呼吸を乱す。

（さっきは……あんなに嫌だったのに……）

カルツェとヴェリアル。ふたりの違いはなんなのか、と既に愛撫に蕩けかけている頭でサラは漫然と考えている。だが、

「……気を失うにはまだ余裕がありそうだな」

即座にそのことを読み取られて、洗うように膨らみを撫で回していた手が、サラの固く尖る感じやすい頂点に登りつめる。刹那、ぬるついた指を固くなっていたそこに滑らせた。

「……ああっ……」

ひと際高く、甘ったるい声が上がってしまう。じんっと脳の奥が痺れるような感じがする。

「……もっとしてほしい、という顔をしているな」

揶揄うような笑い声を上げるのに、なぜかその瞳は切なさを隠しているようにサラには思えて仕方ない。

「……しょうがない奴だ」

ヴェリアルは甘やかすように言うと、今度は指先でサラの胸の蕾を刺激し始めた。

「ここもアイツに舐められたのか？　それならより一層、丹念に洗ってやらないとな」

アイツ、という言葉と共に、ヴェリアルの指の力は強まり、尖る蕾に鋭い快楽を与えるように、きつく摘まれた。

「……あっ……ぃや……ぁっ」

やわやわと胸を揉みたてられ、蕾を摘まれているうちに、サラはお腹の奥で、さざ波のような感覚が湧き上がってきているのに気づく。たまらずピクビクと震えながら、ヴェリアルの腕にしがみついてしまっていた。

「ここもよさそうだが……胸だけでまた気を失われてもつまらない。それにあの男が触れたことのない場所まで洗ってやらないといけないだろう？」

ヴェリアルは目を細めると、石鹼の泡に塗れた指をゆるゆると下の方に滑らせていく。

これ以上淫らなことをされたら……自分はどうなってしまうのかと不安に思いながらも、気持ち良さが勝っている。ゆっくりとヴェリアルの指はサラの太ももを撫で摩る。サラは誰にも見せたことのない秘所を隠す茂みがあらわになっているのを見て、一気に恥ずかしさが湧いてきた。

「ダメっ……やっぱり。そこはっ」

抗うようにサラが体を揺すると、ヴェリアルはわざとサラの左右の足を割るように、自らの膝を下から割り込ませた。

「おや、なんでここは洗ってもいないのに、こんなにぬるぬるなんだ？」

意地の悪い声が聞こえて、わざとヴェリアルはサラの開かれた股の間に挟み込んだ腿をゆるゆると揺らす。

「……ぁっ……しちゃ、ダメっ」

何が起きているのかわからずに、サラは悲鳴のような声を上げた。

互いの体が触れて、ぬちっぬちっという粘つくような水音が反響する。ヴェリアルの足によって、ゆるゆると動かされるその部分が、たまらなく熱い。揺らされるたびに、奥の方にじわりと熱が溜まっていく。恥ずかしいと思っているのに、淫らな水音はますます高まっていった。

「こんなに音が出るほどお前は濡れていたんだな。巫女のくせに、淫蕩な体だ……」

酷薄に言い放たれて、サラは冷たいもので胸を締めつけられる。

「……だが、俺は感じやすいお前を気に入っている」

しかし、ヴェリアルが続けて耳元で囁く言葉は、蕩けるように甘かった。

「お前はこんなになるほど俺を受け入れたくて仕方ないみたいだな……可愛い奴だ」

ふいに後ろから、ぎゅっと抱き寄せられて優しく額に口づけを落とされた。その途端、サラの複雑な想いとは裏腹に、再び胸がきゅんと高鳴ってしまう。ヴェリアルの指が、ゆっくりとそこを目指して這ってきていることに気づいても、サラは怯えながらも逃げ出すことができなくなっていた。どこかで深い悦びの訪れを期待してしまっている。

一生ひとりで生きていくはずだったのに、自分はこんなにも快楽に弱い人間だったのだろうかと、情けなく思う。それなのに、切なさを含む甘い気持ちは抑え込めない。

気づけばもう、抗うことなく彼の愛撫を甘受しようとしていた。サラは顔を両手で覆って、その気持ちをごまかすように、いやいやと顔を左右に振る。

「そんなに気持ちいいのか？　ならたっぷりと弄んでやる……」

ヴェリアルが指をさらに奥に延ばすと、潤みが彼の指を滑らかにする。蜜を掬うようにして、ヴェリアルは指先で掻いた。

「ぁあああっ……」

ぐちゅり。と音を立てて、潤んだ泉の周辺をかきまわされて、サラは、あっあっ……と切なげな喘ぎを漏らす。

「……お前の蜜で溶けているこの奥に……欲望の芽があることを知っているか？」

「――え？」

言っていることがわからなくて、咄嗟に問い返した途端、花びらに指を分け入れ、ヴェリアルは花芯を中指で捕らえた。

「……ほら、ここだ。既に膨れ上がっている……」

そこを、コリッと軽くこすられただけで、

「あああっ……いやぁっ！」

脳に駆け上がるような悦楽の強さに、サラはビクンと体を震わせ高い声で叫ぶ。真っ白い快感が脳内で弾けると同時に、彼女はくたりと脱力し、既に失神していた。

「……ったく。一歩進むと、またこれか。感じやすいにもほどがある……」

呆れたような、そのくせどこか嬉しそうなヴェリアルの声を、サラは意識の向こうで微かに聞いたような気がした。

＊　＊　＊

——悪魔のヴェリアルが、サラの元に召喚されてから数日。

日中は自分の出番はないと判断したヴェリアルは、昼は姿を消すようになっていた。だが日が暮れると彼女の元に戻ってきては、夜な夜なサラの意識を保ったまま体を奪おうと、悪戦苦闘している。

サラは徐々に、ヴェリアルに触れられることに恐怖は感じなくなっていたが、少し関係が進むと気を失い、そのたびにヴェリアルにため息をつかせた。それでもひとりで寂しい夜を過ごさなくて済むようになったことを、サラは嬉しく思っていた。

七年前。父と兄が断首されたと聞かされ、母と城の一室に軟禁された。ふたりで抱き合いながら亡くなった父と兄を思い、今後どうなるのかと恐怖に慄き不安な時を過ごす中、母はそれでもずっと、サラのことばかり心配していた。

『サラ、大変なことになってしまったけれど、どんなことがあっても耐えなさい。生きていればきっとまた幸せを感じられる日々が戻ってくるから。私はどこにいても、サラの幸せをエレア様に祈っているわ』

涙をこらえて、笑顔を作ってくれた母の表情。そして強く握りしめてくれた母の手の温かさをまだ覚えている。

そしてその後、母はエルセラに連れていかれ、嫌っていた新エルセラ国王の愛妾になることを強要された。そしてサラは、ラスターシア王家の血筋がこれ以上続かないように、巫女として生涯世俗と関わらず、神殿で清らかに生活することを要求された。

エルセラ側についたラスターシアの貴族たちは、エルセラ国王に連れ去られたサラの母の身の安全にもつながるから、エルセラの指示に素直に従うようにとサラに言い聞かせ、時には国民をこのように疲弊させている責任は、国王にあり、その娘であるサラは民のためにも、エルセラに服従すべきだと脅した。

母の方も、従順にエルセラ国王の愛妾で居続けることがサラの命を救うことにつながる、と言われているようだ。国すら隔てられて、母と娘が互いの人質になったことをサラは理解した。だからひたすらサラはエレア様に祈り続ける以外に、自分にできることはないと思っていた。

命だけは救われたが、おつきの者もいないこの大きな神殿で、たったひとりで暮らさなければならなくなった当初は、ずいぶん怖い思いもした。毎晩、城での生活を思い出しては、枕を涙で濡らしていた。ひとりきりの夜は不安で、耐え切れずに気を失い、そのまま朝目覚めることもしばしばだった。その頃から自分の失神癖はよりひどくなっていったようにサラは思っている。

亡くした父と優しい婚約者を想い、飢える民に心を痛め、自分の命を救うために中傷され続けている母への申し訳なさに、身を縮めて生きていた。長い時間をかけて、そんな生活にもようやく慣れてきてはいたけれど、ヴェリアルが夜一緒にいてくれるようになって、人のいる夜がこんなに温かいものだったのかと、サラは改めて思い出していた。

それに不埒な悪魔だけれど、ヴェリアルはサラが本当に嫌がることは、絶対にしなかったから、つい心を許してしまっていたのかもしれない。

ベッドの中で無意識に手を伸ばすと、先ほどまでサラに淫らな行為をして、失神されて諦め、そのまま寝かしてくれていた悪魔のヴェリアルが、目を閉じて横たわっている。その姿に安堵を感じ、自然と小さな笑みを唇に浮かべると、サラは再び睡魔に意識を奪われていく……。

*　　*　　*

一方、ヴェリアルは眠りについたサラを確認して、暗闇の中、ゆっくりと瞳を開いた。そしてベッドの中で苦虫をかみつぶしたような表情をする。先ほど寝ぼけたサラが手を伸ばして自分に触れ、存在を確認するとホッとしたように瞳を閉じたことに彼は気づいていた。

（俺など信用しない方がいい……）

少しぐらい優しくしたとしても、契約が完了すれば死後、魂のみを回収に来るだけの存在。それが悪魔だ。

——たとえ、その相手と、昔どんな関係があったとしても……。

今日も、穢れを知らない体に触れて、すべて己のモノにしたいという欲望と、そうすれば契約を果たすだけの関係になるという事実の合間で、失神しやすいサラをわざと追い込んで気を失わせ、どこかほっとしている自分に苛立ちを感じる。その上疎まれて当然の自分を、素直に受け入れる様子をサラに見せられれば……。

（一体俺は、どうしたいのか）

懐かしい、人であった頃の記憶が自分の感情を掻き乱す。いっそ何も感じずに、悪魔の本性のままに、身も魂も手に入れてしまえ。そうすれば彼女のすべては、もう他の誰にも奪われることもない。けれどもそれを躊躇わせる懊悩《おうのう》が、ヴェリアルの心を乱すのだ。

（すべてはもう、過ぎたことだ……）

最後に会った時まだ少女だった体は、長年の貧しい生活で痩せてはいるものの、年頃の女性ならではのしっとりとした魅力的な曲線を描いている。そして胸も腰も質素な服に包まれているのが惜しいほど、美しく豊かに成長していた。いつもまっすぐに自分を見つめていた紫色の瞳は、こんな逆境にあっても、曇ることなく強い光を持ち続けている。

賢そうに秀でた額にそっと唇を落とし、頬を撫でると、サラは幸せそうな笑顔を零した。

(だからといって……すべてがあの頃のままに、などと期待しても仕方ないのだ……)

再会して気づかされた。乾いた砂地が天からの雫を受けた時のように、たとえ異形の身になり果てても、七年もの月日が流れていても。

……未だ自分は、サラが欲しくて欲しくてたまらないのだ。だが、所詮、悪魔と人だ。運命は交わるわけもない。だがその残酷な事実をヴェリアル自身、気づかないふりをするので精いっぱいだった。

第四章　優しく抱かれる雷の夜

「姫様、これ、本当にもらって帰ってもいいの？」

マイアは茶色のつぶらな瞳をパチパチと瞬かせて、サラの顔を見上げた。

「いいの。寄進でいただいた物だけど、私ひとりでは食べられないくらい、たくさんあるから。でも外では言ったらダメよ。私とマイアとレナの三人の秘密にしておいてね」

「……はい。姫様。マイア、こんなおいしそうなパン、見たことない。本当にありがとう」

にっこりと笑うマイアを見て、サラも思わず笑い返していた。母のレナが体調を崩していると先ほどマイアに聞いたところだ。きっと食料は必要に違いない。

マイアに持たせる籠の中には、一日では食べきれそうにないほど大きい、白くて柔らかいパンの塊がひとつ入っている。それにハムの塊やチーズも。

たぶん数日の食料の足しにはなるだろう。サラはうれしそうなマイアの笑顔を見て、少しだけ罪滅ぼしができたような気持ちになる。

ヴェリアル曰く、一度呼び出されてしまった悪魔は、契約を完了するまで呼び出した人間のもとから消えることができない。だから一刻も早く契約を完了させる必要があるのだと。結果としてサラは、毎晩のように訪れる悪魔に触れられて、しかし最後の一線を越えるどころか、全然手前で気を失う日々を続けている。

契約まで時間がかかるなら、せめて触り心地がよくなるように、痩せている体にもっと肉をつけろと、毎日大量の食事が用意され、少なくとも空腹に悩まされる生活からは解放された。そうなると次に気になるのは、いつもお腹を空かせている幼いマイアのことだ。

（そうだ。マイアとレナに分けてあげよう……）

サラはそう思いつくと、それから毎日のように、日持ちしそうな食事をマイアに持たせるようにしたのだ。それがさらなる厄介事の火種になるとも思わずに。

その日の夜は、午後から空が曇り、夕方には弱い雨が降り始めていた。マイアを途中まで送って行った帰り、雨に濡れたサラは着替えた後、寝室で時を過ごしていた。

「何をぼうっとしているんだ？」

サラが密かに期待していたとおり、夜になればまた悪魔が部屋に忍び込んでくる。日が暮れるにしたがって雨脚は強くなり、雨粒が外の木々を叩く。風と雨の音に不安な気持ちになっていたサラは、悪魔の声にほっとして笑顔で振り向いてしまった。

「ヴェリアル！」

「………………」

「……あの、どうかしましたか？」

彼女を見て呆れた顔をするヴェリアルに、サラはきょとんとした表情を浮かべる。

「ずいぶんと警戒心のないことだな。これから俺にどんなことをされるのか、わかってないわけではないだろうに」

そう言われてサラはじわりと全身に熱が広がる。

毎夜のように触れられて、悪魔との契約のためにこんなことをしている自分をはしたないと思ってはいた。けれど大切に思っていた人々を一度に失ったサラにとって、優しく抱きしめ、触れてくれる存在は気持ちを温かくしてくれた。

（……この国の人たちを救うためには、仕方ないことだから）

リアムを失って以来、女性としての幸せを望む気はなくなった。だからラスターシアの人々のために、サラは自分を犠牲にするつもりだったのだ。だがヴェリアルは毎回、サラが限界を超え失神してしまうと『お前の意識がなければ意味がない』と言って、それ以上無理をさせることはなかった。その言動は慣れない彼女を気遣ってくれているようで、気づけばサラはますますヴェリアルに気を許し始めていた。

（それに……）

ヴェリアルのふとした仕草や表情が、妙にリアムと重なって、ドキンとすることがあるのだ。黒髪に黒い瞳。銀髪蒼目のリアムとは似ても似つかないはずなのに……。

思わず不思議に思ってじっと見つめていると、にやりとヴェリアルは笑う。

「まあ……いい。なら今夜も俺のモノになるべく、従順に振る舞うことだな」

顔を赤く染めつつも、自分の側から逃げ出さないサラに、悪魔はいつも意地悪な言い方をする。だけど、本当に意地悪をするわけではないのだ。そんなところもリアムと重なるように思える。

それどころか、角や翼を消して、単なる人間の男性のように見えるヴェリアルの黒い瞳はいつもどこか切なげに見えた。しかも今日は不安定な天気のせいか、ひどく疲れていて、自分に触れる温かい肌を心地よく感じる……。

刹那、ピカリと空が白く光り、次いでにドシャーンという大きな音が室内に響いた。

「きゃあああああああっ」

突然の雷に、サラは自分を誘惑しようとしていたヴェリアルに自らしがみついていた。

「……近くに落ちたようだな。雷が苦手か？　だからと言って悪魔の胸に飛び込むのはどうかと思うが……」

サラの顔を覗き込んだヴェリアルは、ぎょっとして言葉を失う。

「ふ……ぅぅっ……」

「お、お前、もしかして雷が怖くて泣いているのか？」

サラは咄嗟に顔を覆ってごまかそうとする。雷は嫌いだ。悲劇が始まった日を思い出させるから……。

「お前、いくつになった？　子供じゃあるまいし……」

呆れたような彼の声に、サラは潤んだ目元をぬぐいながら、情けなくて眉を下げた。

「もう二十歳になります。でも苦手なものは苦手なんです。嫌な記憶がいっぱいあっ……きゃあああああっ」

再び鳴った雷鳴に、サラは恐怖でギュッと目を瞑り、また目の前の男にきつく抱き着いていた。

「にぎやかだな。いっそ雷よりお前の方がうるさいくらいだ」

嫌味を言いながらも、ヴェリアルは自分に縋りついて怯えるサラをそっと抱き寄せた。トントンと慰めるように背中を軽く叩き、時折励ますように撫でる。

（悪魔のくせに……優しくて、変なの……）

優しい手が心地よくて、ガチガチに緊張していた体の力が抜けていく。

リアムを失った日は雷が一晩中鳴っていた。そのショックからか、その後しばらくは雷が鳴るだけでどうしようもない恐怖に耐え切れず、失神を繰り返した。こんな年になっても、景色がどんどん暗くなり、最初の雷鳴が聞こえる頃には相変わらず、不安で半泣きになり、雷が鳴っている間は苦しくなって眠れない。

「……ひょっとしてお前、熱もあるんじゃないのか？」

ふと額に唇を寄せて体温を確認すると、ヴェリアルはそっとサラをベッドに横たわらせた。サラはまた今夜も淫らなことをされるのかと、微かに体を震わせる。だが……。

「熱がある時に抱いても、また途中で意識を失うだけだからな。今夜はゆっくり眠った方がいい。夢の中では雷鳴も轟かないだろう」

そう言うと悪魔は自分もベッドに横たわり、添い寝をしてサラの背中を柔らかく抱きしめる。そうしていると優しい恋人に慰められているようで、ドキドキと脈打つ鼓動も相まって、徐々に雷が気にならなくなっていた。

（この人は……本当に悪魔なんだろうか？）

抱きしめられると、悪魔なのに人と同じような温かさを感じる。この悪魔は『サラの処女を奪うため』などと言いながら、いつだって優しすぎて調子が狂う。

（もしかして……実は結構いい人だったりする？　少なくとも悪い人には思えないし）

「ねえ、ヴェリアル？」

大きくて広い胸に頬を寄せると、その奥ではトクンと柔らかく心音が跳ねる。悪魔にも心臓があるのだと思うと、何だかホッとする。

「……なんだ？」

「ヴェリアルは元々、悪魔として生まれてきたの？」

「さあな……」

雷光が室内を白く染める。瞬間、目の前の悪魔の様子が見て取れた。飄々《ひょうひょう》とした声の割にどこか苦しげな表情を見て、サラは胸が切なく疼く。

「生まれてからずっと悪魔だったわけではないの？　もしかして人だったこともあるの？」

「……さあ……どうだったかな」

「……昔のこと過ぎて覚えてないとか？」

「……俺のことはどうでもいい。よけいなおしゃべりをする元気があるなら、契約のためにまたいかがわしいことをするぞ」

脅すように言われてサラは黙らざるを得ない。でも、もしかしたらこの人は人間だったことがあるのかもしれない、とぼんやりと考える。

だから、弱っている人には優しくする術を知っているのだ、とサラは素直に背中に回された手の温もりを感じて思った。その途端、また雷鳴と共に稲妻が光り、慌ててサラはヴェリアルに抱きつく。

「お前は……警戒心がなくて調子が狂う」

ふわふわと柔らかく髪を梳き、背中を撫で、耳元で低く優しい声で囁かれて、サラの体は徐々に温かくなってくる。

悪魔のくせに、警戒心を覚えさせないヴェリアルが悪いのだ。そんなことをぼうっと考えている間も、外では雷の鳴る音と光るタイミングに徐々に差が出てきて、雷鳴は遠ざかりつつあるようだった。

「雷は……嫌い。だって……あの日も、雷が鳴っていたから……」

緊張から解き放たれるにつれ、ゆるゆると眠気が強まっていく。

「……あの日？」

ゆったりと抱きしめられているうちに、雷鳴は聞こえなくなっていた。ただ時折、稲光が室内を白く染めるだけだ。明るくなった部屋の中で、ヴェリアルの長い睫毛が頬に影を落とす。鼻筋の通った端正な顔に、穏やかな表情を浮かべる横顔を見つめ、柔らかい呼吸音を間近で聞いていると、サラはほっとして体から力が抜けていった。

「……リアムが亡くなったって聞いた日……。エルセラがラスターシアに宣戦布告してきた日……あの日、一日中雷が鳴ってたの……」

私をこんな風に抱きしめてくれるのは、リアムだけのはずだったのに。なんで私は神殿の片隅で、悪魔に抱きしめられて眠くなっているのだろうと思いながら、夢うつつでサラは答える。

「……そうか。それで雷が……怖いのか」

瞬間、ぎゅうっとヴェリアルに強く抱きしめられて、はっと覚醒した。

「ヴェリアル？」

先ほどまでの柔らかかった彼の表情を見ようとしても、その胸の中にすっぽりと顔を埋める形になって、サラは動けなくなっていた。

「ねえ、ヴェリアル、どうしたの？」

続けて尋ねると、サラを抱きしめる腕の力が、ふっと抜けた。

「なんでもない。……もう雷は遠ざかったな。だが、どちらにせよ熱があるようだ。熱が下がってから、契約を結べるように、今夜はしっかり寝ることだ」

ぽんと頭を撫でられて、それでおしまいだと言うように、そっと体を離されることが悲しい。咄嗟に引き留めるように彼の背中に手を回し、ぎゅっとその服を握りしめてしまっていた。

「……もう少し、傍にいてください。ひとりじゃ眠れそうにないから」

一度気を抜いてしまうと、もう止めようもなかった。さっきまでは雷が怖かったのに、今は自分の体を温めてくれるぬくもりが、消えてしまうことの方が怖くて仕方ない。

懇願する声にヴェリアルは呆れたような大きな嘆息を零し、それからサラを抱き寄せる。

「……眠らないと体調が良くならないだろう。しようのない奴だ、さっさと寝ろ」

優しくない言葉を甘やかすように囁き、悪魔はサラを抱いて、そっと額にキスを落とす。まるで睦みあう恋人のように……。

＊　＊　＊

ヴェリアルはようやく眠りについたサラの頬に落ちる髪を、枕元に流してやりながらその顔を見つめる。サラが雷に怯えるきっかけになったすべての不幸のはじまりの日。だが、嵐だったというラスターシアと違って、エルセラの空は青く澄み渡っていた。

その日。隣国との通商外交のため、ラスターシアのサラ姫と婚約式を交わしたばかりのリアム王太子は、父であるエルセラ国王に帯同し騎乗の人となっていた。隣には陽気な商人の男が同じく馬に乗って移動している。

「商売で『交渉』が大事だということはわかった。だがそんな『騙し討ち』をするから、恨まれるのではないか?」

「王子。『騙し討ち』とは人聞きの悪い。あくまで『交渉』です。商売の基本ですよ。それに『騙し』も交渉の一部ですからね。政治だって同じではないですか? 交渉し、少しでもこちらが有利になるようにことを運ぶ。戦争などよりずっと平和的な解決方法だと俺は思うんですがね」

ぴんぴんと跳ね上がった明るい赤髪をかき上げ、ニヤリと笑うのは、サイラスという名のラスターシアの商人だ。その『交渉』を上手くやったつもりが恨まれて、地元の盗賊に襲われているところを、通りがかった王族の護衛に付いていた騎士団に救われた格好だ。そのまま治安の悪い地域を抜けるまで、同行を許可し、せっかくだから商人たちから新鮮な情報を聞きたいと声を掛け、こうして会話をしている。

「まあ、確かに話し合いは重要だな。お互いの得になることがわからなければ、落としどころを見つけることも難しい」

「ええ。諦めず粘り強く相手方と『交渉』をすることです。どんな最悪の状況でも、一つひとつ問題を解決していけば、最後にはこちらに有利な条件を引き出せ、良い取引をすることができますからね。商売では諦めないことが一番大事なのです」

サイラスはそう言って笑う。彼は商売のついでにエルセラ王都、サエラムに住んでいる著名な絵描きの住み処まで、描きあがった絵をもらいに行った帰りだという。以前その絵描きがスタージアに滞在していた間に描いてもらった、彼と彼の妻、生まれたばかりの娘の家族三人が描かれた肖像画らしい。

自分より十歳ほど年上の陽気な商人のおかげで、短い旅の間にも様々な話ができて、リアムとしては楽しい時間を過ごしていた。

だが山を登るルートを避け、深く切り立った渓谷の間、岩のトンネルのようになっている場所をリアム王太子たちが通り抜けようとした時、異変は起きた。突如雷鳴のような音が鳴り響き、盤石だったはずの岩が上から崩れ落ちてきたのだ。

――ガラガラという轟音と共に、岩が空から降ってくる。リアムとサイラスは逃げることすら敵わず、一瞬にして恐ろしい災難に巻き込まれていた。

「なっ……」

大きな岩が雨のように降り注いで盛大に砂埃が立ち上がり、あっと言う間に周囲の様子が確認できなくなる。

「うわっ」

「ぎゃあああああっ」

「たすけ……」

あちこちから苦痛を帯びた悲鳴が聞こえてくる。

リアムは、本能的に自分の体を庇おうとして屈み込んだが、体のあちこちに降り注ぐ落石が当たり、激しい痛みで体中がきしむようだった。

明らかに自分の体がおかしな形に歪んでいることにリアムは気づく。だが痛みが強すぎるせいで、気を失わずに済んだらしい。空から降り注ぐ光が土埃に乱反射して、キラキラと輝いている。確か数秒前まで岩が日光を遮っていたのに。

その時、呆然とする王子の横で、何かが動く気配がした……。


「んっ……リアム、どこにいるの？」

夢を見ているらしいサラに、懐かしい名前で呼ばれてヴェリアルは過去に遡っていた意識を取り戻す。寝ぼけているらしいサラは、彼にぎゅっと抱きつくと安心したかのようにまた眠りに落ちた。その姿を狂おしい思いで見つめ、ヴェリアルは何かをこらえるかのように、ゆっくりと息を吐き出す。

「……もう夜の鳥たちが巣に戻る頃合いか。では俺もねぐらに帰ることにしよう……」

抱きしめていた姫をベッドに下ろすと、小さく苦笑を浮かべる。……巫女になった元姫君と、あの日、闇に属することになった王子の運命がこれ以上深く重なり合うことはないのだから。

それでも名残惜しくて伸びた手は、大事な宝物だったその頬に触れ、唇に触れる。過去の喪失と嵐の日の記憶に怯え、ほろほろと零れていたサラの涙の痕に口付けて、苦い悔恨の想いを噛みしめる。彼女が恐怖に失神するようになったのは、自分を失ったせいなのだ。

つい彼女に触れる手に力が入り、サラの金色の長い睫毛が震えるのを見て、ヴェリアルは悪事が見つかった子供のように、慌ててその場を立ち去ったのだった。

＊　　＊　　＊

翌朝、目が覚めると既にヴェリアルはその場にいなかった。サラは嵐の後の快晴の空を見上げる。それからヴェリアルが用意してくれた服の中で一番地味な物を身に纏うと、台所に向かった。

「……あっ」

質素なダイニングテーブルには、今日もまた、たくさんの食事が並んでいた。しかも発熱を気遣ってくれたのか、サラの好物である新鮮なフルーツまで盛られている。ヴェリアルの用意してくれたであろうその食事は偶然だろうか、サラの好物が揃っていることが多かった。

（ここ数年、果物なんてなかなか食べられないのに……）

内陸の国ラスターシアで採れる農作物は昔から品質が良く、一般の相場より高い値段で他国から買い上げられていた。一方、ラスターシアを包むような形で海沿いに発達したエルセラはその一番の取引国だった。元々エルセラは海運力を生かして、貿易で国益を上げていたのだが、今はラスターシアの農作物は戦勝国であるエルセラに収められ、利益はエルセラ一国で独占されている。そして今、ラスターシアの国民の口に入るものは、生きるために最低限のものばかりになっていた。

サラは艶々と光る、傷ひとつない最高級品の果物を手に取る。あの日まではずっと毎日のように口にしていたラスターシアの名産品であるフルーツだ。唇に押し当てると心地よい香りがする。昔は行儀が悪いと、母が許してくれなかったけれど、そのままかじると、口の中いっぱいに甘い果汁が広がった。

「美味しい……」

（……なんか、昨日の夜よりずっと体が楽になっている）

発熱しかけていた身体は、昨日のヴェリアルの気遣いのおかげで、悪化することなく確実に快方に向かっていた。そして熱が下がった翌朝に用意されていた色とりどりのフルーツは、サラをますます元気にさせた。

「あ、リカージュの実……」

元気が出そうな真っ赤な小粒の果物を見つけると、サラはマイアのことを思い浮かべた。マイアは、めったに食べられないけれどリカージュが一番好きだ、と以前言っていたのだ。

（そうだ。あとでこちらからマイアのところにリカージュを届けに行こう）

そう思うとサラはリカージュの実を脇に置いて、早く出かけるために急いで朝食を食べ始める。神殿の前で舞を奉納し、いつも通り朝のお勤めを終えると、既に日差しは中空に向かって昇り始めている。サラはバスケットにリカージュの実やパンやソーセージなどを詰め込んで神殿を出た。

森との境にある神殿から、ラスターシアの王都であったスタージアの城下街にあるマイアの家まではそれなりに距離がある。マイアは母と祖父と一緒に暮らしていて、祖父の家は元々豊かな商家だったのだが、今は出来上がった農作物を管理する側の立場に追い込まれていた。

マイアの祖父であるブランドンは、生真面目で頑固な性格で、収められたものを身内のために取り分けるような不正を許す気性ではないため、レナたちも他の徴収される側の人たちと同じように、貧しい食生活を送っているのだ。

「ふぅ……」

市場を抜けて、城下にあるマイアの家の近くまで来ると、サラは額を手の甲で擦り、汗を拭う。大事なバスケットの中身を確認しようと手を伸ばした瞬間、

「おや、サラ殿。こんなところに何の用事ですか？」

突然後ろから声を掛けられて、サラは思わず眉を寄せてしまいそうになる。

「ホーランド様。こんなところで偶然ですね」

サラの顔を無遠慮に覗き込み、ニヤニヤといやらしい笑顔を見せる男を見て、サラは表

情を隠し丁寧に一礼をする。

「神殿にいられるはずの巫女様が、なぜ城下街まで？」

ホーランドは元々ラスターシアの大臣の末席にいた男だ。そしてエルセラが宣戦布告をしてきた時に、一番初めにエルセラに寝返った男でもある。

今はその功績を買われて、スタージアの為政官として羽振りの良い生活をしているらしい。そんな男がこんなところをひとりで歩いているわけがない、と思って彼の肩越しに大通りを確認すると、豪奢な仕立ての馬車を待たせている。

どうやらサラが歩いているのを見て、ちょっかいを出すためにわざわざ降りて来たらしい。

「信者の方が体調を崩されているので、お見舞いに……」

腹の出た不格好な中年男は、にやにやと脂下がった笑みを浮かべながら、以前の君主の娘であるサラにねっとりした視線を向けた。

（やっぱり苦手だな……）

サラは以前から本能的にこの男を嫌っている。それを悟られないように笑顔を浮かべてみせた。

「ほう……ならばそれは、お見舞いの品、ということですかな」

男の視線がバスケットに向かい、サラは密かに冷や汗を掻く。

中にあるのは、今この国では禁制だと言われる果物や贅沢な食物だ。取り上げられるだけならいいが、どうやって手に入れたのかと詮索されるのは望ましくない。

それに以前からみだりがましい甘言を囁くこの男に、サラは弱味を摑まれたくないのだ。

しかも、これを届けるつもりのマイアの祖父ブランドンはホーランドと違って、清貧な人柄ゆえにこの城下町の人たちからの信頼が厚い。民から死ぬほど毛嫌いされているホーランドは、人気があるブランドンが気に食わないのだ。

（この籠の中身を見られたら……どんな言いがかりをつけてくるか……）

咄嗟にサラは助けを求めて辺りを見渡す。だが辺りを歩いていた人間は固唾を飲んでふたりを見守っているだけだ。

あの事件以来、ホーランド同様、国民から嫌われる立場になってしまったサラに、救いの手を差し伸べる人間はいない。そんな状況を充分理解しているホーランドは厭らしい笑顔を浮かべると、ゆっくりとサラのバスケットに手を伸ばした。

「あっ……」

「確認させていただくだけです。何か、不都合なことでも？」

思わずバスケットの持ち手を握りしめてしまったサラの白い手の甲に、ねっとりと自らの手を添わせ、その感触を楽しんでから、男が半ば無理やりバスケットを奪おうとした、その時。

突然ふたりの目の前が暗く陰った。

「うわっ！」

大きな黒い何かで覆われていた。

「きゃあああっ」

刹那、サラの手から籠を奪おうとしていた男の腕は、大きな黒い何かで覆われていた。

「痛いっ、何をする！」

男の悲鳴のような声が聞こえる。サラの目の前で、大きな黒い鳥がホーランドの腕に爪を立てて乗っていた。そのうえ鳥はバスケットの取手に嘴《くちばし》を挿し入れ、しっかりと咥えると、もう一度ホーランドの腕にきつく爪痕を残し、空に飛び立つ。サラはその一部始終を、目を丸くして見つめていた。

「……今の、カラスか？　でかかったな……」

誰かの呆けたような声が聞こえる。その瞬間、はっと我に返ったホーランドはぎろりとサラを睨みつけた。

「見舞いだか何だかしらんが、よけいなことはせず、さっさと神殿に戻るのだな。元姫君は、好きに外を歩いていい立場ではない」

そしてホーランドは、この状況を呆然と見ていた通行人たちを睨みつける。

「お前らもこんなところで油を売っているんじゃない。もっと税を増やすぞ！」

ホーランドが怒鳴りながら、肩を怒らせて馬車の方に歩いていくと、その場にいた人間たちも慌てて千々に散っていった。

（今の……なんだったんだろう？）

首をひねりながらも、サラはマイアの家の玄関に向かう。せっかくここまで来たのだ。

手土産はなくなってしまったが、挨拶だけでもしていこうと、マイアの家のドアを叩こうとしたその時。

先ほどカラスが持ち逃げしたと思ったバスケットが、マイアの家のドアの横にひっそりと置いてあることに気づく。サラは慌ててカラスを探すように辺りを見渡したが、その姿は確認できなかった。

もう一度後ろを振り向いて、ホーランドが完全に姿を消したのを確認し、サラはバスケットに駆け寄って中を見る。

「……中身は……綺麗なまま……」

よくわからないけれど……あの騒ぎに、カラスもびっくりして取ったバスケットを置いて行ってしまったのだろうか。

「エレア様のお導きかしら……。元々私が持ってきたものだから、返してもらっていいよね？　カラスさん、ゴメンね。でも本当に助かったな、ありがとう」

くすっと笑って、姿を消したカラスに礼を言うと、サラはマイアとレナのためにバスケットを持って、ドアを叩いたのだった。

第五章　予想外の再会にみだれる心

（今日こそは……頑張らないと）

サラは日中にあったことを思い出し、夕食を食べ終えると、準備を始めた。

ヴェリアルのおかげで、食事もありがたいことにたくさん準備されているし、神殿の湯殿は毎日磨かれて湯で溢れていた。おかげで気持ちの良い入浴をすることができる。しっかりと食べて、入浴をして、気力たっぷりで彼女はヴェリアルが戻ってくるのを待っていた。

（今日は、謎のカラスさんが助けてくれたからよかったけど……）

そうでなければホーランドのせいで、レナのところにリカージュどころか、食事すら届けてやれなかっただろうと思う。それどころか言いがかりをつけられて、彼らの家に災禍をもたらす結果になったかもしれない。

『本来なら……身内にだけ、こんな特別扱いは許すべきではないと思っているのですが……』

サラの持ってきたバスケットの中身を見て、マイアの祖父であるブランドンはため息をついた。

戦争が始まる直前に、エルセラを訪ねていた商人の息子を亡くしてしまった後も、気丈に町の人間を取りまとめていたブランドンだが、健気に尽くしてくれていた息子の嫁の不調に、相当気持ちが弱っていたのかもしれない。レナは今までの過労がたまって、体調を崩しているということだった。もう一週間以上高熱が続き、体力が落ちているせいでなかなか熱が引かないのだろう、と近所の医者に言われたらしい。

『だったら……体力を回復させるためにも、少しでも栄養のあるものを食べさせてあげてください』

旅の商人が寄進をしてくれた、と話をすると、ブランドンは少し意外そうな顔をしながらも、サラの持ってきたバスケットを預かってくれた。苦笑を浮かべつつ、差し入れを素直に受け取ったことからも、レナの体調不良は、潔癖な彼の主義を曲げさせるほど深刻な事態になっているように思えて、よけいに切なさが増す。

『レナが早く元気になってくれないと、マイアが悲しそうで私までつらいのです。私にとっても、レナは姉のような存在なので、よろしくお願いします』

何もできなかったサラに、生きるために必要なことを教えてくれたのは、ほかならぬレナだ。こうやって神殿で生活ができるようになったのも、ひとりきりで呆然としていたサラに、レナが生きる方法を一つひとつ教えてくれたからだ。サラは改めて深々と頭を下げると、ブランドンは慌ててそれを止めるような仕草をした。

『なんてもったいないことを……。姫様、お気遣いありがとうございます。ああ、貴女様のお父上がこの国を治めていた頃は、こんな不自由を家族にさせずに済んだものですが。我々の力が足りなかったばかりに……』

口惜しそうに呟くブランドンをなだめ、サラはレナに元気になってほしい、また神殿のお手伝いをしてくださいと言い、彼らの家を後にしたのだった。


帰り道、改めて父王が治めていた頃とは、街並みが変わり果てていることをサラは実感する。豊かで華やかだったスタージアの町は景色すら色褪せ、町を歩く人は減り、歩いている人たちの表情は一様に暗い。国をこんな風に変えてしまったのは、ラスターシアを併合したエルセラの新国王であるレナード三世だ。彼はリアム王子の叔父で、リアムと共に落盤事故で亡くなった前国王の弟で……。

（お母様を無理やり、妾にした男）

ラスターシアに嫁ぐ前、エルセラの公爵令嬢だったサラの母に横恋慕していたというレナード三世は、ラスターシアを併合すると母タニアをエルセラに呼び寄せ、サラの助命を餌に母を愛妾にしたのだ。そして現エルセラ国王の寵姫《ちょうひ》となった母は、母国に嫁ぎ先の国を売った女だと……いつの間にかラスターシアの国民から『エルセラの売女《ばいた》』などと蔑まれるようになっていた。

けれどサラは両親が非常に仲の良い夫婦だったことを知っている。母は穏やかな父を敬愛し、父は美しく優しい母を大切にしていた。夫婦は深く愛しあっていたのだ。それが今、愛していた夫を殺され、敵《かたき》の寵姫にされている。そしてラスターシアの民に裏切り者と罵られ、恨まれ続けているのだ。

（──すべては私のせいだ）

人質にされた自分がいなければ、母の名誉も尊厳もここまで傷つけられることはなかっただろう。母を救ってほしい。そしてエルセラによって荒廃させられた母国を救ってほしい。サラはその思いだけで今までずっと愛の女神に祈り続けていたのだ。それでも七年もの間、事態は何も変わってはくれなかった。だからこそ。

（悪魔の力を借りたっていい。この国を元の豊かな国にしたい。飢えで苦しむような人がいない、お父様が治めていたころのラスターシアに……。エルセラと対等な一国として、お母様がラスターシア王妃としてふさわしい扱いをされる国にしなければ。そして……お母様の名誉を少しでも回復して差し上げたい）

サラにとって幸せだったあの頃のように。

亡くした人たちは帰ってこなくても、せめて生きている人たちだけでも幸せになってもらいたい。サラはそう心の底から願っていたのだった。

＊　＊　＊

「……姫君におかれましては、ご機嫌はいか……」

「ヴェリアル、私、今日は頑張るから！」

宵闇と共に窓から忍び込んできた男にサラは言う。そんな歓迎を受けると思ってなかったヴェリアルは、胡乱《うろん》げな顔をした。

「……頑張る？」

「はい、今夜こそ、ちゃんと契約を果たせるように頑張ります！」

ベッドの上で、健気に正座して自分を待っていたサラを見て、ヴェリアルはまだ眉を顰めたままだ。

「何の心境の変化だ？」

「いえ、今日街を歩いて、やっぱり早くこの国を何とかしないといけないって、改めてそう思ったので！」

両こぶしを握り、気合いを入れるサラを見て、ヴェリアルは深く嘆息する。

「まったく……この巫女姫は、相変わらず思いつきも行動も、突拍子もない……」

その勢いで、悪魔召喚なんぞをやってみせたのか、と問われて、サラは少しだけ顔を赤くする。まさにその通りだったからだ。

だが『相変わらず』などと、まだ出会って数日しかたってない悪魔に言われたことには、違和感を覚えることなく、サラは素直に頭を下げる。

「……すみません」

「まあいい。お前がその気なら……っと、そういえば」

言いかけて、ふとヴェリアルはサラの額にそっと触れた。

「もう熱は下がったようだな……」

柔らかく微笑んだヴェリアルに体調を気遣われると、胸がきゅんと高鳴ってしまう。

(きっと……また気を失わないようにって。よけいな面倒を掛けられるのを嫌がっているだけなんだ)

悪魔がサラの心配なんてしてくれるわけがない、そう自分に言い聞かせる。

「まあお前が覚悟をしているならいい」

そっと頤を持ち上げられて、唇を寄せられた。柔らかく口づけられて、とくんと心臓が甘く跳ね上がる。出会ってから、何度もされたキスは、悪魔の姿のままでもサラにとってはもはや怖いものではなく、その後の甘い誘惑の呼び水のように思えてしまう。

「はぁっ……んっ」

思わず声が漏れ、恥ずかしさに身を固くすると、ゆるりと唇を撫でられた。

「……おい。まだ気を失うには早いぞ」

ヴェリアルはくすりと笑い、サラをゆっくりとベッドに押し倒した。そしてサラの髪に指を絡め、小さくキスを落とす。ゆるゆると頭を撫でられて、心地よさに目を細めると、彼は耳元にそっと唇を押し当てた。

「んっ……」

咄嗟に声が上がり、手のひらで自分の口元を抑えて堪える。

「今日は最後まで頑張るのだろう?」

揶揄うような低い声が耳元で響き、サラの脳を甘く乱す。

「焦ることはない。ゆっくり呼吸を継げばいい」

次の瞬間、ヴェリアルの大きな手が薄物越しに胸元を覆った。

「んっ……いぁっ……」

ゆっくりと撫でまわす手に気を取られた瞬間、唇の端に柔らかくキスを落とされた。

じっと瞳を覗き込まれながら、何度も唇の端に淡いキスを落とされ、ゆるゆると膨らみを揺らされて、胸の奥に妖しい感覚が湧き上がってくる。

「んっ……ぁっ……んん」

うっかり唇を開けば変な声を上げてしまいそうで、サラは無意識で歯を食いしばってしまっていた。

「食いしばるな、力を抜け」

歯を指先で軽く抑えられて、小さく開いた唇をヴェリアルの舌が舐め、そのまま優しくサラの歯列をなぞる。くすぐったかったその感覚も、今はゾクゾクとするような甘美な戦慄となって背筋を駆け上る。

「んっ……ぁあっ……ぁ」

舌先を絡めそのまま吸い上げられて、一瞬気が遠くなりそうだった。

「……息をゆっくり吐き出さないと、また意識が飛ぶぞ」

ちゅちゅ、と啄むようなキスが繰り返されて、穏やかに触れ合っていると、なんだかその繰り返しにお返しをしたくなってしまう。

「ふっ……はぁっ」

夢中で彼と同じように、唇を啄み返すようにすると、自然と口元から力が抜ける。それに合わせて、甘い声が零れてしまった。

恥ずかしくて、再び口を引き結ぼうとすると、今度は舌が忍び込んできた。

「上手にできているじゃないか……」

力が抜けたところで、再び口づけを落とされ褒められる。再び始まった深いキスで優しく舌を絡められると、もうそれ以上歯を食いしばることはできなくなった。あとはジンと頭の奥が溶けていく感覚の中で、甘い声を上げてヴェリアルに蹂躙されるままだ。

（……なんだか、ふわふわして……キモチイイ……）

乞われるまま甘い声を上げながら、ふとそんなことを思っている自分にドキリとする。

ヴェリアルはやわやわと胸の膨らみを撫で、そのうち胸の頂を中心に指でなぞり始める。

「服の上からでも、こんなに感じて硬くなっている……。ここが……気持ちいいんだろう？」

「ひぁっ……んっ」

爪先を立てて、尖り始めた蕾をコリッと掘り起こすようにされると、きゅんとお腹の奥が疼く。ふわふわだった胸が徐々に張り詰めているような気がして、よけい自分がイヤらしく思えてしまう。

「いい子だ……気持ち良ければ、素直に声を上げればいい。どうせここには俺とお前しかいない」

その目の前の人に声を聞かれるのが恥ずかしいのだ、と思いながらも、甘えるような声を上げてしまって、慌てて声を堪えるため手で自らの口を押さえようとした。

だがその手を捕まえられて、端正な顔立ちのヴェリアルが舌を伸ばし、サラの指をねっとりと舐め上げ始めると、その様子に目を奪われる。心臓の鼓動が高まり、自分でも驚くほど艶っぽい声を上げてしまっていた。どんどん感じさせられて、サラは追いついていくのに必死だ。

「ひとつずつ……快楽を覚えていくといい。全部……教えてやる。俺が」

潤んだ瞳で見つめる先にいるヴェリアルは、決して焦ることなく優しい笑みを浮かべ、先導してくれているように思える。

いつもよりゆっくりと進む彼の指先に、サラは乞われるまま、素直に甘い声を上げてしまっていた。そうすることで息苦しさより、気持ち良さが上回ってくることを、体に教え込まれていく。

「わかるか？　……こんなに蜜を湛えて……」

気づけは下着を奪われ、下半身を大きく開かれてしまっている。恥ずかしくて思わず呼吸を乱すと、再びキスを繰り返されて、甘い声を上げて啼くように促された。

「いぁっ……ぁあ……ん」

くちゅっと粘度の高い水音がして、花びらをなぞるように指が滑る。

「……ここも固くなっているな」

「ひぁっ……だめっ……そこ……おかしく……っあ」

花びらの奥の花芯を指先で掻かれ、瞬間、じわりとおなかの奥が疼き、とろりとしたものが蜜口を濡らす。じわじわと柔らかく弄られるうちに、ひくんひくんと体が震え始めてしまう。

「んんっ……」

はしたない声がさらに漏れそうで、慌てて唇を噛みしめると、再びキスが唇に落ちた。

「……力を抜けと言っているだろう。素直に声を上げて啼けばいい。今夜は最後まで頑張るんだろう？」

その言葉に慌てて力を抜こうと努力をする。なんで男に体を奪われるために、こんなに必死になっているのかわからなくなって、ふと、サラの唇に笑みが浮かんだ。

「そうそう、それでいい」

笑みを零すと体の力が抜ける。それを確認して、悪魔の指先が小刻みに花芯を揺らしていく。サラがびくんと体を震わせた瞬間、愉悦で頭が白くなるような感じが増していき、きゅんきゅんと触れられていない蜜壺まで震え始める。一瞬身構えそうになった瞬間。

「はぁっ……」

彼の指がサラの唇から入り込み、そっと歯を抑えるように指先を挿し入れた。

「サラ、いい子だから……そのまま素直に声を上げて啼くといい……」

「あぁっ……はぁっ……いやぁ……ん」

艶事の最中に名前を呼ばれ、それだけでゾクンと背中に快感が走る。咄嗟に開いたままのサラの口から甘く淫らな声が零れた。体が緩み、蜜に塗れた花芯をコリコリと擦られ揺らされた瞬間、ぎゅんっと体が浮き上がるような感じがして、彼女は傍らにあった彼の腕を摑み、そのまま身を反らせる。

「あっ……ダメぇ……ヴェリ……っひぁあっ……ぁはぁあああ……」

――それは初めて感じる何とも言えない心地よい感覚だった。じわんと全身に血液が流れドクドクと心臓が暴れる。抑え込もうとしても、ひくひくと体が幾度も震えてしまう。

「……それがイク、という感覚だ。気持ちよかったか？」

ヴェリアルの甘くて掠れた声が耳元から忍び込み、サラをさらに心地よくさせる。

（優しくて……心地いい響き……）

意地悪だけど温かい、サラが一番好きなあの人の声に似ている気がして、サラはうっとりと瞳を細める。そっと額にキスを落とされて、敏感な部分に触れていた指が離れ、優しく抱き寄せられた。

寄せた男の胸元からドクドクと、跳ね上がるような早い鼓動を感じ、何故かじわっと幸せな気持ちが込み上げてくる。

「……ヴェリアルも。ドキドキ……しているんですね」

胸元に手を触れて囁くと、ヴェリアルは少し困ったように苦笑する。

「……さっきのお前がなかなか色っぽかったからな」

「それって……」

(私がこの人の心臓をドキドキさせたってこと?)

そんなことを思うと、よけいに心臓が高鳴る。さっきから鼓動が跳ねまわりすぎて、おかしくなりそうだ。

「大丈夫か? 疲れただろう。少し休んだらいい……」

髪を優しく撫でてもらって、ドキドキした心臓は徐々にとくとくと柔らかい音を響かせ始める。体が温かくて心地よい。なんだか……眠くなってくる。

「……と。ようやく失神しなかったと思ったら……今度は眠いのか?」

ふわりと欠伸《あくび》をしかけた瞬間、ヴェリアルと視線が合って、サラははっと慌てて口を覆ってごまかそうとした。

「……まあ少し寝たらいい。それでまた目が覚めたら一からやり直してやる……」

そんな甘やかすようなことを言うから、サラは生まれて初めての深い絶頂感に、心地よい疲れがどっと出てしまって、思わず瞼が重くなる。

「ふぁ……」

抱きしめてくれる人の腕の中は温かくて、なんだか安心できて……気がつくとサラの瞼は下瞼に付き、くうくうと柔らかな寝息を零していた。

＊　　＊　　＊

「……………気楽なことだな」

たとえ悪魔だとしても、本能を感じる部分は、普通の男と変わらないらしい。初々しく乱れる姿を散々見せつけられ、可愛い声で啼かれ、腕に縋りついて絶頂を迎えられて……己の欲望は今、張り詰めんばかりに身を苛んでいる。

だが、自分の腕の中で何も疑うこともなく眠っているサラの顔を見て、笑みが零れていることに、ヴェリアルは気づいていなかった。するりと滑らかな髪を梳く。

「結局、今夜もこのまま朝まで寝てしまうのだろうな、この娘は」

ぼやきながらも、契約を履行できる日が、また一日伸びたことを確信して、無意識に安堵の吐息を漏らし、サラの顔に掛かる髪を耳に掛けてやった。

窓から差し込んでいる優しい月光が、サラの愛らしい寝顔を照らしている。ヴェリアルは柔らかな曲線を描く閉じた瞼にそっと口づけを落とす。

そして彼女と自らを引き裂いた不条理な過去を、再び想起していた。

その日、彼らが巻き込まれたのは不幸な落盤事故、だった。少なくともその時はそれを疑ってなかった。

落下してきた岩は一瞬で、護衛についていたエルセラの近衛騎士団ごと、国王も王太子も押しつぶした。不幸にも同行していたサイラス達を巻き込んで……。

*　　*　　*

「ぉ……おう……じ？」

次の瞬間、ゴボッというような水音交じりの、濁った声が近くで聞こえた。

「……サイラス、無事か？」

周りには動く人影がほとんど見えない。今の落盤でほとんどの人間は死んだか、大けがを負い、動けなくなってしまったのではないだろうか。父であるエルセラ国王の姿も声も確認することができない。

「あぁ……王子、無事……ではない、です。残念……ながら」

土埃が落ち着くと、ようやく状況が見えてくる。岩に埋め尽くされた渓谷は、まさしく地獄絵図になっていた。

傍らに倒れた男の腹にも割れて尖った岩が刺さり、下半身は大岩で完全につぶされ目視することすらできない。今はまだ息があるとしても、たぶん長くはもたないとリアムは即座に判断した。

「……何か俺にできることはあるか？」

するとリアムの問いに答えず、サイラスはいきなり奇妙なことを言い出した。

「王子、賭けをしましょう。……俺は貴方に全部を賭ける」

「は？　……何を言っている？」

「――出でよ、召還の光」

そう言った途端、彼の胸元で何かが光った。

「――それは……なんだ？」

「……商売モノに手を出すのは主義ではないですが、死んでしまっては商売のしようもない。……これは希少で非常に高価な魔石です。対価として悪魔を使役できるレベルのね」

血で唇を染めながら、サイラスは笑う。

「これで悪魔を呼び出すことができる、はずだ。あとは王子次第。俺は是非とも生き残りたいが、この状況では少々厳しいかもしれない。もし無理でもせめて、俺の魂を愛しい家族に届けたい。王子は即死するほどの傷は負っておられない。なら上手く悪魔と『交渉』して、優位にことを運び、俺の魂と、ついでに貴方自身を救ってほしい」

それだけ言うと、男はまた血を吐き、血まみれの顔でリアムを見上げる。

「ちょっと待て。お前自身が交渉しろ。それがお前の生業《なりわい》だろう？　それだけ話せるなら十分だ」

　このままこの男を死なせたくない。その想いで声を掛けると、突如、耳元でくすくすと笑う女の声が聞こえた。

「そいつは無理だね。魔石のおかげで一時的に時が止まった状態になっているから、今は何とか喋れるんだろうけど。ほらごらんよ。死体から魂を切り離すための鎌を使えなくなって死神が困っている。でもこの交渉が終わり、それをアタシが手に入れれば、ソイツはその鎌で、この男の魂を切り取って冥界に連れて行く」

　突然現れた女はリアムにしなだれかかりながらサイラスを指さす。それを見てリアムは女の言いたいことを理解した。

「……」

　その女が介在したことで、初めて見えるようになったのだろうか？　そこには目を閉じて今にも事切れそうなサイラスと、その首に三日月のような形の大鎌を引っかけて、命が消えるのを待っているように見受けられる黒マント姿の骸骨がいた。どうやら物語などに登場する、死後の世界へと人の魂を連れていく死神という存在らしい。リアムが眉根を寄せてそれを見ていると、女が自己紹介を始めた。

「初めまして、リアム王子。アタシは女悪魔アイリス。死にかかっているその男の代わりにアンタがアタシと交渉するんだよ。さあ、何を望む？　そして代わりに何をアタシにくれるんだい？」

そして瀕死の重傷を負っているリアムに向かって、女悪魔は『このまま人として死ぬか、悪魔として生きるか』の二択を迫ったのだ。死はすべてを諦めることだ。リアムはサイラスとの会話を思い出して、アイリスといくつかの取引をし、悪魔として生きる選択をするのと同時に有利な条件を引き出した。もちろん失ったモノの方が大きかったが。

そして悪魔として生きると決めた彼が、悪魔ヴェリアルとして意識を取り戻した時、最初にアイリスに教わったことは、人間と契約する方法についてだった。

契約を交わす前に相手と情交し、器をもらい受けるというルールを作ったのも、か弱くて脆い人間の男が大好物だという、変わり者の女悪魔アイリスだ。だが、ヴェリアルは唯一の想い人以外、他の女の体など欲しくなくて、どんな召喚の呼び出しにもずっと応じずにいたのだ。

――どうしても欲しいと思った魂の持ち主は……。

白んできた微かな灯りの中で、金色の髪の乙女は健やかな寝息を立てている。

(我ながら……恋々としすぎていて馬鹿らしくなる)

悪魔になって初めての、惹かれてやまない魂からの召還に、それが悪魔の本能なのかと渋々応じると、そこには血を吐く思いであきらめた元許婚《いいなずけ》のサラが、間の抜けた顔をして立っていたのだ。

（――とっくにほかの男のモノになっていると思っていたのに……）

もう十九になったはずだ。本来なら誰かのもとに嫁ぎ、幸せに暮らしているはずだった。それが何故かひとり、さびれた神殿にいて、打ち捨てられたようなみすぼらしい姿で、悪魔になりさがった自分を怯えた顔で見つめていた。

（会いに、行きたくなかったわけではない……）

悪魔となるには体の変化も大きく、五年間ほどは自由に動くこともできなかった。その間に徐々に思考も悪魔らしくなっていった自分は、現世のことにまったく関心が持てなくなっていた。父と自分に起きた事故の真相すら、正直言ってどうでもいいことのように思えていたのだ。

唯一の心残りはラスターシアの愛らしい王女のことだったが……。それもこんな体になってしまえば、元のように妻に、などと望むわけにいかず、あきらめざるを得なかった。

彼は小さく唇を噛みしめて、自らの腕枕で安心しきって眠る姫からゆっくりと腕を外す。

（ああ。もうそろそろ……帰らなければいけない）

明るい光の下で自らの醜い姿をさらす前に、彼は彼女の元を立ち去ったのだった……。

＊　＊　＊

翌朝、サラが目覚めるとやはりヴェリアルは姿を消していた。そしてダイニングの上には、今日もまた、ひとりでは食べきれないほどの、豊富な食料が用意されている。

「みんなお腹がすいているのに……私にだけ十分過ぎる食事が用意されているのは申し訳ない気がする……」

だからと言って、これを配り歩けば、ホーランドのような人間の猜疑心を煽るだろう。

サラは食事を終えると、残っている食材をどうするか思案しながら、神殿の務めを始める。

今日はレナとマイアの親子を含め、信者はひとりも来ていない。だがサラがたったひとりで掃除を始めると、じきに珍しく信者以外の訪問があった。

「サラ殿。我が主人、ホーランド・フォン・スタージア様から書状をお預かりしております」

ホーランドの家令と思われる人間が届けに来たのは一通の招待状だ。

彼の元の名前が何だったかサラは知らないが、今のホーランドは名前の中に元の王都「スタージア」を勝手に入れている。そういうところが厚顔無恥で嫌なのだ、とサラはそっと嘆息を零しながらも、その書状を受け取った。

今のホーランドを邪険に扱えば、神殿の信者たちにも迷惑がかかるかもしれない。できればすぐにでも返事が欲しいという家令の言葉に、サラは仕方なく招待を受ける旨の返信を持たせたのだった。

——数日後。

サラは招待を受けて、ホーランドの家に向かっていた。ヴェリアルが用意したドレスの中でも、品は良いが地味で落ち着いた色合いのドレスを身に着けて、気が進まないままでも、礼を欠くことがないように心がける。

「ようこそ、サラ殿」

元主君の娘であるサラに対して、ホーランドはあえて対等な態度を取る。しかも現在の立場は上である自分が、あえて謙虚に振る舞っている、という雰囲気を醸し出しながら。

「お招きに預かり光栄です」

サラはわざと文句のつけようのないほどの優雅な仕草で、ホーランドに挨拶をすませた。それにしても、今日の目的はなんだろうか。何かのパーティか会合があるような招待状だったのに、実際にこの場にいるのはホーランドと自分だけなのだ。

「あの……今日のご用事は……？」

ふと不安になって尋ねると、ホーランドはニタリと厭らしい笑みを浮かべた。

「姫君は……いくつになられた？」

「え？　……あの年齢、ですか？　ええ、もうじき二十歳になります」

咄嗟に答えると、ホーランドはしたり顔で頷く。

「いえ、最近姫君に関する妙な噂を耳にしましてね。……近頃貴女のところに、変な男が出入りしていると。そしてさまざまな物を寄進していると……ね」

ホーランドはじわりとサラと距離を詰め、ソファーに座るサラの横に体をねじ込むようにする。

「あの……」

「このドレスも……地味だが絹ですね。織りも細かく滑らかで、良い品質だ……」

するりとサラの袖を撫で上げるようにして肩に手を置くと、体重を載せてきた。サラはその気持ち悪さから逃れようと、男とは反対側の肘掛けに手をついて体を反らす。

「なっ……やめてください」

「……その男は、なぜこのような高価なドレスを貴女に寄進するのですか？　もしかして……純真な『愛の女神』の巫女に取り入ろうとしているんでしょうかね？　……そして貴女はもちろん、今も正真正銘の処女巫女に間違いありませんよね？」

ホーランドは、サラの体をぐいとソファーに押し付けながら、スカートの裾を絡げて白い足を外に曝そうとした。サラは必死にその手から抗う。

「なっ……何をするんですかっ」

悲鳴に近い声を上げるサラの手足を押さえ込むと、ホーランドは彼女をソファーの上に無理やり押し倒した。

「いえ、私はスタージアを預かる者として、サラ姫がどこぞの男と姦通などしてないか、確かめようとしているだけですよ」

顔をサラの耳に寄せると、ねちねちと厭らしい声で囁き、さらに彼女のスカートの裾をまくりあげようとする。

「やめてっ、何をするの。私は……その、そんな淫らなことはっ」

「……なさってないのなら、ご安心を。私が直接確かめて差し上げましょう……なに、ほんの数刻で終わりますから」

耳元でねっとりと話しかけられて、サラは声すら出ない。ただひたすら何とか逃れられないかと抗い続けた。ホーランドの拘束から抜け出せた腕を振り回すと、ソファーの前に置かれていたグラスを叩き落としてしまう。

――ガシャーーーン。

辺りに響き渡るほど、大きな物音がしたのに、それでも誰ひとりとして部屋には入ってこない。

サラはその事実にゾッとした。つまりこの部屋は人払いをされており、何かあっても顔を出すな、と主人に言い聞かされていることに他ならない。

「高貴な小鳥は愛らしい声で鳴くのですよね。是非聞いてみたいものです」

男は余裕たっぷりで、サラの手首を捕らえたまま怯える彼女の顔を覗き込んだ。

「いい加減にしてください。そんなことのために私をここに呼んだのですか？」

サラが声を荒らげてホーランドを詰問した、その時。

「……ホーランド、取り込み中に悪いが……相手の女性は嫌がっているように見えるのだが……」

突然声がして、はっとふたりは顔を入口の扉に向ける。そこには何の先触れもなく、男が扉を押さえるようにして立っていた。それを止めたいのに止められないといった風情で、ホーランドの家令がおろおろしながら後ろに控えている。

「……カ、カイル様。なぜこちらに？」

慌てて立ち上がるホーランドを見ながら、サラはスカートの乱れを急いで直した。

「ご連絡を頂きましたら、こちらからお迎えに上がりましたのに……」

扉前から動こうとしない男の元にホーランドは駆け寄ると、腰を深く折り丁寧にお辞儀をした。

サラはこの場の救世主が誰なのか、その男の様子を確認する。不機嫌そうにホーランドを睨み付けているのはまだ若い男だ。サラはその姿を見て、呼吸が止まりそうになった。

「突然訪ねてきてよかった。私は紳士的ではない行動が大嫌いだと、以前、貴方にお伝えしましたよね？」

男は肩にまで届く見事な美しい銀色の髪をしていた。ホーランドに向かってそれだけ言い捨てると、ゆっくりとサラの元に歩み寄り、紳士的に手を差し出す。

「お嬢さん、大丈夫ですか？」

呆然としながら、サラは無意識に彼の手に手のひらを重ねた。覗き込む彼の瞳の色は、深く澄んだような蒼色の瞳で……それはまるで……。

「……リアム？」

思わずそう呟いてしまうほど、その男性は彼女の喪われた許婚の王太子に似ていた。

「……貴女は……兄をご存じでしたか……」

カイルは答えながら、サラの顔を覗き込んだ。次の瞬間、驚いたように息を飲む。

「……その美しい紫の瞳に金色の髪。……もしかして貴女様は、ラスターシアのサラ姫ではありませんか？」

びっくりしたように見開いたカイルの瞳は、サラを飲み込むほど深くて、美しい海のようなサファイア色だった。サラもいきなり自分のことを尋ねられて、驚きに言葉がうまく出ない。

「はい……あの、貴方は……」

男が身に着けているのは旅用の簡易な装束だが、上位の貴族が身に着ける品の良いものだった。瞳の色と同じ、大きなサファイアの胸飾りがキラキラと輝いている。それを、サラは以前見たことがあった。あの婚約発表の日、リアムの胸を飾っていたものだ。

優美に伸ばされたカイルの手に柔らかく引き上げられてソファーにきちんと座り直すことができた。そのサラの足元にカイルは跪き、そのまま彼女の指先に唇を寄せる。

「私はエルセラ王国、第二王子……いえ、リアム兄上がこの世からいなくなってしまった今となっては、私が第一王子、王太子となってしまいましたが……。覚えていらっしゃいますか？　弟のカイルです」

カイル王子は優美に長い銀色の髪を揺らし、深く蒼い色の瞳を細めて笑みを浮かべる。

自分を救ってくれた目の前の人に、サラは思わず亡くした許婚の影を見つけて、声を失ってしまっていた。

「婚約のお披露目の時にお目にかかりましたね……」

にっこりと笑ってカイルはリアムと同じ色の瞳でサラを見つめる。そういえばリアムには二歳年下の弟がいたはずだ。リアムの父であるエルセラ国王が、リアムの早逝した母によく似た美しい女性を後宮に招き入れた結果、産まれた弟は母親が違ってもよく似ているのだと、女官たちの噂で聞いたことがあった。

「あの……カイル王子、お久しぶりです」

改めて成長した姿を見ると、リアムがそこにいるかのようによく似ている。突然目の前に現れた人の容貌に、サラは思わず目を奪われていた。

「サラ姫は以前にもまして、美しくなられましたね……」

リアムと同じ蒼色の瞳に見つめられて、サラの頬が熱を持つ。その柔らかな視線は暖かくて、別人だとわかっていても、サラに強烈にリアムを意識させた。

「お会いできて嬉しいです」

社交辞令混じりのサラの言葉に、彼は瞳を細め、柔らかい笑みを浮かべる。

「こちらこそ、美しく成長した姫君に再会できて、今日は何て素晴らしい日でしょうか。……こんな状況でしたが、今日訪ねてきて本当に良かった」

チラリとホーランドを睨みつけると、サラに視線を戻し甘く囁く。紳士的なカイルに話しかけられて、自然とサラも笑みを返していた。

＊　＊　＊

サラとカイルと……彼の突然の訪問に呆然としたままのホーランドがいる応接間には、大きな窓から、眩しいほどの光が燦々と差し込んでいた。

そして室内にいる者たちは誰も気づいていないが、窓の外には、明るい昼の日差しに影を落とすような大きな黒いカラスの姿が見えている。


――そして。

カラスは室内の様子を確認するかのようにじっと見ると、まるでため息をつくかのように視線を落とす。それからバサリと闇色の禍々しい翼を広げ、そのまま空に飛び立っていったのだった……。

第六章　悪魔の憂鬱と銀髪蒼目の王太子

「おや、ヴェリアルじゃないか、こんな時間にどうしたんだい？」

女悪魔のアイリスが珍しく早めにねぐらに戻ってくると、じきにヴェリアルが帰ってきた。宵闇に紛れるように帰ってきた彼はアイリスの顔を見た瞬間、いると思わなかったのか、舌打ちをする。

「おや、アンタにしてはいい態度だ」

まあ元王子だから仕方ないけど、この男は坊ちゃんらしいお上品さが抜けなくて、おおよそ悪魔らしくない。悪魔はもっと下品で悪辣《あくらつ》で、ズル賢くないと務まらないのだ。ゆえに人間の世界では眉を顰められるような彼の行動を、アイリスは機嫌よさそうに容認した。

「で。今夜はご執心のお姫様のところに行かなくていいのかい？」

ようやく自分好みの魂を手に入れることにしたらしい。このところ外出することの多いヴェリアルの顔を、アイリスがニヤニヤ顔で覗き込むと、彼の黒い瞳には微かな動揺が見え隠れする。だが、言葉だけは平然と返してきた。

「別に……毎日行く必要もないからな」

「まさか姫さんに嫌われて、尻尾を巻いて逃げ出してきたんじゃないだろうね？　女の抱き方はアタシが教えてやったから、そこはバッチリ決められたんだろ？」

普段飄々とした顔を見せている男が、必死に動揺を押し隠そうとしているのが楽しくてたまらない。だからよけいに揶揄いたくなった。

「……そういうアイリスこそ、夜にこっちに戻っているのは珍しいな。男に愛想を尽かされたのか？」

憎まれ口を叩くヴェリアルに、彼女は豊満で美しい体を彼の腕に押し付けるようにしてやった。アイリスはいつもなめした皮のようなぴったりとした素材の、黒色のドレスに身を包んでいる。薄くて艶やかな生地は胸の尖りすら拾っていて、男たちは脂下《やにさ》がった顔でそれをじっと見るか、目のやり場に困るように慌てて視線を逸らすのだ。それがアイリスは楽しい。案の定、ヴェリアルも行儀よく胸元から視線を逸らすのに気づいて、ニヤリと笑う。

「ちょっと〜、ヴェリアル、聞いてよ。この間の男、あっさりおっちんじまったのよ。ひと晩でたった五回、ヤッたくらいで心臓麻痺起こして死ぬとか、やっぱり年寄りはダメだね。まあ、モノの勃ち具合がイマイチだったから、さっさと死んでくれて、代わりに魂を手に入れられてよかったんだけどさ。やっぱり前のハロルドが若くて可愛かったからねえ。ひと晩でも何度でも付き合ってくれたし。まあテクニックはなかったけどね、必死で縋りつくところが可愛くてさ〜」

「わかった。もういい」

話はここから、というところでヴェリアルは話を遮る。咄嗟にアイリスはヴェリアルを離すまじと、もっと深く腕を絡ませて、豊満な胸をたっぷりと彼の腕に擦りつけてやった。そして妖艶な流し目を送りつつ、誘惑するような笑みを浮かべる。

「だから今晩、アタシ、物足りないのよぉ。ちょっと付き合いなさいよ。姫さんが満足するように、実地で女の抱き方、もう一度復習してやるからさ。下手な男は嫌われるよ。ってまさか、本当に閨《ねや》が下手で、嫌われて追い出されたんじゃないだろうね？」

「違う。というか……人聞きが悪い。俺がいつ、アンタから女の抱き方を教わった？」

「えええええ。人聞きが悪いって、閨が下手だって話じゃなくて、そっちの意味で？」

アイリスは目を丸くして責められる内容の違いに声を上げる。この元人間は男のくせに純潔なんかを気にするのだ。全く意味が分からない。

「いや、アタシ、経験値が少なすぎて、アンタが姫さんに閨から追い出されたら可哀そうだなって心配してあげたんだけど。それにいつも懇切丁寧に教えてあげてるじゃないかぁ。どうやったら女が気持ち良くなるとか、どこが感じるとか、こうしながらああすると良いとか、経験談をたっぷりと。……ってまさか、アンタ、まだ抱いていないんじゃないだろうね？　そもそも、未だに一度も女とヤッたことないとか言うんじゃ……やだやだ。処女と童貞の組み合わせなんて最悪だよ。あ、姫さんの方が経験ある可能性も……」

「ない、あるわけないだろう」

眉間に皺を寄せて、そんなことは絶対に許さない、というように言い放つ男の言葉に、考えてみたらこの潔癖さ加減、童貞男そのものじゃないかと気づき、アイリスはあんぐりと口を開けたまま、目の前の男を見上げた。

「それにそんなこと、アンタには関係ないだろう。俺は別にアイリスに教わらなくても困ってない」

好きな女以外は抱く気がない、と普段からアイリスに言い切っているヴェリアルは、しがみつくアイリスの頭をぐいと押して、無理やり引きはがそうとする。

「可愛くないねえ。こんな美人に実地で閨事を教えてもらえるなんてそうそうないよ。みんな額を床にすりつけて、抱かせてくださいと頼み込んでくるのに、アンタってやつは本当に面白味のひとつもない奴だね」

アイリスの容姿は三十代前半の脂の乗り切った、婀娜《あだ》な美女そのものだ。普通に性欲があれば、閨に誘われて袖にする男はまずいないだろう。そして一度床を共にすれば、男たちはそれに溺れて死ぬまで付き合ってしまう。女悪魔としては、欲望に弱い人間をそのくらい簡単に誘惑できないようでは失格なのだ。

「ああ、そう。嫌なら別にいいよ。でもさ、人間ってめちゃくちゃイヤラシイこと大好きだからね。その姫さんだって一度ハメてしまえば、アンタに朝に晩に抱いてほしいと必死で迫るだろうにねえ。またそれが最高に楽しいんだけど」

まるで自分は決して肉欲には堕ちない、とでも言いたげなヴェリアルの様子を無視して、アイリスは好き勝手に人間との艶事《つやごと》の楽しさを彼に語った。

「……ちょっと、アンタもやりたい盛りでしょ。姫さんが面倒なら、他の奴でもいいじゃない。楽しまないと」

「……ヤるだけの相手なんていらない」

「ふーん、変な奴」

女遊びをするわけでなく、酒や食べ物に耽溺《たんでき》するわけでもなく、人を欲望に貶めるのが存在意義であるくせに、ろくすっぽそれらしい行動もとらず、ようやく執着した様子を見せた姫の話をすると、今夜は本気で苛立ちを覗かせるのだ。

（ホント、姫さんだけは特別なんだねえ……）

普段は淡々としている彼の表情が揺らぐのは面白い。死んだような目をしているより、そうやって足掻《あが》く方が人間は輝くのだ。まあ、ヴェリアルの場合は、元人間の悪魔、だけれど。

「……アンタさ、失敗したくないなら、真面目に一回、アタシとしてみる？　練習ぐらいしておく方がいいんじゃない？」

「……一切興味ない」

「あ、そ」

まあしたくないのなら、それもまた悪魔の自由な生き方のひとつだ。それにしても奇妙な男を拾ってしまったものだと、アイリスはため息をついた。

「……もういいだろう？　放っておいてくれ。今夜は寝る」

まさかこんなに早くアイリスが戻ってきているとは思わなかったヴェリアルは、もう一度舌打ちしたい気持ちをこらえ、アイリスを部屋から追い出す。考えることは山ほどある。少なくともアイリス相手に馬鹿話に付き合う余裕はない。ヴェリアルは部屋の扉を閉め、ベッドに倒れ込んだ。

『ったく愛想がないね。せっかく命を救ってやったのにさ』

扉の向こうから、さらなる悪態が聞こえる。悪魔のくせにアイリスは意外と情が深い。方向性はおかしいものの、自分を心配してくれているのだろうと、数年来の付き合いがあるヴェリアルにはわかっている。とはいえ考え方がそもそも違う女悪魔《アイリス》と今、話す気力は残っていないのだ。

＊　＊　＊

『――悪魔としてなら生かしてやってもいいよ』

あの運命の日のことを思い出しながら、ヴェリアルはベッドサイドの棚の引き出しに手を伸ばした。そこには、親戚でも恋人でもない、赤の他人が描かれている肖像画がしまってある。

それはエルセラで人気の画家の作品で、ラスターシアの商家の夫婦が描かれていた。仲睦まじそうな夫婦の間には、生まれたての赤ん坊が愛らしい笑顔を見せている。ヴェリアルはぐしゃりと黒い髪を掻き上げ、その絵画に八つ当たり気味に話しかけた。

「……サイラス。お前のおかげで人生、面倒なことだらけなんだが、どうしてくれる？」

あの災難で得たモノのひとつが、絵画に魂を定着させた男の存在だ。ただし彼自身の家族に関する記憶は、交渉の代償に消え失せている。つまり彼は魂を絵に定着してもいいと思うほど、スタージアに残してきた愛妻と幼い子供に会いたがっているのに、家族に関する記憶もなければ、自分の正確な名前もわからず、家族のもとに帰ることもできないのだ。自分と一緒に移動していたせいで、この男も数奇な運命に巻き込まれたものだ、と小さく嘆息する。

ようやく目覚めたのか、絵の中の夫の方、赤毛の男がパチパチと瞬きをし、ヴェリアルに話しかけてきた。

「そもそも貴方の場合、『人生』なんですかねえ。『悪魔生』とかではなく？」

軽口を叩く絵の男をじろりと睨み付けると、男は慌てて真面目そうな表情を取り繕った。

「ともかく。俺は貴方に礼を言われることはあっても、文句を言われる筋合いはないと思うんですがね。選択肢を増やしたわけですし」

確かにこの奇妙な絵の男が、死にかけていたリアムを救い、『悪魔ヴェリアル』を作り上げるきっかけを作ったのだ。そして今は人間らしさを失いそうな日々の中で、ぎりぎりヴェリアルを人として保たせてくれているのはこの男のおかげでもある。それには深く感謝しているが……。

「……やっぱりお前が悪い」

決めつけるようにヴェリアルが言うと、絵の男、サイラスは肩を竦めて笑った。

「まあ、たまには子供のように八つ当たりしたくなる時もあるでしょう。でも、悪魔になるという選択をしたのはリアム王子、貴方ご自身ですからね。って……今日はいつもにもまして憂鬱そうな顔をしてますねえ。何かあったんですか？」

「……今日、サラがカイルと会っていた……」

サイラスの言葉に、ヴェリアルは不機嫌な声で答える。

「カイル？　カイルって確か王子の弟君でしたね。それがなんでリアム王子の許婚のサラ姫と？」

ヴェリアルは自分の頭の中を整理するように、今日カラスに化身して、ホーランドの家の窓から見た光景についてサイラスに説明した。

「なるほど。……まあ『物語』なら、亡国の姫君は、いけすかないエロジジイの魔の手から救ってくれた戦勝国の王太子に見初められて、元通り幸せな生活を取り戻しました、って展開もありそうですが」

笑う絵の男をじろりと睨むと、慌ててサイラスは真顔になってみせた。このラスターシア男は陽気だが、少々冗談が過ぎるし、往々にして調子が良すぎる。

「ええ～っと、コホン。……確かカイル王子は、貴方に良く似ておられるんでしたよね？」

　その言葉にヴェリアルは眉を寄せて渋面で頷いた。

「うーん、サラ姫に近づく、亡くなった婚約者によく似た弟王子ですか……。そりゃ……まあ、あまりリアム王子的には気分がよろしくはないですねえ。しかも、カイル王子はリアム王子がいなくなったことで王太子になったわけで……」

　眉を顰めるサイラスの顔を見ながら、ヴェリアルは七年前のことを思い出す。父と自分が落盤事故で亡くなった（とされた）後、叔父が権力を握った。そして国王代理となったレナード叔父は、落盤事故を装ってエルセラ国王とリアム王太子を暗殺したのだと決めつけ、一方的にラスターシアとの条約を破棄し、戦端を開いたのだ。長い間続いていた友好関係に安寧し、エルセラに対して警戒を怠っていたラスターシアは反撃の機会すら与えられず、あっと言う間に攻め落とされ、併合されてしまった。

「結局あの事故で、得をしたのはレナード三世と、カイル王太子ですよね。友好国であり、自国の姫をエルセラの次世代の王妃とする予定であったラスターシアにとって、エルセラ国王とリアム王子を害する利点は何ひとつないでしょう。だとしたら、誰があの事件を起こしたのか。得したのは誰なのか。……そもそも前国王とレナード三世の関係は良好だったのですか？」

　いつも冗談ばかり言っているサイラスが、ふと真剣な声で尋ねる。

「確かに父と叔父はあまりいい関係ではなかったかもしれない。だが表立って争うことはなかった。それこそ王位簒奪《さんだつ》をするほど、叔父は権力欲に溢れているタイプでもないし、どちらかといえば無気力な人間だったからな……」

サイラスは一連の事由について、きちんと調べておくべきだと以前から主張しており、日常に関心がなくなってしまったヴェリアルは、そんなことを知ったところで今さらどうしようもない、と無視し続けていたのだが……。サイラスの言葉に、彼はふと、昔侍従から聞いた噂話を思い出していた。

『レナード様は、国王陛下がタニア様を、ラスターシア王に嫁がせたことを恨んでおいでです。ですから、リアム王子もレナード様のことは信用されませんように……』

タニアはエルセラの公爵家の娘で、ラスターシア王に嫁ぎ、サラの母親となった。大人しい叔父が唯一執着していたのが従兄弟関係にあるタニアだったのだが、彼女はレナードを嫌って、リアムの父である国王の勧めでラスターシアに望んで嫁いだのだという。

「だからと言って……叔父が父を、などと……」

「……でも、少なくとも良好と呼べる関係ではなかったのですよね。では貴方とカイル王子はどうでしたか?」

「カイル……か」

カイルと自分は異母兄弟だ。最初から王太子として育てられた自分とは立場が違うため、あまり親しく付き合っていた記憶はない。ただ……。

『リアム兄上はズルい。いつも兄上ばかり……』

昔からそんなことばかり弟から言われていた。母を早く亡くした自分にとっては、実母に可愛がられ、甘えることのできる弟が正直羨ましかった。それなのに何故弟は、自分のことを羨むのか全く理解できなかった。

「……正直カイルのことはよくわからない……。まあ、当時まだ十五歳だったカイルが、あの陰惨な陰謀に加担していたとまでは思わない。だがサラが関わってくるなら、調べておく方がいいかもしれないな」

「そうですよ。そんな胡散臭い男に、大事な許婚を奪われていいんですか？　さっさと自分のモノにしてしまえばいい。手に入れてから、どうしてやるのが一番いいのか考えたらいいんです。お互い望んだ婚約関係だったのでしょう？」

そそのかすように言うサイラスの方が、ヴェリアルよりよほど悪魔らしい。

「だが……今の俺は彼女にはふさわしくないからな」

長く捩れた黒い爪。黒い羽。そして角。体も考え方も……もう人のモノとは異質な存在になってしまった。あの頃のリアム王子とは全く別のモノに。それでも彼女が欲しいという気持ちに変わりはないが……。

「サラ姫は、貴方がリアム王子だということには気づいていないんですよね」

「……悟られては、いないと思う……」

死んだはずの人間が、よもや黒髪黒目の悪魔になって戻ってくるとは思ってないだろう。

「だとすれば、サラ姫にとって、リアム王子はもう既にこの世にはいない存在ということになりますね。そして……人の心はいつまでも同じではない……」
「ああ……」
（あれから王太子としてカイルも成長しているだろう。ならば……異形の自分はそこには関わらない方がいい）
　愛しく思っていた婚約者を亡くし国を失い、それでも健気に生きてきて、その婚約者と
よく似た弟王太子に会えば心は揺れるだろう。まだ悪魔との契約は成立していない。今、
彼女が自分との契約の遂行よりカイルとの未来を選べば、サラ自身のこともラスターシア
の現状も、より自然な形で変えていくことができるはずだ。
（それでも……）
　サイラスと話してみたが、どうにも気持ちが収まらない。ふぅっとため息をつくと、
ヴェリアルはサイラスが定着させられている絵を手元で丸めていく。
「ちょっ……もう俺は用なしですか、礼ぐらいは言ってくださいよ、リアム王子。いや真
面目な話、貴方はもっと自分の心に素直になった方がい……」
　サイラスが必死に叫んでいるのを完全に無視して、ヴェリアルは丸め終わった絵を元の
引き出しに戻した。
　自分に降りかかった不条理な運命を振り払うように、ヴェリアルは首を左右に振る。
（少し落ち着くまで……サラに会うことはやめておこう）
　荒れ狂う気持ちのまま会って、これ以上彼女を怯えさせたくない。何より……嫌われた

くはない。……いやいっそ嫌われてしまえば話は簡単なのか？

（とにかく……今動くと碌なことにならないことだけはわかる）

しばらく彼女には会わない。ただ……彼女に気づかれないように、食事と服だけは明け方にでも届けてやろう。あの痩せた体に粗末な衣装では彼女にはふさわしくなさすぎる。

そう自分に言い聞かせると、眠れるわけもないのに、ヴェリアルはベッドの上で寝転がり、無理やり目を閉じた。

＊　　＊　　＊

「まったくもう……面倒な男だねえ」

自分を追い出すようにして、閉じられたドアを見て、アイリスはため息をついた。

「やっぱり姫さんと……何かあったのかねえ……」

普段ならアイリスの惚気話と、それに続く微に入り細に入った艶話に、ヴェリアルはしらっとした表情を浮かべながらも、一応付き合ってくれるのだ。だが今夜はそんな余裕はみじんもなさそうだった。

（まあ、隠しているつもりでも、この男が何を望んでいるかなんて……バレバレだけどね）

人が悪魔に身を変えるのは、それ相応の痛みと苦しみに耐えることになる。ざっと千日。それから体が馴染んで動けるようになるのにさらに数年。途中で生きることを放棄して悪魔になり損ねる人間も決して少なくないのだ。

だが、そこまでしてこの男が生きることを望んだのは、たぶん……。

『……サラっ……必ず、約束は守る……から』

苦しみ、悶える千日間で、何度も何度も聞いた名前。

そのくせ、意識が戻り、自分は異形のモノに成り果てたと理解すると、ヴェリアルは起きている間も眠っている間も、その名前をひと言も口にしなくなった。

「……欲しければ手に入れたらいいだけなのにね」

悪魔の自分に理解ができないのが人間で、だからこそ自分は人間の男に惹かれ続けるのかもしれない。

（なんでこんなの、拾っちまったかねえ……）

アイリスはふとあの日のことを思い出していたのだった。

＊　＊　＊

「初めまして、リアム王子」

魔石に呼ばれてアイリスが姿を現すと、そこにはなかなか豪快な状況が広がっていた。

大きな岩が落下し、王も下っ端の兵も皆同じように落石につぶされて、苦し気なうめき声を上げ、辺りには血の匂いが広がっていた。夜になればエサとなり果てた死骸を食べに、獣や鳥たちが大量に集まってきそうだ。

そんな状況の中、魔石を使った当の男は既に息が絶える寸前で、そのまま魔石だけを持ち逃げできるかと思っていたアイリスは、代わりに交渉人となった男を見て、目を丸くした。

（これまた……死なせるには惜しい、ずいぶんと綺麗な男だね）

銀色の髪に、気の強そうな深い蒼色の瞳がいい。まるで硬度の高いサファイヤ石のようだ。ただ、その体は落石してきた岩に押しつぶされて、放置すればじきに命が消えそうな気配だが。

「なら、この状況を元に戻して、けがをしている人間を治し、死んでいる人間は生き返らせてくれ」

王子という身分のせいだろう。人にものを命じるのに慣れた口調で男はそう言った。

「無理だね。死んだ人間はアタシの救える範疇にない。死ぬことが確定している人間もアタシには救えない。それはここにいる全員も例外ではないよ。アンタも含めてね」

「……なるほど、俺もか……」

男は蒼い瞳を伏せて、自らの体の状況を確認する。

「背骨が折れているだろう？　あと、足も岩につぶされているね。出血が酷すぎる。人間の体は脆いからねえ。そのままだと交渉が終わったと同時に死ぬよ」

「たしかに。普通なら話していられないほどの重傷だな。それもその魔石とやらで、時間が止まっているから悠長にしていられるのか？」

男はそう言うと、血まみれの手を持ちあげて、くしゃりと見事な銀髪をかきあげ、その髪を血で染める。

「なら……この状況からの救いはないのか？」

男は自分の体を確認して、冷静にアイリスに尋ねた。

「……そうだねえ。アンタを悪魔としてなら生かしてやってもいいよ。魔石ひとつで魂ひとつ分の願いは叶えてあげられるからね。悪魔になれば、その程度の傷なんてあっと言う間に治る。けど……他の奴を助けろっていうのは、その魔石ひとつじゃちょっと無理そうだね」

時間が止まっているのは、この魔石を持ってきた男と、交渉しているこの王子のふたりに関してだけだ。アイリスの言葉にさすがに王子は黙り込む。

「それは……死ぬか、悪魔になるか、ふたつにひとつの選択をしろ、ということか？」

すでに辺りからはうめき声すら聞こえなくなっていた。その状況でも感情をあらわにせず、男は淡々と尋ねてくる。だが、その眼は痛々しげで、周りの状況に心を痛めていないわけではなさそうだった。男はつとめて冷静に自分と交渉をしようとしているのだとアイリスは判断した。

「そう。アンタひとりだけなら、悪魔になって生き残ることはできるよ。ただし悪魔になると、その見事な銀髪と蒼い瞳を失う。アタシと同じような黒髪黒目の悪魔の姿に変わるけどね」

その言葉にリアムはアイリスの髪と瞳、それからその髪の間から生えている捩じれた黒い角と、真っ黒いカラスのような羽を見つめた。

「わかった……。それ以外の願い事は？」

「それは交渉次第だね。アタシを楽しませてくれるなら、ある程度駆け引きには応じるよ。さあ。どうする？」

「じゃあ、交渉しよう。俺を悪魔にして生き残らせることと、この死にかけている男の魂をなんとか……家族のところに届けることが、俺の最低条件だ」

「なるほどね。まあ、体はダメそうだけど、その男の魂を何かに定着させることはできるかもしれないね」

「……ほかにも、ひとつ望みがあるのだが……」

まっすぐアイリスを見つめる瞳は深い蒼で、その凛とした強さのある、冴え冴えとした色を悪魔の黒の瞳にして、失わせることは惜しいとアイリスは思う。

だからアイリスはリアムの言い出した望みを賭けの対象として了承したのだ。

「さて、女悪魔。お前は俺の願いをかなえるために、俺から何を持っていく？」

「そうだね、まずはアンタの名前をアタシが預かろう。そして名前を預かっている間、アンタは私に隷属する。その代わりアンタが契約した相手で、自分自身の願い事より、アンタの幸せを望む相手がいれば隷属関係は解除するし、さっき望んだ条件も叶えてやるよ。……ただし今話した条件については、アンタの記憶から消してしまうのだけどさ」

彼女の意地の悪い申し出にリアムは血塗られた唇を歪め、小さく笑う。

「悪魔とわざわざ契約するのに、自分のことより悪魔の幸福を願うやつなど絶対にいないだろう？　しかもこの条件をつけた経緯自体忘れるなら、俺は契約相手に自分の望みより俺の幸せを願うように働きかけることもできない」

「そう。だから普通に考えたら絶対不可能な条件かもしれないねえ。……だけどアタシは人間の、予想外でロマンティックなところが大好きなんだ。どっちにしたって最高の退屈しのぎになりそうだからね。……で、アンタはその不可能な条件でいいのかい？」

アイリスの申し出に、彼は少し思案する。

「どっちにせよ、その条件を呑まねば、こちらにとって有利な条件は得られない。なら一分一厘でも可能性をある方を選ぶより仕方あるまい」

頷いたリアムはアイリスに名を奪われ、ヴェリアルと言う名の悪魔となった。石を持っていた男は大切な自分の記憶と引き換えに、魂を自らの肖像画に定着させることになる。交渉が終わると同時に、ヴェリアルは悪魔となるために、その場で気を失った。

その後続くのは、千日におよぶ苦痛の日々だ。

何もできない日々の間に、世界がヴェリアルを置き去りにして、どんどん変わっていくことに、その時点でまだ希望を持っていた彼は気づいていなかったのだった。

＊　＊　＊

（まあ所詮、人の世のあれこれなんて、アタシたち悪魔にとっては何の意味も持たないけれど……）

すべてを諦めてしまった者は、何も得ることはできない。人にせよ、悪魔にせよ、欲望がなければ何ひとつ成し遂げることはできないのだから。

（王子。欲しいものがあるなら、あきらめずに足掻いたらいいよ。それが悪魔になりきれないアンタにはふさわしいんだからさ）

もしも、全てを得ることができた時、彼がどう変わるのか。長い寿命を持つ悪魔の最大の病は『退屈』である。

「せっかく悪魔にしてやったんだ。成功するにしても失敗するにしても、たっぷり楽しませてもらいたいものだねえ……」

アイリスはにんまりと笑い、ヴェリアルの部屋の前から立ち去った。

＊　＊　＊

ヴェリアルが尋ねてこなかった日の朝、サラの元には再び手紙が舞い込んでいた。ただしそれはホーランドからの物ではなく……。

『――もう一度貴女にお会いしたいのです。私のラスターシアでの逗留先に来ていただけませんか？』

神殿の穏やかな朝の気配を壊さないよう、静かに届けられた手紙には、まるで恋人に贈る恋文のように小さな花束が添えられていた。

「…………」

昨日自分の手を握り熱っぽい視線を向けてきた、かつての婚約者の弟の顔を思い出す。リアムとよく似た面立ちの、エルセラ国の王太子カイル。

サラは悩みながらも、もう一度あの蒼い瞳が見たくて招きに応じることにする。そして昼前には彼女を迎えに来た馬車に乗った。

「サラ姫、来てくださったのですね」

スタージアの城下街と、かつて王宮だった城の間には、瀟洒《しょうしゃ》な屋敷が並んでいる。各地の領主を兼ねていた貴族たちがスタージアに来た時に逗留するための建物だ。

その一角に連れてこられたサラが、家令に案内されて応接間に入ると、王族らしからぬ気さくさで彼女を直接迎え入れたのは、エルセラ国王太子であるカイル本人だった。

「本日は、お招きいただきまして、ありがとうございます」

挨拶もそこそこに、サラは彼と向かい合う位置のソファーを薦められる。座るとふわりと漂うのは、心地よい季節の花の芳香だ。

「これは……」

「気に入ってもらえた？」

蒼い瞳を細めて笑う表情はリアムとよく似ている。サラは頷くと、それから改めて立ち上がって、ソファーの向こうに飾られた、自分のために用意されたのであろう無数の花を見て、思わず笑みを浮かべていた。

「……綺麗。こんなにたくさんの種類のお花を集めるのは、大変だったのではないですか？」

それらはすべてサラの瞳の色にちなんだのか、大輪の百合も、美しい蘭の花も、愛らしい小花もすべて紫色の花ばかりだ。

「ええ、国中から集めてまいりました。正直、大変でしたよ」

肩を竦めて頷くと、彼はもう一度笑みを浮かべた。

「でもサラ姫の歓心を買えるのであれば安いものです。……それに、世界中の暁色の花を集めても、貴女の紫水晶の微笑みひとつにも敵いませんから。お願いですからその美しい瞳で私を見つめて、愛らしい笑顔を見せてください」

花のそばに立つサラの足元に跪くと、手を押し抱くようにして、そっと唇を寄せる。

「――っ」

サラは突然のキスに驚き、頬がかぁっと熱くなる。

「あっ……あの。私、今は単なる神殿巫女にすぎませんから……」

きっと妙齢の王女であればサラリと受け流せたのかもしれない。でもサラの中の王女としての記憶は十二歳の時で止まっていて、こんな風に男性にされた経験すらないのだ。どうしていいのか、困り果てていると。

「……サラ姫は初心でいらっしゃる。美しいのに愛らしくて、よけいに魅力的だ」

そのまま、カイルはサラの手を引いてソファーに連れて行き、さりげなく向かいではなく、彼女の隣に座る。

「こんな近くで、貴女の姿を見たのは初めてです。昔……兄が許婚だった貴女とずっと仲良く話をしているのを、私は少し離れたところから見ていたのですよ。愛らしい姫君を婚約者にすることができて、兄が羨ましいと……ずっとそう思っていたのです」

リアムと同じ色の瞳がじっとサラを見つめている。だから切ない気持ちになってしまっていた。

（もし……リアムが生きていたら、こんな風に私と会話をしていたかな……）

リアムと一緒に時を過ごしていれば、自分は彼の妻となり、今頃母親になっていたかもしれない。思わず切ない吐息が零れた。もし、そうであったら……自分はどれだけ幸せな日々を過ごしていたのだろう。

「紫の姫君。貴女の愁いを帯びた瞳は本当に美しい。でももし叶うのならば、私がその瞳をもっと幸福な色で輝かせて差し上げたい。姫は私に……何を望みますか？」

その言葉にはっとサラは顔を上げた。カイルはエルセラの王太子だ。そしてサラの唯一残された肉親である母は、未だエルセラの後宮深くに捕らわれて、娘と連絡を取ることすら許されていない。

「あっ……あの」

正直、カイルがどれだけ信頼できるのかはわからない。けれどもしかすると、手紙のひとつぐらいは渡してもらえるかもしれない。サラはぎゅっと両手を握りしめて、じっとカイルのことを見上げた。

「……なんですか？　他ならぬ貴女の願いなら、すべて叶えたいのです。どうぞ私に命じてください」

彼の言葉に、サラは震える唇を動かして、すがるような気持ちで頼みごとを口にした。

「母のことが……心配なんです。母と連絡を取れるようにご尽力いただけませんか？」

サラの言葉に、王太子は蒼い瞳を細めて柔らかく笑みを浮かべる。

「レナード三世陛下はタニア様を寵愛されていらっしゃいますが……ええ、姫のためでしたら何とか様子を探ってみましょう」

その言葉にサラはぱあっと表情を明るくした。そっと握られた手を逆に握り返すようにしながら、潤んだ瞳で王太子を見上げる。

「本当ですか！　そうしていただけたらすごく嬉しいです」

「ええ……その代わり」

　くすりと王太子は笑みを浮かべ、そっとサラの頬を撫でる。

「また私に会っていただけますか？　次にお会いするまでに、母上のお手紙を預かってまいりましょう」

　カイルは期待に輝くサラの薔薇色の頬に、そっとキスを落とした。

＊　＊　＊

　その後、数日の間、ヴェリアルはサラの元を訪れることはなかった。突然来なくなってしまった悪魔のことが気にかかって、サラは落ち着かない日々を過ごしている。

（ヴェリアルは……どうしたんだろう）

　毎日のように来ていた時には、触れられることに困惑してしまって、どうしたらいいのかと迷うばかりだったのに、来ないとなるとそれはなんだか物足りないような、はっきり言えば寂しい気持ちになってしまっていた。

「きっと……悪魔なんて気まぐれなんだわ」

　そう呟いてみても夜になれば、窓から悪魔がひょっこりと姿を現さないか、じっと窓の外を見つめてしまっているような状態だ。

彼が来るまでは、ひとりの夜をそれなりに楽しんで過ごせるようになっていたのに、急にその存在がなくなると、石造りの夜の神殿は広すぎて、寂しさと頼りなさにますます不安になってしまう。

「でも毎日、私が食べるための食事を用意して言ってくれているみたいだし……」

もしかしたら、夜中のうちにこっそりと食事を届けてくれているのかもしれない。そう気づくと、サラはたまらずに薄手の毛布を片手に台所に向かった。暗がりの台所は怖いけれど、小さなろうそくに火を灯すと、少しだけホッとして眠くなってくる。

「ここなら……ヴェリアルが来たらわかるよね」

サラは台所の椅子に膝を抱いて座ると、毛布を纏う。そのままウトウトと浅い眠りに落ちていったのだった。

第七章　荒れ狂う悪魔と聖姫の恋心

「うわぁ。キレイ」

リアムが十歳の誕生日を迎える数ヶ月前のことだ。

サラ姫の五歳の誕生日を祝うために、リアムは父に連れられてラスターシアを訪れていた。リアムとサラの間では内々に婚約の話が進んでおり、小さな頃から知っている隣国の姫君が、十年後には自分の元に輿入れするのだと彼は理解していた。

だがまだ幼かった彼は、結婚などと言われてもピンと来ず、ただ言われるままに、婚約の内定と誕生日祝いに十粒の真珠を選んだ。そして椅子に座った未来の妻の前に跪き、美しい箱に収められたそれを手渡した。なのにマイペースなサラは、まずは化粧箱に見とれて中身をなかなか見てくれない。将来、この姫はエルセラ王妃になどなれるのだろうか、とリアムは心配になる。

「あの……サラ、贈り物は箱ではなく中身、なのだが……」

正直婚約のアレコレなど面倒なリアムは、さっさと祝いの会を終わらせて、いつも通り用意された菓子を食べたり、庭で遊ぶ方がいいと考えていた。しかしサラは相変わらず箱を眺めている。さすがにしびれを切らしたのか、隣に立つ筆頭侍女が声を掛けた。

「サラ姫様、箱の中の贈り物を見させていただきましょうか……」

侍女の言葉に彼女は鷹揚に頷いて、箱を開けさせて中身を見る。

「まあ、素敵。素晴らしい真珠ですわ」

サラは思わず声を上げた侍女を見上げ、首を傾げる。

「……しんじゅ？」

こちらを見て不思議そうな顔をするので、リアムはその説明をする。

「それは海で生息している貝の中に、まれにできる宝玉なのです。今日は父上に教えてもらって、美しくて大きなものを十粒、選んで持ってきました。これからサラ姫の誕生日のお祝いに、真珠を毎年十粒ずつ送らせていただきます。私が贈った真珠はサラ姫が十五歳で輿入れされる時にお持ちいただければ、エルセラの宝石職人が、首飾りとおそろいの耳飾りに加工させていただきます」

『真珠の数だけ貴女の輿入れを待ちわびています』という男性側の思慕の気持ちを伝えるエルセラの慣習なのです、と言われた通りにリアムが伝えると、サラは美しい宝玉に目を落とした。途端に紫水晶の瞳が釘付けになる。彼女は真珠がおさめられた小さな箱を持つと、ためつすがめつ眺めては、美しい艶や照りをもつ宝玉にすっかり夢中になってしまった。つい触れてしまいそうになって、はっと思いとどまる様子にリアムも思わず笑みを浮かべていた。

「この真珠……リアム王子がわたしのために選んでくれたのですか？」

サラの問いにリアムがそうだと答えた瞬間、小さな姫君は腰掛けていた椅子に真珠の入った化粧箱を置いて起ちあがり、彼女の前に跪いていたリアムの手を取る。驚いて言葉を失うリアムにサラはにっこりと笑いかけた。

「嬉しいです。ありがとうございます。こんなキレイなもの、初めて見ました」

周りの大人たちの目を一切気にせず、サラは喜びの感情のままリアムの頬にキスをした。彼は突然の彼女の行動に目を見開くばかりだ。

「わたし、リアム王子のお嫁さんになってあげます」

驚いた顔のまま、動きを止めたリアムに向かって、サラはぎゅっと抱きついた。その体温が温かくて、母親と早く生き別れた彼にとっては、そんな風にためらいもなく抱きしめてくれる存在は本当に珍しくて、ゆっくりと目を伏せ、無意識でその温かさを胸の内で確かめる。まわりは愛らしいサラ姫の様子を微笑ましく見ているようだった。

「……でも、リアム王子はわたしのことを、ずっとずっと大事にしてくれないとだめです。意地悪とか言っちゃ嫌ですよ。そうでないと、わたしはお嫁さんになってあげません」

何故か偉そうに言われて、リアムは思わず苦笑した。

「だったらサラ姫も、俺のことだけを好きでいないといけないのだぞ」

普段のくだけた彼らしい言葉は、リアムの境遇の寂しさから無意識に発せられたものだった。年の近い弟には実母がいて甘えることができるのに、自分には物心がついたときには、そうやって甘えられる存在はいなかった。側で手助けしてくれる者も多かったが、それはあくまで『エルセラの王太子』として仕えてくれているだけだ、ということにも気づき始めていたからよけいだ。

「……お嫁さんになるのですから、当然です」

おませな姫は腰に手を当てて仁王立ちになり、ためらうことなく、まっすぐな視線を彼に向けて言い切った。それから短い手を伸ばして彼の頬を両手で抑え込み、じっと未来の夫の顔を確認するかのように覗き込む。

「リアムの瞳の色はお空の色より蒼いのね」

その声に彼は小さく笑う。

「ああ。エルセラの海の色に似ていると言われる」

「だったら、わたし、エルセラが大好きになると思うわ」

だってリアムの瞳の色が大好き。綺麗な銀色の髪も大好き……。サラは歌うようにそう囁く。嬉しそうに抱きしめてくれる腕の柔らかな力に、これからこの小さな姫君が、自分のことを一生、こんな風に抱きしめてくれるなら、それも悪くないな、とリアムは思ったのだった。

＊　　＊　　＊

近頃、過去のことばかり夢を見る。ヴェリアルは目覚めると、幸せな夢の残滓《ざんし》にため息を漏らした。悪魔の眠りは人のそれより浅い。小さく吐息をつくとまだ夜が明けてないことを確認し、サラの元に食べ物を届けようと動き始めた。

ふと月明かりで鏡に浮かぶ自らの姿に視線が向いて、ヴェリアルは深い絶望感を覚える。

（醜い……姿だ）

黒い羽に、黒い角。黒い髪に、黒い瞳。あの頃の自分とはまるで違う。小さな頃から知っていたサラですらその正体に気づかないほどに。

ふと脳裏に浮かんだのは、自分が失った容貌を持っている弟の姿だ。この間あの男と会った時、サラが婚約者と同じ色の髪を確認するように見つめ、蒼い瞳をうっとりと見返した様子を思い出す。気にしても仕方ないと思いながら、この間の猟師の男のようなことがあってはいけないと言い訳をして、あれから昼間の彼女を追いかけていた。

……カイルは兄の元婚約者を招き、サラとひと時を過ごしていた。彼女の白魚のような手に触れ、頬に唇を寄せてまでいた。サラもまた、困惑しつつも彼を受け入れているように思えた。それは先日サイラスが言っていた通りの展開に思えて、納得しようとしても、どうしようもなく苛立ちが募る。

（お前は……自分が愛していた男と同じ色の髪と瞳を持つ男にならこ、容易に惹かれてしまうのか？）

最初に真珠を贈った時、自分だけを愛さなければいけないと言ったリアムを抱きしめた、あの小さな姫はもうどこにもいない。

その後、彼女が十二歳になるまで、誕生日のたびに十粒ずつ、真珠を届けた。あと三回の誕生日を経て真珠が百粒になったら、自分の隣に妃として立つサラを飾る、美しい宝飾品になる予定だったのに……。

（もう……あの真珠もどこに行ってしまったのか。価値のあるものであれば、売り払われたかもしれないし、誰かが持ち去ったのかもしれない……）

消え失せた真珠と共に、リアム王太子の婚約者だったサラもこの世に存在していない。ここには王になりそびれた悪魔と、妃になりそびれた巫女がいるだけだ。

（だからと言って、サラをあの男に渡したくはない）

結局のところ、それが本音だ。せめて自らの楔《くさび》を持って破瓜をし、サラの初めての男となり、叶うならば一生忘れることのできない快楽をその体に植え付けたい。

夜ごと、そうする時のことを妄想しては懊悩に捕らわれている。カイルが現れてからは、彼女の気持ちを無視して、荒れ狂うように奪い、連れ去ってしまいそうな自分の衝動に気づき、慌てて距離を置いた。それでも心は彼女の元に置き去りになったままだ。

（まあ、食事ぐらいは届けてやるか……）

言い訳交じりにいつも通り台所に入り込むと、ダイニングテーブルの側に、予想外のものを見つけて、ヴェリアルは絶句する。

自室のベッドで寝ているはずのサラが、なぜか台所の椅子で膝を抱えて眠り込んでいる。毛布の隙間からあどけない寝顔が見え隠れしていた。金色の美しい髪が、その顔を縁取っている。つい薔薇色の頬に触れそうになって、咄嗟にヴェリアルは指を引っ込めた。触れてしまったら目を覚まさせてしまうかもしれない。

(俺は悪魔になったのだ。何をためらうことがある?)

自然と自嘲が漏れる。アイリスならば、笑って言うだろう。

『欲しかったら獲ったらいいじゃない。そして飽きたら捨てればいいのよ』

それが悪魔の考え方だ。もう我慢なんてしなくていい。サラの五つの誕生日、互いに未来を誓い合った日から彼女は自分のモノだ。だったら、あの男に奪われる前に……。


「……あれ? ヴェリアル?」

もう一歩近づいて指を伸ばそうとした瞬間、長い睫毛が揺れて、金色に縁取られた紫色の瞳が開く。まだ寝ぼけているらしく、その瞳はとろんとして焦点が合っていない。愛らしくてズキンと胸が甘く痛む。

「……なぜこんなところで寝ているのだ」

そう尋ねながらヴェリアルはその体を抱え上げ、ダイニングテーブルの上に載せた。

「……え?」

何故そんなことをされたのか、理解できないサラは、大きな瞳をゆっくりと瞬かせる。

「わざわざ俺に抱かれるために、ここで待っていたんだろう？」

本当はそうでないことなどわかっている。愛情深いサラのことだ、ここ数日姿を現さない悪魔が気になって、それでも食事だけは用意されているからと、食堂で待ち伏せしていたに違いない。

「あの……ヴェリアル？」

戸惑っている彼女を無視して、机の脚に絡みつくようなツタをはやし、そのツタでテーブルの上に押し倒された状態のサラの手首を絡めとる。

「やっ……あの？」

急に体を拘束されて、サラは困惑した表情を浮かべ、腕を引いて抜けられないかどうか確認する。その合間にもテーブルの手前側の足から再びツタが伸び、今度はサラの華奢な足首を開くように捕らえた。

「やっ……何をするのっ」

「望み通り、今すぐここで、お前を抱いてやろうと思ってな」

「――え？」

顔を左右に振ってサラは自分の状況を確認する。足ははしたなく開かれ、テーブルの足に固定されていることに気づいて、怯えるような仕草をした。

（そんな表情をしていても……お前は可愛い）

自分の一挙手一投足にコロコロと表情を変える少女のことを、どうしたらいいのかわからないほど愛らしいと思っていた。表情の移り変わりが見たくて、悪戯を仕掛けたり、揶揄ったり。よくぞ嫌われなかったものだと思う。だがここまですればさすがに嫌悪されるか、とヴェリアルは苦笑を浮かべる。

「俺の訪れを……待っていたのだろう？　もう期待に体が疼くようになったのか？」

そう囁きながら、椅子に膝を載せるようにして机の上に体を乗り出し、恐怖に慄く唇にキスを落とす。

あの婚約発表の日。初めて触れた唇は、緊張してはいても震えてはいなかったというのに、今は悪魔の所業に怯えてカタカタと微かに震えていた。怒りとも焦りともわからない感情が込み上げて……カッと体中の熱を上げていく。

（そんなに、銀髪蒼目のお前の許婚のことが好きか。なら……あの日の想い出すら俺の手で黒く染め変えてやる）

ヴェリアルはサラの固く引き結ばれていた唇に無理やり指を差し入れ、こじ開けて、舌を滑り込ませた。

＊　　＊　　＊

（どうして……こんなことになっているの？）

目覚めたサラは、悪魔の姿をしているヴェリアルを見ても、久しぶりに彼に会えたことにほっとしていた。

「んっ……ふぁ……んで……」

なのになぜかサラの問いを遮るように手足を拘束すると、ヴェリアルは唇の端から指を差し入れる。そのまま口をこじ開けると、彼女にキスをした。

舌の裏側をチロチロと舐められ、サラはゾクリと身を震わせる。絡まる舌を伝って落ちてくる彼の唾液を甘く感じる。こくりと飲み干すとぼうっとしてきた。

男は親指と人差し指でサラの舌を捉えるとクニクニと舐りながら、伸ばした舌先でサラの口内を刺激し続ける。普段よりずっと淫らなキスで徐々におかしな気分になっていく。

「まだ……気は失うなよ。健気に俺を待ち伏せていたんだろう？　お前はたまらなく可愛いな。褒美にたっぷりと……悦楽を見せてやる」

ヴェリアルは長い爪を寝間着に滑らせて、ブチプチと引き裂いていった。サラは悲鳴にならない声を上げ、悪魔の長い爪に怯え、指ひとつ動かすことができない。

徐々に露わになる肌に、悪魔は唇を寄せ、先が割れた舌をサラの肌に這わせていく。

ヴェリアルが体勢を変える度に、背中の黒い羽が動き、一枚二枚と羽根を落とす。

悪魔に犯されていくいかがわしい光景に、サラは恐怖で意識が遠くなりそうだ。

「……せっかく楽しくなってきたんだ。簡単に気を失うなよ」

「………」

自分に覆いかぶさる男の顔を睨み返してやろうかと見上げた時、サラは彼の表情に思わず、はっとした。

（……なんで……そんな苦しそうな顔をしているの？）

サラの自由を奪い淫らなことをする今夜のヴェリアルは、酷く切なげな瞳をしていた。

だから彼を傷つけたくない気分になってしまい、サラは必死に呼吸を整え、気を失わないようにする。

「きめの細やかな綺麗な肌だ……」

愛でるように胸のふくらみを舐められて、サラはその光景に息を飲んだ。サラの体を貪る度、黒い羽が室内に舞う。白い肌の上に一枚黒い羽が舞い落ちて、それをヴェリアルが払おうとして手を止めた。

「この爪でお前に触れては……怪我をするな……」

ふと顔を上げて、悪魔は自らの長く捩じ曲がった黒い爪を見て眉を寄せる。だが、今夜はその姿を変える気はないらしい。

「まあいい。別に愛撫は指だけでするものでもないからな。それにもう……こんなに硬くなっている」

「ああっ……」

瞬間、じわじわと熱を持ち始めていた胸の先の尖りを舌が這う。

人とは違う先割れした舌は、ちろちろと淫靡《いんび》な動きをする。舌先がまとわりつき、それ自体が薔薇の蕾の上で絡み合う二匹の赤い蛇のように見えた。

「あっ……やっ……ダメっ……ぁあっ」

淫らで背徳的な光景に感度が高まってしまう。羞恥心を覚えても、手で声を抑え込むこともできず、卑猥な舌に弄ばれて、サラは甘く甘く快楽をねだるように啼いた。

せめてもの抵抗に目を閉じた後も、先ほどの爛れた光景が脳裏に焼きついていて、硬く尖った蕾を舌で愛撫されるたびに、悪魔に慣らされてしまった体は自然と反応し、下腹部の奥が何かを求めて、きゅんとうねる。

自らの啼く声が淫靡すぎて、サラは恥ずかしさに眦《まなじり》いっぱいに涙を湛えている。

「安心しろ。たっぷり可愛がってやる。中がとろとろに溶けて、ねっとりと柔らかくなってから、じっくりと俺の楔を打ち込んでやろう」

悪魔は酷薄な表情を浮かべ、冷めた声で囁く。

「……二度と忘れられなくしてやる。一生に一度きりの交わりになったとしてもな」

「――なんでそんなことばかり言うんですか」

感情が乱れた瞬間、涙が零れた。

刹那、目元に温かいものを感じて涙を拭われていることに気づく。

「……そんなに俺が嫌か?」

間近で聞こえた、悪魔とは思えないほどか弱い声に、サラは目を瞬かせた。

「……ヴェリアル。これ……外してもらえますか? 私、逃げたり……しませんから」

そう囁くと、きゅっと唇を噛みしめた彼が、サラの手首をそっと撫でる。その途端、手首を拘束していた緑色のツタのようなものは緩まり、サラの両方の手首を解放する。

「――っ」

次の瞬間、悪魔はその黒い瞳を驚きで瞬かせていた。

「……何を、してる？」

「……よく……わかりません」

無意識で、サラは顔を寄せていたヴェリアルのうなじに手を回し、ぎゅっと抱きしめるように顔を寄せていた。

「さっきまでお前の意思を無視して、拘束したまま無理やり奪おうとしていたんだぞ」

「……それも……わかっています」

「……お前の純潔を奪いに来た悪魔なんだが……」

どこかその声が戸惑っている子供みたいで、なぜかリアムを思い出させた。悪戯をしてサラを泣かせてしまった時の、リアムと同じ柔らかい声の響き。困った時の表情。

自分と会わないようにしたのは、もしかしたら彼なりの理由があったのかもしれないし、今夜こんなことをしたのも、それが理由なのかもしれないけれど。

「んっ……」

次の瞬間、悪魔は悪魔の姿のままそっとサラの唇にキスを落とす。

「まあいい。逃げ出さなかったお前が悪い。……それに、もう二度と逃す気もない」

それだけ囁くと、先ほどより優しくて甘い口づけを繰り返す。

「んんっ……んぁっ……ぁっ」

官能的なキスで頤に伝う唾液を、ヴェリアルの柔らかい指先が拭う。そのことにすら感じてしまってサラは一層、甘い声を漏らしていた。ふと視線の端に入り込む彼の指は、サラを傷つけないためだろうか、先ほどとは違い短く整えられていた。黒い羽も角も消えないのに……。

(今日は……いつもみたいに、人間の姿にはなりたくないのかな……)

サラは悪魔の姿のヴェリアルでも怖いと思わなくなっている自分に気づく。

薄目を開けて確認すると、瞳を閉じて懸命に口づけをしている彼の様子がなんだか可愛く思えてしまう。

先ほどまで怯えていた体から緊張が抜けると、きゅん、と胸が不用意に震える。ゾクゾクと背筋を甘い感覚が走っていった。

触れ合う唇が気持ちいい。絡み合う舌すら甘美で、サラの快楽を引き出すようだった。荒っぽく奪っているようでありながら、そっとサラの髪を指に絡め、頬を撫でるヴェリアルの指は優しい。

「もう……溶けているのか?」

不埒な悪魔は次の段階に進むべく、サラの下腹部に指を伸ばしていた。

「あっ……ダメっ」

思わず身を捩ると、ヴェリアルはゆっくりと指先で、サラの敏感な部分を撫でる。

寝間着だったせいでちゃんとした下着はつけていない。そのことを思い出した瞬間に、彼の指がサラの秘密の花びらを開いていた。

「……もう濡れてきているようだが……確認してやる」

そういうと、サラの膝を抱え込んで深く開き、その中をわざと覗き込むようにする。

「やっ……そんな、ダメ。恥ずかしいこと……やめて」

サラが必死に懇願しても、ヴェリアルは今度こそお構いなしに、サラの白い内太腿をしっかりと開いて、そこが見やすいように手で押さえ込んだ。

「あっ……ダメ。そんなところ……許して」

そしてあろうことか、悪魔はその部分に唇を寄せて、舌を這わせる。サラは想定外のことに、軽くパニックになってしまった。

「何してるんですかっ。そんな……汚いっ」

暴れようとしても、しっかりと膝を抑え込まれて、せいぜい足先をパタパタと動かすことぐらいしかできない。

「あんまり暴れるとさっきみたいにまた縛り付けるぞ」

そう脅されると、流石にそれ以上暴れることができなくなってしまう。動けなくなったサラを見て、ヴェリアルはようやくいつもの彼らしい悪そうな笑みを浮かべた。

「……姫はいい子だ。褒美にこの可愛いらしい花びらの奥に、女がよくなる場所があることを教えてやろう」

「ひゃっ……何っ……やめてっ」

突然、秘所の花びらを舌で舐められて、サラは気を失いそうになってしまう。

（……そんなところを舐めるなんて……）

恥ずかしさと居心地の悪さに、身を震わせる。けれどじゅっと音を立ててそこに吸いつかれた瞬間、脳幹まで走り抜けるような快楽にサラはビクンと体を震わせていた。

「ほら……感じている……」

今まで指で触れられたことはあっても、こうして唇で愛でられたことはなくて、指とは違う、舐められたり吸われたりという淫らな感触に、サラは我慢できずにピクピク体を震わせてしまう。

「ああ、もう溶けだした蜜でドロドロだ。この間、俺に指で責められて、サラが初めて達してしまった敏感な部分がここにあるのはもうわかっているのだろう？　アレは普段は被膜に覆われているのだが、こうして剥いてやると……」

「あああっ」

ヴェリアルがサラの割れ目の始まる部分を上に引き上げると、そっと舌先でそこをつつく。それだけでビリッと全身を電流のような刺激が走る。

「ああ……姫の感じやすい真珠は美しくて、愛らしい……こんなにぷくりと膨らませて、蜜に塗れて艶やかで……」

自分の秘された部分の恥ずかしい状態を、言葉で説明されて、羞恥心にサラは気を失いそうになってしまう。

「……今すぐ食べてほしいと、俺を誘っている……」

彼は欲望に耐えかねたような艶っぽい掠れ声と、甘い吐息を漏らし、彼女の剝き出しになった快楽の芽にそっと唇を寄せた。

「あっ……ぁあっ……ああっ」

ビリビリと鋭い快楽と共に、じわんと全身に熱が込み上げていく。そこから全身に甘い毒のような愉悦が回っていった。

「……ああ、ずいぶんとよさそうだな。サラは本当に感じやすい。もっとたっぷりと悦楽を味わいたかったら、ゆっくりと呼吸をして、気を失わないようにするのだ」

彼が真珠と呼んだ場所にそっと唇が触れて、舌を優しくそよがせる。ちろちろと動く舌の温みを感じて、サラは徐々に高まっていく。

「あっ……あああっ……ひぁんっ……ダメっ……またっ」

来ちゃう、と言うまでもなく、あっけなくサラは前回より鋭い快感に溺れていく。

彼の唇で強くそこを吸い上げられると、一気に周辺が収縮する。ぎゅっとシーツを握りしめ、呼吸を乱しながら、サラはそれを受け入れた。気持ち良さの頂点で、きゅんっと全身が緊張し、ピクンピクンと体が自然に震えてしまった。

「あっ……ぁあぁぁぁっ……」

次の瞬間じわんと血液が流れ、全身が心地よく弛緩していく。

「……がんばったな。いい子だ、最後まで、気を失わないですんだようだな」

ホッとしたように悪魔は彼女の寝間着を整えると、ぎゅっと抱き締め、そのままそっと抱き上げた。

「あの……」

「気持ち良かったか？」

顔を覗き込んだヴェリアルに直接的に尋ねられて、サラは咄嗟に返す言葉に迷う。

「あの……えっと………ハイ」

結果、素直に答えてしまって、じわっと恥ずかしさが増してくる。

今まであの形の良い唇に大事なところを愛でられて、淫らな舌に刺激され、挙げ句の果てに悪魔の思うまま絶頂に達してしまったのだ。でも……徐々にそれが純粋に気持ちよく感じるようになってきている。

「……あの、どこへ行くんですか？」

サラを抱き上げたまま、台所の外に出ていこうとする悪魔にサラが尋ねると、彼は前を向いたまま、顰め面をして答えた。

「お前の寝室だ。あんなところで待っていたから、体が芯まで冷え切っている。放っておけばまた風邪を引くぞ」

さっきまで散々淫らな悪戯をしていたのに、今はまるで、妹を叱りつける優しい兄のようだ。

「人間は脆いからな。もうすこし……夜が明けるまでの暫しの間、お前の体を温めてやる。……そうだ、お前の感じやすい体を朝まで可愛がることにしよう。暖かくなるぞ。どうせならベッドの上の方がいいだろう。冷たくないし体も痛くならないだろうしな」

たぶん……気遣ってくれているのだろう。その気持ちは嬉しい。だけど……この後、もっと恥ずかしいことをされてしまうことに変わりはないらしい。

（でも……もう一度、してみたい）

さっき唇で敏感な部分を可愛がられたのは、気が狂いそうなくらい気持ち良かった。はしたないと思いながらも、悪魔の求める通りサラの体は少しずつ、欲望に流されやすくなっている。

それにしても、さっき台所に来た時の、意地悪で怖いヴェリアルはどこに行ってしまったのだろう。でも考えてみれば、いつだって自分は悪魔だと言って怖い顔をするくせに、結局、最後は優しく甘やかしてくれるヴェリアルのことが……。

（私、やっぱり好きなのかもしれない）

そう自然に思った瞬間、サラは軽く息を飲んで唇を手で覆う。

（私がヴェリアルを……好き……？）

ああ、そうなのか。ヴェリアルが来ないことが寂しくて、もう一度こんな風に甘く触れてほしくて……彼の言った通り、待ち伏せしたのかもしれない。

「どうした？」

「な、なんでも、ありません」

慌てて首を左右に振って誤魔化そうとする。そのくせ胸の中には、読んだことのある恋物語で感じたときめきや、リアムに抱いた淡い恋心より強い、抑え込めないほど切ない気持ちが積もっていく。……こんな風に狂おしく心がざわついてしまうのは……。

――やっぱり恋みたい。

「おっ……降ろしてください」

心の中で思わず呟いていた言葉に動揺する。心臓の鼓動が、言い訳できないほど激しくなっている。動揺したサラがヴェリアルの腕の中で暴れると、

「――っ」

刹那、むずがる子供をあやすように、優しく額にキスを落とされた。

「いやだ。降ろしたくない。……お前は俺のモノだから、好きにさせてもらう」

ぎゅっと抱きしめられて囁かれた途端、真綿で締め付けられたみたいに胸が苦しくなって、動きを止めざるを得ない。

（どうしよう……ヴェリアルは悪魔で……私にはリアムがいるのに……）

混乱している間に、サラはヴェリアルに抱き上げられたまま自室に連れ戻されていた。

＊　　＊　　＊

「いやっ……そんなこと……っ。ああっ……ぁあ」

抗うように体を反らすたび、悪魔の淫らな舌がさらに深くサラの感じやすい部分を嬲る。

ヴェリアルは部屋に戻ると悪魔の姿のまま、サラをベッドに降ろし、先ほどの続きをするつもりなのかそのままサラの体の奥、蜜口へのキスを始めた。

暖炉があるわけでもないのに、部屋は暖かく整えられていて、半裸で恥ずかしい恰好をしていても寒さは感じなかった。暖かな室温に体がほどけていくと、一度快楽を覚えたソコは、再び始まった舌での愛撫にとろとろと蜜を溢れさせる。

じゅっ。じゅる。悪魔の舌が立てる音が、自らが感じて漏らす蜜音だと思えば、羞恥心が増していく。

「だめっ……そこっ」

ビクンと跳ね上げた腰を嬉しそうに抱え込み、ヴェリアルは甘い言葉を囁いた。

「いい子だ。サラ、またたまらなくよくなっているのだろう？　ゆっくり息をして官能をたっぷりと味わったらいい。……まだ気を失うなよ。俺はもっともっと……お前の奥まで、この舌で味わいたい」

熱っぽい吐息をもらし、ヴェリアルはねっとりとその舌をサラの中に侵入させる。

「あっ。ダメっ……あっ、あっ、あぁぁあああっ」

ヌルリと中に侵入してくる悪魔の舌は、人の形と違い、男性自身ほどではなくても、通常より長く太い。ゆっくりと入り込みながら、舌はサラの内襞をチロチロと丹念に舐め、感じやすい部分を探ると、そこを集中的に攻め立てた。

サラに破瓜の痛みを感じさせる代わりに、淫靡な感覚をサラの壺の内側に教え込み、底知れない悦楽の果てに追い詰めてゆく。

「あっ……なにっ……何をして……。ああっ……はぁ……ん。あ、ぁあっあっ……」

舌を使っているせいで、サラの喘ぎにヴェリアルの応えはない。もう喘ぎを抑えることもできなくて、サラは腰のあたりのシーツを握りしめながら、快楽に意識を失わないように、ヴェリアルに教えられたとおり、必死に息を吸い、声を上げて喘ぎ続ける。

抉られる内襞から、じわじわと全身へ激しく血液が送られて、それと共に愉悦が深まっていった。

(……気持ち良くて……頭がオカシクなりそう)

恥ずかしくてやめてほしいと思うのに、なぜか体は感じやすくなってしまう。舌で犯されている部分がきゅんと締めつけられて、熱っぽく疼いて仕方ない。

もっと奥まで……貫かれたい。もっと深く……強く、彼を感じたい。

(私……どうなっちゃうの?)

いつの間にこんな淫蕩な体になってしまったのか。サラは悦楽に溺れ、眦から涙をこぼす。もう抗う気すら起こらず、代わりに優しくサラを愛でる男の手の甲に、自らの手のひらを重ねた。

すると彼は手のひらを返して彼女の小さな手を包むと、ぎゅっと握りしめる。そうされると、心がふわりと軽くなり、胸の中が温かくなる。……その手がたまらなく愛おしい存在に思えてしまう。

「あっ……ダメっ、何をすっ……あっ……はぁ……ひぁっ」

次の瞬間、片手をサラと繋いだまま、潤みを纏ったヴェリアルのもう一方の手のひらが、花びらを分け入り、指先で花芯を捉える。

舌で貫かれながら感じやすい真珠を剝かれ、小刻みに揺らされて、あっと言う間にさっきより、もっと強い快楽が昇ってくる。

「あっ……また……きちゃ……」

ふたつの愉悦が絡まり合い、一瞬で意識が飛びそうなほどの悦楽がサラを襲う。

「あっ……ヴェリ……アルっ。怖い。ぎゅって……して」

手を握りしめているだけでは不安なほどの快楽に、サラは咄嗟にそう叫んでいた。次の瞬間、中の舌は抜かれ、代わりに温かな体に抱き寄せられていた。サラは絶頂に体を震わせる。抱きしめられる安心感の代わりに、中の充溢感がなくなって、ほんの少しだけ足りないと感じてしまった。

「……よかったのか」

ぬるりと濡れそぼった彼の指に、さっきまで、舌で穿たれていた蜜壺の中を掻き回されても、もうそれだけでは足りないのだ。

抱きしめられながら太ももに彼の熱く硬いものを押しつけられて、それが自分を求めて発火しそうなほどの熱を持ち続けていることが嬉しい。だからサラは恥ずかしい問いかけに、小さく肯定の呟きを返していた。

「とても……よかった……です……」

「そうか。……きちんとお前を抱けば……俺はお前の中にいながら、こうして抱きしめてやることもできるのだが……」

そっと優しい口づけが唇に寄せられて、甘くキスが深まっていく。中を指で掻き回されながら、サラは先ほどの激しい絶頂感を思い出していた。うっとりするような濃厚な愉悦の残り香にしばし揺蕩《たゆた》う。

「お前のすべてが……欲しい。……お前を抱きたい」

キスの合間に掠れ声でねだるように囁かれて、それだけで全身が甘く戦慄する。彼に欲しがられているということが、サラの胸いっぱいに幸福な暖かさを広げてくれる。

(ああ。今、私も、すごくそうしてほしいって……)

「だが――」

刹那、苦し気な彼のひと言がサラの耳に落ちてきた。

ぎゅっときつく悪魔に抱きしめられて、サラはその言葉の先を理解する。

――でも、契約が成立して、願い事をかなえたら……きっとこの人は……。

第八章　募る想いと許されざる恋

「サラ。リアム王子との婚約式の日が決まったぞ」

それは今から八年近く前のことだ。

婚約式の日程が正式に決まった日。珍しく父の執務室に呼び出されたサラは、開口一番に父王にそう言われて、照れながらも小さく笑みを浮かべた。

その頃は父と母、兄も健在で、サラは家族と共に何の不安もなく幸せに暮らしていた。

そしてそんな日々が今後も続いていくのだと信じて疑うことはなかった。

「ありがとうございます。お父様……」

跪いて感謝を表すと、父はその手を取って彼女を傍らに立たせる。

サラは十五歳になったら、エルセラのリアム王子のところに嫁ぐことになると、小さな頃から聞かされていた。

政略のためによく知らない人のところへ嫁ぐ姫君が多い中で、小さな頃から何度も会う機会があって、仄かに恋愛感情を抱いていた幼馴染みの隣国の王子の元に嫁げる自分は、なんて幸せなんだろう。そうなってくれたらいいなとサラはずっと思っていたのだ。

「……そんなに嬉しそうな顔をされると、父としては少々寂しくもあるが……」

父王は拗ねたような声を上げると、サラをぎゅっと抱きしめる。子ども扱いされているようで少し不満ではあるが、父の愛情に心が温かくなる。

「リアム王子は、お父様みたいに、私のことを大切にしてくれるでしょうか？」

父はエルセラから嫁いできた美しい母をとても大事にしている。同じように夫に大事にされたくて父に尋ねてみたのだ。そんなサラの顔を覗き込み、父は優しく笑みを浮かべた。

「ああ、もちろん。お前の母上のように、サラがリアム王子のことを大切に思えば、リアム王子もサラを大切にしてくれるだろう。サラはエレア様に祈ったらいい。大切な人が幸せになるように……。エレア様は自分のためではない、誰かのための祈りを受け入れてくれる女神様だからな……」

愛の女神にラスターシアの民の幸せと、家族の幸せをいつも祈っている父にそう薦められて、その日からサラはリアム王子が幸せになるように祈るようになった……。


（けれど……今は）

神の経典を巫女として学んだサラは知っている。今サラが行っているエレノア神殿での巫女の祈りは、誰かひとりのためではなく、民の平安のために捧げるものなのだ。

サラはいつも通り神殿の中の清めを終えると、女神像の前に跪き、胸の前に手を置いて祈りを捧げる。

『あなた達が、未だにラスターシアの民を苦しめているのです……』

今から七年前。ホーランドがサラに神殿巫女になるように告げた言葉は、ホーランドにとって都合の良いようにサラから権力を奪うための物だったが、家族と婚約者を亡くし、ひたすら自分を憐れんでいたサラの胸には鋭い棘のように深く刺さった。

『貴女はラスターシア前王族の生き残りとして、戦に敗れ苦しい生活を強いられることになった民のためにのみ、祈るべきなのです。自分の幸せなど、ゆめゆめ求めてはなりません……』

大切なものをなくして生きる希望を失っていたサラにとって、祈る先があるというのは大きな救いになった。すべてを奪われた王女には、これから生きていくための目的が必要だったのだ。そしてサラは民のために祈ることで心の救済を得た。だからこそ……。

（エレア様。……ラスターシアの民に貴女様の愛が注がれるように祈りなさいと、私は残りの生を与えられたのですよね。寂しくて切ないからと言って、自分の幸せなど……。ましてや、自分が努力せず楽になりたいからと、民の幸せを悪魔に叶えてもらうなんてこと、許されるわけないですよね……）

彼女は首を左右に振ると、いつもの朝と同じく、神へ捧げるべく、祈りを込めて舞い始めた。指先が清らかな朝の空気をやんわりと切り、くるくると回るたびにドレスの裾は風を孕む。

……だが以前のように神とひとつになるような幸福感は、得ることができなくなっていたのだった。

＊　＊　＊

自分の中の感情を自覚したあとも、サラの生活は大きく変わることはなかった。その日も食べ物を持って、レナの元を訪れている。レナはサラの届ける食料の効果もあってか、体調も良くなってきているようでサラは安堵の吐息をついていた。

「マイアのためにも、早く良くならなきゃって思っているんです。そうじゃないと、あの人に怒られちゃう」

レナは病のため白くなった指先で茶色の髪を梳く。その髪質も色合いも、マイアとそっくりだ。だが瞳はマイアと違って、明るい春の空のような色をしていて、その顔立ちは、まだ若く美しい。

美貌の未亡人レナを妻として迎えたい、マイアを実子として引き取るから嫁に来てほしい、という男性からの話は今だに引きも切らないらしい。ブランドンも、もしレナが好きになれる男がいるならそうした方がいい、と言っているらしいが……。

「……やっぱりレナは旦那様が好きなんですね」

サラの言葉に、レナは彼女のベッドサイドに飾られた、マイアと同じ明るい茶色の瞳に、燃えるような赤髪を持つ男性の肖像画を見て、柔らかく頷く。

「もともと旅ばっかりしていて、スタージアにいないことが多かったから。だから今でも旅をしているような気がして……あの人がいなくなった気がしないんです」

今日、マイアは友だちと遊びに出かけている。ブランドンも会合で外に出ており、部屋にはひっそりと会話するレナとサラ、ふたりだけだ。

「……いなくなっても……」

「え？」

「その人がいなくなっても、ずっと好きでいられるものなのですか？」

ずっと訊いてみたかったことを尋ねると、レナは小さく笑みを浮かべた。

「ええ……私にはマイアがいますから。それにあの人が私を愛してくれた記憶はずっと、ここに……」

レナは自らの胸に触れて笑みを浮かべた。ふたりの結婚生活は決して長くなかった、と聞いている。それでもレナはひとりでマイアを育て、亡き夫を思い、今も彼との思い出と共に生活をしている。

（愛された……記憶？）

だとしたら、愛に時間は関係ないのだろうか？　長く一緒にいたから好きだとか、幸せだというものでもないのかもしれない。

（もし彼に、一夜でも大切に抱かれたら、彼に愛されたと私は思えるのかな。彼がいなくなったあとも、ひとりでちゃんと生きていけるのかしら）

ふと頭に浮かんだ考えは、サラの気持ちを少しだけ明るくしてくれた。

（そんな風に考えたら、リアムは思いつきで行動するな、って怒るかな……）

きっと怒って、拗ねるかもしれない。それでもサラが一時、幸せだと思えたのなら、最後には仕方ないと言って許してくれる気もする。

（でも……悪魔がラスターシアを元のように幸せで豊かな国に戻してくれたとして……それで本当にいいとは思えないから……）

時間がたつにつれ、自分の胸の中に去来するもうひとつの葛藤。目の前でエレナ様へ敬虔な祈りを唱えるレナを見て胸がチクンと痛む。

（ラスターシアはレナみたいに、辛い目にあっても、神さまを信じている人がいっぱいいる国なのに）

悪魔に願いを叶えてもらっても、この国を救いたいと思った。その気持ちには嘘はない。けれど神を信じている人たちは、そうやって悪魔に立て直してもらったこの国を誇りに思えるのだろうか。ブランドンのように、苦しくても真っ当な手段でこの国を立て直そうと思い、努力している人だっているのだ。それでも、希望がなければ人はずっと頑張り続けることはできないかもしれない。

「人の気持ちは……変わってしまうこともありますよね。でもレナはずっと変わらず旦那様を愛しているのですよね……」

サラの言葉に、レナは寂し気な笑顔を浮かべて首を横に振った。

「ずっと……無条件に一緒なんてことはないと思いますよ。でも形を変えながら、それでも私はあの人のことを愛しているし、これからもずっと思っていると思います」

レナの言葉が胸に染み込むようだった。十二歳だったあの日から、ぽっかりと空いてしまった心に、すっと悪魔が入り込んで気持ちが動かされてしまうなんて……。とずっと自分を責めていた。それでもリアムは、これからもずっと大事な存在だし、それはヴェリアルに対する想いと、背反するようなものではない。

――だから。最初で最後の一夜になるとしても。

その時のことを思うと、胸が苦しいほどときめいて、でもその後は辛くて心が壊れてしまうかもしれないけれど……。

（でも、悪いのは単なる契約なのに、本気で好きになってしまった私なのだから……）

どんな形であれ、きちんと悪魔との契約を完了させて、彼を自分の元から解放してあげなければ。国と民のことを願わないのなら、改めてどういう願い事にするか、もう一度考え直さないといけないけれど。でもこの国のことは、やはり自分と、それからこの国の人間でなんとかしなければいけないのだ。

「サラ姫、どうされたんですか？」

さまざまな想いに捕らわれて、いつの間にかほろほろと涙が零れ落ちていた。

「だ……大丈夫です」

慌てて涙を指先で掬おうとした瞬間、サラはレナにぎゅっと抱きしめられていた。

「姫様。有史、どんなにひどい嵐でも、雨がやまなかったことはないって……あの人がいつも言ってました。悪いことはずっとは続きませんよ」

ここに来たばかりの頃のサラを慰めてくれたように、レナはサラの髪をゆっくりと撫でてくれる。

「姫様は私たちのことをいつも思ってくださっています。心あるラスターシアの民は、以前と変わらず姫様のことを敬愛しています。……ゆっくりと時間が流れて、きっとエルセラからの圧政も落ち着いてくるでしょう。国王も王妃もサラ姫様のことを常に案じていらっしゃいます。だから……泣かないでくださいませ」

慰めてくれるレナに、サラはよりいっそう罪悪感を覚える。民のためになんて言い出して悪魔を召喚しておきながら、結局、自分は恋の誘惑に堕ちてしまっただけだ。

「違うの……悪いのは私なの……」

だから……自分自身で何とかしなければいけないのだ。

＊　＊　＊

「お久しぶりです。サラ姫は今日も美しいですね」

柔らかく微笑んで、リアムと同じ蒼い瞳を細めサラの容姿を賛美するのはカイル王太子だ。あれから数日もしないうちに、再び招待状が彼女の神殿に舞い込み、そこに書かれていた言葉にサラは胸を躍らせ、その日を待ち構えていたのだ。

「……ありがとうございます。お招きに預かり光栄です。それに……先日お願いしたことにも、御心を砕いて頂いたそうで……」

今日も室内は、華やかな紫色の花で埋め尽くされている。だがそんな心遣いより、もっと気になることがサラにはあった。

「ええ……なんとか後宮の女官に頼み込んで、お母様の手紙を預かってきました。まずはお読みになりたいですよね？」

そういうとカイルはサラに一通の手紙を渡す。封を開けると中には便箋ではなく、その場にあった紙を使ったのか、慌てて書きつけたような文字が並んでいる。

『愛おしいサラ。私は大丈夫。貴女は自分の幸せだけを考えて……』

乱れた文字に添えられた「愛をこめて。母」という文字を指先でなぞり、サラは嗚咽が漏れそうになるのを、唇を引き結んで耐えた。

きっと公に手紙が書けるような状態ではなく、隠れてこっそりと託してくれたのだろう。そんな状況に置かれている母のことを思うと胸が痛む。だが、残された唯一の肉親からの手紙は、サラに勇気を与えてくれた。

「タニア様はとても貴女のことを心配していたそうです。このところ酷く体調を崩されて、痩せてしまわれたと聞きました。身の回りの世話をしている者も、このままでは命すら危ういと……」

はっと視線を上げたサラの表情は怯えに凍りついている。その表情を見て、迂闊な言葉を口にしてしまった自分を悔やむように、カイルは眉をさげると切なげな表情を浮かべた。

「……いえできるだけ早く、タニア様とサラ姫がお会いできるようになったらと。きっと愛おしい娘の姿を一目見れば、タニア様の生きたいという気持ちが強くなる。私はそう思うのですが……」

そっとソファーの隣に座り、涙を流すサラの肩を抱いて、耳元で囁いた。

「貴女をエルセラに連れていくことができれば、タニア様にお会いできるように、私が尽力いたします。……それに、侍女の話ではタニア様の体調を考えると、あまり時間的な猶予はありません」

その言葉にサラはゆっくり顔を上げる。

「そんなに泣かないでください。その美しい暁色の瞳を曇らせる全てから、私は貴女を救いたいのです」

白く綺麗な指先がサラの涙をそっと拭う。それはなぜか、黒い爪をしていた悪魔を思い出させた。

「……貴女はこのような寂しい生活をしているべきではありません。もっと美しい衣装を纏い、綺麗な宝玉で飾り、美しく髪を結いあげて優雅に微笑む姿が似つかわしい……」

涙を流すサラの手を握り、蜜を溶かすような甘い囁きを繰り返す。

「あっ……あの」

そのまま指先を交差するように握り直し、カイルはサラの指先を自らの唇に寄せる。

「……もう何もおっしゃらないでください」

微かに掠れた声が、サラの指先へのキスの合間に落ちる。

「もし私にそれが、許されるのなら……」

そっと握った手を自分の方に引き寄せて、サラの頬にもう一方の手のひらを伸ばし、包み込むようにした。

「貴女のその美しい唇に……触れてもいいですか？」

そのセリフのまま、唇を寄せられそうになり、咄嗟にサラは、体をひねってカイルを避けてしまっていた。

「あの……私は国を亡くした元王女で、今は神殿巫女をしているだけの女です。王太子にそんな風にしていただける価値のある人間ではありません」

慌てて言葉を絞り出しながら、サラはそれまで穏やかそうだった王子の言動の変容に、微かな不安を覚えていた。

「ああ……驚かせてしまった。失礼しました」

カイルは一瞬の強引さを隠すように、サラの指先にもう一度キスを落とすと、その手を彼の胸に押し抱く。

「ですが……私は今日、貴女に私の決意を聞いてもらおうと思ってここに参りました」

じっとサラの目を見つめ返すと、カイルは蒼い瞳を柔らかく細めて笑みを浮かべた。

「――私と結婚してくださいませんか？」

まっすぐな蒼い瞳に見つめられて、サラは呼吸を乱す。

「……結婚？　誰が……ですか？」

「……私とサラ姫。私たちが、です」

当然と言うように余裕たっぷりに頷いたカイルの顔を見上げ、サラはゆっくりと瞳を瞬かせた。

「なんで、そんなこと、突然」

「なんで……って。私は以前から貴女に憧れていたのです。兄が小さなころからずっと大事に思っていた姫君のことを。そして先日、あの男からサラ姫を救い出した時、私の運命の女性は貴女だと、そう気づかされたのです。こんなに美しく健気で愛らしい姫を……自分の妻に欲しいと思う私は間違っていますか？」

サラはその突然の告白に言葉を失ってしまった。そんなサラを見て、カイルはさりげなく彼女を抱き寄せ耳元で囁く。

「それに……前回、貴女からお母上の話を伺った時、思ったのです。私の妻として、エルセラに貴女を連れて行けば、貴女とタニア様を自由に会わせることができるようになる。お母上も貴女に会えばきっと元気になられる。そして貴女が気に病んでいらした、ラスターシアの今後についても……私ならばきっと力になることができると思うのです」

誘惑するように告げると、カイルはサラの頬を撫でて、そのまま唇を寄せた。サラは突然の告白に目を見開いたまま、その手を避けることも忘れていた。

（お母様と、ラスターシアの今後……）

何とかしたいと思っていたふたつの願いを、彼は叶えることができる。自分にはどうすることもできない問題だけれど、エルセラの王太子であるカイルならば確かに状況を変えることも可能で、そのチャンスをサラに与えてくれると提案してきたのだ。

「カイル様が……私の力になってくださる……？」

「ええ。ラスターシアの民も、エルセラに支配されるより、ラスターシアの王女だったサラ姫に統治されることを望むはずです。ふたつの国が交わればどちらがエルセラだのラスターシアだのと、考えること自体が意味のないことだと理解するでしょう。……ほら、こんな風に」

当然のように王子はサラの唇を奪い、性急にまだ乾いたままの唇をこじ開け、王子の舌が彼女の口内に侵入する。

「んっ……ふぁっ……ぁっ……」

逃げようとするサラをさりげなく捉え、唇を奪いながら、大きな体で覆いかぶさるようにしてサラを抑え込む。

「んっ……ぁあっ……ぃやっ……」

ねっとりとした舌はサラを何度も蹂躙し、好きなだけ貪る。必死に逃れ続けてようやく離してもらえた時には、突然の狼藉にサラの瞳には涙が溜まっていた。

「……姫君は、男性に慣れていないのですね。本当に愛らしい……」

カイルは唾液で濡れた自らの唇を親指で拭うと、指先をちろりと赤い舌で舐める。

「それに姫の唇は甘いですね……。いろいろと……イケナイことも教えて差し上げたくなる」

カイルの蒼い瞳は、リアムの瞳では見たことのない淫らな欲望の陰りを映す。

「……もちろん……私の妻として、大事にさせていただきます」

突然の淫らな口づけに、呼吸の上がるサラを見つめ、そっともう一度、今度は触れるだけのキスをする。サラは強引な彼の腕の中で、意識も絶え絶えで冷静に考えることもできなくなっていた。

「前向きに考えてください。貴女の幸せは私の腕の中にあります。いえ、貴女の幸せは私以外には叶えることができません。……貴女がこの国とお母上を救うのです。私と婚姻することで」

カイルはそう自信たっぷりに告げると、彼の突然の申し出と強引な行動に呆然としているサラを、再び深く抱き寄せたのだった。

＊　＊　＊

その日の夜も、サラは悪魔の腕の中にいた。未だにサラは彼の楔を受け入れておらず、まだ契約も成立していない。

悪魔に日々慣らされ、いつそうなってもおかしくないほどふたりの関係は深まっているのに、その手前でふたりとも躊躇うのだ。そしてヴェリアルはサラを舌や指で散々翻弄して、彼を受け入れる手前で深い愉悦に陥れて、サラの意識を落とさせるように仕向ける。

（なんでこんな風にするの？）

そう思いながらも、ヴェリアルに直接尋ねないのは、サラもまた契約を成立させてしまった後、彼がいなくなることを恐れているのだ。サラは目を瞑ったまま、彼女に結婚を迫った男の蒼い瞳を思い出す。

（カイル王子なら、この国を救うことができるかもしれない。私が彼の結婚の申し込みを受け入れさえすれば……）

そもそも悪魔の力に頼って一時的に国の状況が回復しても、また何かがあれば再び国の民が苦しむことになる。でもサラがカイルと結婚すればサラ自身がラスターシアのために努力し続けることはできるだろう。

それにカイルはリアムの弟だ。大事な人と同じ色の瞳と髪を持つ、血を分けた弟だ。夫として、王として敬愛することはできるはず。

「…………」

物思いにふけるサラをヴェリアルは何も言わずに見つめている。その視線に気づいて見つめ返すと、彼は目を伏せた。今日のヴェリアルはなんだか少し変だ。いつもより荒っぽくサラを押し倒したり、切なげな瞳で何も言わずにじっと見つめてきた挙げ句に『契約を完了するまではお前は俺の花嫁だ』ときつく抱きしめてきたりもした。

「……そういえば、もうじきお前の誕生日だな」

ヴェリアルは何かをごまかすように、突然そんなことを言い出す。

「……誕生日、なんて言葉久しぶりに聞きました……」

ふと父と母と兄に囲まれて、お祝いをしてもらったことを思い出した。そういえばリアムからも毎年のように美しい真珠のプレゼントが届いていたな、などと思い出せば自然と笑みが浮かんだ。

「……祝いに何かしてほしいことはあるか？」

そう尋ねられて、サラの頭の中にふと、ひとつの記憶がよみがえる。それはリアムとの大事な思い出のひとつだ。サラはその記憶を思い出すと、小さく笑みを浮かべた。

「……海が、見てみたいです」

「……海？」

ラスターシアは内陸の国だ。サラは生まれてから一度も海を見たことがない。リアムの故郷、エルセラは海の国だ。結婚したら一緒に海を見に行こうと、初めて恋人としてのキスを交わしたあの日、リアムはサラに約束してくれていた。

「……エルセラの、海が見たいです」

リアムと一緒に見ることができなかった海を、リアムを彷彿とさせる彼と一緒に見ることができたら。

（それで……もう思い残すことはない……）

悪魔と過ごしたほんの短い間に知った恋心を支えに、みんなの幸せを祈って生きて行けそうな気がした。

「エルセラの……海？」

「昔、見せてくれるって約束してくれた人がいたんです。だから……」

「……そいつと一緒に……見に行かなくてもいいのか？」

どこか不安そうに尋ねる彼に、サラは笑顔で答える。

「……はい。私は貴方と見たいんです」

次の瞬間、ふわりと優しく抱き寄せられズキンと胸が痛む。だけどこの一時だけは、全身が熱を帯びるほど幸せを感じた。

「……わかった。お前が二十歳になる日、エルセラの海に連れて行ってやる」

そうしたら。私はその日の夜、彼にすべてを捧げよう。

そして、全てを終わらせよう。

――サラはひとり、自分の恋と決別する決意をしたのだった。

＊　＊　＊

スタージアのカイル王太子が逗留している寝室には、強い媚薬香が焚き染められていた。

カイルはそれを胸の奥深くまで吸うと、蒼い瞳を細めて薄い唇を歪ませる。

「疲れたな、そこの女、今度は俺に跨がれ」

部屋には何人もの女が半裸の淫らな恰好をして控えており、指を差された女は慌ててベッドに乗り、王子に体を重ね、下から貫かれる。

「……サラ姫か……。あの怯えぶりは楽しかったな。まあ気位ばかり高くて、抱き心地は悪そうだったが、貶めて泣かせたらいいか。元々が高貴な分、落差が楽しいだろうな」

何よりあの女は、兄のお気に入りだったという事実がいい。兄が大事にしていた許婚の姫を手に入れて、もう抱けない兄の代わりに慰み者にしてやり、ラスターシア王家の血を継ぐ自分の子供を身ごもらせる。それが終わったら、ここにいる女たちと一緒に並べておいて、気が向いた時だけ抱けばいい。

カイルは酷薄な笑みを唇に浮かべた。

『リアム王子様は聡明で、剣も乗馬もお上手で』

『王太子様が声を掛けてくださった。本当にお優しくて、人の気持ちがわかるお方だ』

『将来、リアム王子が国王になれば、エルセラも安泰だな』

――誰もが、リアム、リアム、リアム王子だった。小さな頃からそうやって散々比べられてきた。

だが姦計によって命を失い、唯一愛していた女を自分に奪われて、どれだけ悔しくて歯噛みをしたとしても、もう自分の前にあの兄が現れることはない。何故ならレナード叔父が、王位を簒奪すると宣言した時、カイル自身がリアムを一緒に屠ることを熱望したのだから。

高貴で血筋の良い正妻から生まれた兄。

早逝した美しい正妻に似ている、というだけで側室にされた下賤な女から生まれた弟。

ふたりは見た目がよく似ていても中身は全く違うと言われ続けていた。母ですら、『お前があの王子くらい出来がよかったら、王位も狙えたのに』とカイルを罵ったくらいだ。

（だが、ホンモノの王太子を排除してしまえば、カイル王太子様の誕生だ……）

どんなに優秀で皆に慕われていたとしても、死んでしまえば大事にしていた女すら守れない。

「そこの金髪の女、獣のようにここに這え」

「……はい。カイル王子様」

サラと同じ金髪の女は従順にベッドに上がり、逆らうことなく四つん這いになった。積年の鬱屈が解消できる絶好の機会に、カイルはニヤリと笑うと、目の前の女にサラを重ねて、濡れてもいない体をぞんざいに貫いたのだった。

第九章　悪魔と最初で最後の夜を……

その日のスタージアは曇天で、今にも雨が降り出しそうだった。午前の神殿の勤めを終えたサラは、簡単な昼食を食べ終え、一度部屋に戻ってくる。

（あっ……）

扉を開けた途端、そこにいた人物を確認して、トクンと甘く心臓が暴れだすのは、このところすっかりなじみになってしまった幸せな感覚だ。悪魔がサラのベッドに腰掛けている。だが真昼間に彼が悪魔の姿のまま、そこにいるのは珍しい。

「……今日はお前の誕生日だったな」

そう告げると、悪魔はベッドに座ったまま、サラに向かって手を伸ばしてきた。

「……はい」

そして、サラが決めた『最後の日』だ。その手を握り、目の前の悪魔を見つめ、サラは小さく笑みを浮かべた。

「海に……連れて行ってくださるんですよね？」

その言葉にヴェリアルは柔らかい光を瞳に浮かべ、頷く。

「ああ……連れて行ってやる」

——エルセラの海。今日はリアムの瞳のように蒼いのだろうか。サラはそっと空を見上げる。内陸の国、ラスターシアは、今日は雨になりそうな天気だけれど……。

「目を瞑れ。ほんの少し空間を飛ぶから、俺にしっかりとつかまっていたらいい」

しっかりと抱き寄せられて、しなやかな彼の黒い羽がサラの体の周りを覆う。サラはドキドキしながらそっと瞳を閉じる。

瞬間、何とも言えない感覚が体を襲った。足が地についてない上に、独楽のようにぐるぐると横方向に回転する感じがして、サラはめまいを起こし、ぎゅっと縋りつくようにヴェリアルの背中に手を回す。固くて強い翼の奥には柔らかい羽毛があって、なんだかヴェリアル自身みたい、なんてことを考えて、そっとそれを撫でて気持ちを落ち着かせた瞬間。

「……着いたぞ」

ほんのひと時で、頬に感じるのは暖かな日差しに変わっていた。

「……眩しいな……」

ぼそりと呟く悪魔の声に、サラはゆっくりと瞳を開く。

「わあぁぁぁぁっ」

目の前に広がる光景に、思わず大きな声が漏れてしまった。

「さっそくにぎやかだな」

ヴェリアルはそんなサラを見て、わざと耳をふさいで苦笑する。サラが立っているのはさらさらとした砂でできた地面だ。そして不思議な塩の匂いを感じる。ざざっという心地よい音は、目の前の青い水が泡立ちながら、自分の足元に来るたびに聞こえているのか。

「……本当に、蒼い」

サラが視線をまっすぐに向けると、見渡す限り遠くまで、海が満々たる水を湛えて広がっていた。そして空との境でふたつは混ざり合い、どちらが空なのか海なのか判別することが難しい。

「これが……海」

寄せては返す水は、波というものだとリアムに教えてもらったことがある。波は遠い海原から寄せてくるのだと。そしてエルセラから返す波は海の向こうの遠くの国の浜辺に届き……また大海原を渡り、この国の浜辺に寄せ返すのだと。何度もなんども互いの国の砂を洗い、波の旅は延々と続く。

そっと足を踏み出して、寄せる波につま先を入れると、追ってくるような波に、足が濡れそうになる。

「……裸足になったらどうだ？　自分の足で歩いてみたらいい」

すでに羽も角も隠した黒装束の男は、明るい海にはなんだか少し似つかわしくない。それでもサラは嬉しくてドキドキしながら、裸足になって、寄せてくる波に足を踏み込む。

「あっ……」

足元を微かに冷たい水が洗うたび、足の裏の砂を攫《さら》って行く。それは何ともいえない不思議な感覚だった。

「ヴェリアル、すごい。海って……こんなに大きいんですね」

きっとここに横たわっていたら、自分も砂みたいに波に攫われてしまうのかもしれない。いっそ……この波に攫われてしまったら。ふとそんな詮ないことを思って、サラはじわりと涙が浮かびそうになり、慌てて目を瞬かせる。代わりに、ゆっくりと歩み寄ってきた男の指先に自らの指先を絡めた。

「気に入ったか？」

漆黒の髪は明るい海の日差しを受けてキラキラと輝き、黒い瞳は蒼い海の水を写し、かすかに青みを帯びる。自分を見つめ優しく微笑む姿を見ていると、なんだか本当にリアムと一緒に海に来たような気がしてしまう。

「はい。エルセラの海は綺麗ですね。波の音が、風が、心地いい……」

辺りには人影が見えず、ふたりきりの浜辺には、波の音と汐の香り、蒼い海と白い砂と、真っ青な空しかなかった。それと目の前にいる、大事な人と……。

「サラ……」

名前を呼びかけられて、波打ち際で足を水に浸し、その冷たさを楽しんでいたサラが振り向くと、次の瞬間、ヴェリアルにきつく抱き寄せられていた。

「……お前と一緒に、海を見ることができてよかった……」

耳元で聞こえるその声が、泣きたくなるほど透き通っているから、サラはそれを心の奥底に残すためにそっと瞳を閉じ、その切ない声音をずっと覚えていられるように、心の中の宝箱にしまう。

柔らかく彼の指が頬を撫でる。額と頬にかすかなキスの気配。それから、控えめにサラの唇に触れた彼の唇が、優しすぎるから……。

(全部、ぜんぶ。死ぬまで……忘れない……)

儚い口づけを交わすと、じっとヴェリアルの瞳がサラの瞳を見つめる。その姿も心に刻むため、微かに蒼味を帯びた漆黒の瞳をひたと見つめ返すと、その瞳の奥に自らの姿を見つけた。狂おしいほどの幸福感が胸に込み上げてくる。

でも、それが永遠ではないことを知っているから、身を切られるほど苦しい。

けれどもどんなに苦しくても、大切な記憶は心に刻んでおこう、その存在を失っても大丈夫なように、とサラは心に誓う。

「……私も……ヴェリアルと海が見られてよかった……」

ぎゅっと手をまわして、サラは彼の胸に抱きつく。涙がこぼれても気づかれないように。一番好きな人の腕の中にいることの幸せを、きつく彼を抱きしめた自らの手で確認する。

きっと今が、生まれてから一番幸福な瞬間なのだと確信した。

（今日一日だけだから……きっとリアムも許してくれるよね）

――ヴェリアルと過ごす、最初で最後の一日なのだから……。

＊　＊　＊

「日が……暮れますね」

夕方にはサラは海の傍にある、小さいが瀟洒な屋敷にいた。どこかの貴族の隠れ家か何かだろうか、室内は華美すぎず上品に整えられており、窓を開けるとさざ波の音と汐の香りが忍び込んでくる。風邪を引かないようにと、夕刻前には海を離れてここに移動してきた。温かい風呂を使うように言われ、品の良い室内着の上には、過保護な悪魔が用意した温かいガウンを身に着けている。すでに食事も済ませていた。

「ああ……。ここからでも夕暮れが良く見えるだろう？」

高台に建つ建物の窓からは、今にも海に沈もうとしている夕日が見えた。日が沈むときはいつでもどこか物悲しい気持ちになるものだけれど……。

（今日の日暮れはいつもよりずっと心に迫ってくる感じがする……）

窓の外を見つめているサラを、背中越しに抱いて、ヴェリアルは同じ景色を言葉もなく見つめている。こんな風に恋人同士みたいな一日を過ごすなんて、この悪魔は何を考えているのだろう、とサラは改めて思う。

二十回目の自分が生まれた日。ラスターシアの一般的な女性は、たぶん夫や子供たちと過ごすことが多いのだろうか。いや今のこの国では、生まれた日を誰かと共に祝うような余裕すらないだろう。

（こんな風に気遣ってくれる人がいて、そしてこの年を無事迎えられたことが、何より幸せなこと……）

優しく抱き寄せてくれるその手にそっと自らの手を重ねて、サラは小さく笑みを浮かべる。夕日は最後の姿を海に沈めようとしていた。そして空は藍色を深めて、天空には微かに白く光る月が見える。きっとあの月は、太陽を追って夜半には沈んでしまうのだろう。

（その頃には私は……）

もう何も考えないようにしよう。フルリと体を震わせると、そっとサラの耳元に温かい唇が触れる。

「寒くなってきただろう。エルセラの海岸沿いは、夜になると冷えてくることが多いからな……」

ふわりと抱き上げられ、ドキンと胸が高鳴ってサラは小さく笑む。

きっと……最高に幸せな……一夜が始まる。

＊　　＊　　＊

悪魔に抱きかかえられて、連れてこられたのは暖炉の火が入った暖かな寝室だった。エルセラの秋の夜は、そこまで寒くはないのにと、サラが不思議に思うと。

「……また風邪を引かれてはたまらないからな。それに……この後は、お前には服は着せてやれそうもない……」

艶めいた言葉にドキリとした。ヴェリアルはサラをベッドに座らせると、薄物の上に羽織っていたガウンを肩から滑り落とす。薄物一枚になったサラが頬を染めると、顔を覗き込んだヴェリアルの目元も、仄かに赤い。

(きっと……今夜って……私がそう思っている気持ちは伝わっている気がする)

最初出会った時は、面白がってサラを貪ろうとしていた悪魔は、徐々にサラの気持ちを思いやって、優しく大切に触れてくれるようになっていた。そもそも最初は単なる契約のための交わり、だったはずなのに。

「サラ？　どうかしたのか」

つい物思いにふけってしまっていたサラを抱きしめるように、ヴェリアルはサラの顔を覗き込む。

「……大丈夫……です」

「そうか」

それ以上よけいなことは訊ねず、ヴェリアルは自らもベッドに腰を下ろし、サラを抱き寄せた。

「……波の音が……聞こえるな」

沈む直前の儚い日の光が、室内に細く長く差し込んでいる。寄せては返す波の音が外から微かに聞こえた。サラは瞳を閉じてその音に耳を澄ます。言葉を交わさずにただ波の音を聞いていると、自分が何者なのかすら忘れてしまいそうだ。

（ただ……こうしていたい。ずっと……）

切なく願うサラの気持ちとは裏腹に、トクン、トクンと心臓が彼の腕の中で甘く跳ねる。ぎゅっとサラを抱きしめている彼の腕に触れると、ヴェリアルはサラの頤をとらえ、優しくその唇を奪った。

それは、先日のカイル王子の強引な口づけとは全く別物だった。サラに幸福を感じさせ、不安も怖さもすべて溶かす。そしてもっと深く彼に触れられたいと思わせるのだ。彼女は体に残る記憶を想起すると、すでに胸をときめかせていた。

「はっ……んっ、ん……」

波音に紛れるように、くちづけの音と切なげなサラの吐息が室内に満ちる。そっと頬を撫でて、ヴェリアルは小さく微笑んだ。普段なら揶揄うようなことを言うのに、今日の彼は何も言葉を発しない。

優しく啄むように繰り返されるキスは、徐々に熱っぽさを増していく。自然と唇が開くと、サラを誘うように彼は彼女の舌を捉え、柔らかく刺激した。気づけばベッドに体を押し倒されて、緩やかに動く指先が額に、頬に、耳にと降ってくる。

愛おしげに触れる指先が嬉しくて、サラは素直に甘やかな吐息を漏らす。唇が離れると、耳朶に触れていた指が、サラの濡れた唇をゆるりと撫でた。

「……」

彼は何かを言おうとして言葉を止め、次の瞬間小さく苦笑する。言葉を発する代わりに唇はサラの首筋に落ち、鎖骨へと滑り降りていく。艶やかな布地越しに触れられて、彼の手のひらの中で、胸の膨らみは期待に張り詰め、蕾はツンと熱を集めていく。優しく撫でる指が蕾を転がすと、全身がきゅんと甘く啼いた。

「あっ……ヴェリアルっ……」

その指も唇も。触れる度サラの心を溶かしていった。こんなにも……好きになってしまったんだ、と彼に触れられるだけで歓びに打ち震える体に思い知らされる。もしその気持ちのまま、『好き』とひと言伝えられたら……。憂いを帯びた笑みが唇に零れると、それを拾うように彼の唇が触れる。まるでサラの気持ちが伝わっているような触れ方に、何故かチクンと胸が痛んだ。

気づけば着ていた服は全部ヴェリアルに奪われていた。彼も既に服を身に纏っておらず、抱き合うたびに触れ合う肌が温かくて心地よい。

（どうして……こんなに苦しくて、切ないの）

最初の頃は怖いだけだったのに。いつの間にこんな風に気持ち良さを感じてしまうようになったのか。そして自分の気持ちに気づいてしまうと、その想いの分だけ、狂おしくなる。

「あっ……ぁあっ、あ、ぁ」

淫らな悪魔の舌が胸を這う。淡い桃色に尖った蕾は、その淫靡な愛撫にすら、悦びに震え、艶やかに立ち上がっている。

「サラは物覚えがいい……上手に感じられるようになったな……」

恥ずかしいことを言われているのに、なぜか褒められたようで嬉しい。低くて深いその声に、とろんと全身が溶けていく。もっと褒めて欲しい。可愛がってほしい。もっと深く……愛して欲しい。

「ここも……前よりずっと蕩けやすくなったな……」

囁かれて、不埒な指がサラの下腹部を滑り落ち、淡い色の茂みを掻き分けて、その奥で密かに熱を高めていた感じやすい花芯を探る。

「あっ……ダメっ」

咄嗟に制止の言葉を囁いてしまうのは、恥ずかしすぎるからだ。

好きな人に触れられることは、永遠に慣れることはない。だからこそ、より彼という存在を感じて、さらに気持ち良くなってしまうのかもしれない。羞恥心を覚えながらも、もっと触れてほしいという相反する欲望の中でサラは身悶える。

「……よくなってきたか？　だから言っただろう。俺に奪われるまでに、お前はきっと男なしではいられない体になるぞ……と」

その意地の悪い言葉にサラは真っ赤に上気した顔を左右に振った。誰でもいいわけではないのだ。触れて欲しいのは、今自分に触れている人だけなのだから。

「そうじゃ……ないの」

「ふぅん。だが、ほら……ここはもう、こんなになっている」

くちゅ……くちゅり。

恥ずかしい音と共に、サラは感じやすい部分をヴェリアルの固い指で揺らされて、じわりと快楽が高まっていくのを感じる。何度も達し方を教え込まれて、この指が甘くて蕩けるような快楽を連れてくることも、体はわかっている。

（もう……何も知らなかった頃の自分には戻れない……）

気づくと彼に教えられたように、甘い声を上げて啼いていた。途中で失神したりしないように、息をつめたり無理に声を抑えることもしなくなった。

「あっ、あぁっ、あ、あ、はぁ……ダメっ……もっ、イっちゃ……」

あっさりとヴェリアルは指だけでサラを絶頂に連れて行くと、そのまま、たっぷりの潤みを纏わせて、その長い指をヒクつく中に滑り込ませた。

「やっ……」

達したばかりの体に、さらに悦楽を教え込むように、まだ疼く外を内側から擦られた。

サラは強すぎる快楽に体を捩って、突き上げてくる悦びを必死に逃がそうとする。

「……気は……まだ失うなよ」

小さく笑った唇の端正な形に思わず見とれてしまった。意地悪なのに柔らかい瞳が自分を見つめていることがわかり、ふわっと心が温かくなる。

（……もう全部好き……みたい）

意地悪ばかりするくせに、降り注ぐ視線はいつだって優しい。愛おし気な声にサラの気持ちが高まっていく。一つひとつ、自分が教えた快楽を確認するように、ヴェリアルは中を指で攻め立てて、サラを果てに追い込んだ。彼女は唇を奪われながら、キスの合間に甘く啼き、そしてヴェリアルの指に身を震わせる。

「あっ……いぃ……あっ、ぁあ……ヴェリ……ぁ」

サラが愉悦に堕ちていったのを確認すると、ヴェリアルは彼女を優しく腕の中で抱きしめて、こめかみに小さな口づけを降らせる。

「……少し、このままでいるか？」

立て続けに追い込むと、また気を失うだろうからな。と優しくないことを耳元で囁く。彼の腕の中に大切にしまいこまれていたサラの体は、そっと抱きかかえられ、彼の胸の上に横たわることになった。ゆるゆると背中を撫でられて、サラは心地よい悦楽の中で一瞬まどろむ。

（もっと一緒にいたいって、そう思っている）

この後、彼に告げるつもりの願いを胸に秘めながら、サラはそっとその広い胸に耳を寄せる。トクトクと柔らかい彼の鼓動が自分の鼓動と寄り添うことに幸せを感じていた。

＊　＊　＊

触れれば触れるほど、手放すのが惜しくなる。

しかも、サラはまもなくカイルに奪われようとしている。そうわかっているからこそヴェリアルは先にサラのすべてを手に入れたいと思っているし、奪われまいとも思っている。もしも、自分が悪魔でもいい、とサラがそう言ってくれさえすれば。

二度達して、サラは自分の胸の上でとろんと安らいだ表情を浮かべている。きっと……彼女は今宵、自分と結ばれるつもりでいるのだろう。

（サラより自分の方がずっと……気持ちが定まっていない）

契約が成立し願い事を叶えれば、関係は終わる。

確かに契約上はそうだ。だが連れ去って彼女の肉体から魂が分け放たれるその日まで、自分の手元に置いておくこともできないわけではない。それに海を見に行くという話も、リアムとの約束が叶わないとわかった上で、自分と見に行きたいと言い出したくらいだ。自分の姿が変わったように、サラの気持ちも徐々に変わりつつあるのかもしれない。いっそ大人しくカイルに奪われるより、攫ってどこかに隠してしまおうか。と、ヴェリアルが決意しかけた瞬間。

「ヴェリアル、今日はありがとう」

瞳を細めて幸せそうに囁くサラを見て、何とも言えない気持ちが湧いてくる。

「……どういたしまして。まあ誕生日だからな。……せっかくだから、このまま無事契約、としたいものだな」

わざと突き放した言い方をすると、サラは眉を下げて一瞬泣きそうな顔をしたが、まっすぐに自分を潤んだ瞳で見上げて、微笑む。

「はい、今夜こそ……私を全部奪ってください」

そっと手を伸ばしヴェリアルの頬を撫でて、ひと粒涙を零した。

「……初めては、貴方がいいの……貴方でないと、イヤなの」

サラの切ない囁きに、ドクン、と心臓が激しく鼓動を打つ。

プツン。――刹那、音を立てて何かが脳内で切れた。


こうすることをいつから望んでいたのだろうか。

最初に仄かな想いが芽生えたのは、サラの五歳の誕生日、彼女の小さな腕に抱きしめてもらった時だろう。正式に婚約の儀式を交わした時には、近い未来、彼女の全てを我が妻として手に入れるのだ、とその時を楽しみに思う気持ちになっていた。

（だが……今ほど切実に欲しいと、思ったことはない）

サラが欲しい。
サラが欲しい。
サラが欲しい。

震える指で胸の上で抱きかかえていたその体をベッドに降ろし、身を起こすとサラの膝裏に手を添えて、そっと開く。彼女の秘所は、悪魔特有の太い舌で何度も慣らした。破瓜の痛みはさほど強くはないはずだ。

ああ、でも抱いてしまう前に、もう一度、舌でも彼女を味わいたかった。だがひとつになれる瞬間を思うと、もう我慢できそうにない。固くなった自らを、彼女の潤む蜜口に擦りつけると、それだけで達しそうなほど昂ってしまう。サラは長い睫毛を震わせて、暁色の瞳に自らを映し、信頼しきった表情を浮かべ見上げる。

本当に、いいのか？　自信なく尋ねてしまいそうな自らの唇を引き結んで、せめてみっともない言葉だけは口にしないようにする。

俺は……悪魔だ。サラはそう思っている。それでも……。

「……お前が欲しい……」

欲望が勝ちすぎて、みっともないくらい声が掠れた。それでもサラは柔らかく笑みを返し、もうひとつ綺麗な雫を眦から零す。

「……私も。だから……ちゃんと……」

震える手が、自らの手を求めるように触れる。ぎゅっと互い違いに指先を絡めて、それからヴェリアルはゆっくりと、サラの中に自らを収めていく。

「はっ……ぁあっ……はぁああ……」

少し受け入れると、サラは痛みに眉を顰める。その額にキスを落とすと、サラは何度も教えたようにゆっくりと息を吐き出し、力を抜こうとした。その素直な様子も昔と何ひとつ変わっていない。

「……痛いだろう？　無理はしなくてもいい」

思わず声を掛けると、サラは笑みを浮かべて顔を左右に振る。その健気な姿が愛しく、胸の中にサラへの想いが溢れそうで、言葉すら抑えきれなくなりそうだった。不用意な言葉が零れる前に、サラの愛らしい唇に自らの唇を押し当てて、その誘惑に耐える。


昔も、今も好きだ。

ずっと……好きだ。

……愛してる。

言葉が零れそうになるたびに、いくつもキスを落とした。そのたびに少しずつサラは自ら力を抜くようにして、深くまで悪魔の楔を受け入れていく。ヴェリアルは彼女を酷く苦しませることだけはしないように気をつけながら、身を沈めていった。

「……全部、入った。よく……頑張ってくれたな」

額にキスを落として囁くと、サラは涙を零し、ホッとしたように笑み崩れた。自らを包み込んだそこがぎゅっと締め付けてきて、それだけで悦びが込み上げ、達してしまいそうになる。

（ちょっと待ってくれ。……こんなに気持ちいいとは……聞いてなかったぞ）

全部受け入れてもらい、安堵した瞬間ズクンと脳裏を貫くほどの快楽を覚え、くっと奥歯を噛みしめて、そのまま快楽だけを求めたいという誘惑に耐える。


——ずっとサラしか欲しくなかった。だから他の女は知らない。

知識だけはアイリスとの赤裸々な会話で得ていたが、実際に愛おしく想う女を抱くことが、ここまで気持ち良いとは理解してなかった。

（……が、ここからどうすればいいのだろう？）

すぐ動いてはサラに負担を掛けそうな気がして、そのままそっと口づけを交わす。サラはぽろぽろと涙を零している。その涙を唇で拭いながら、思わず小さく苦笑を零した。

「……サラはそんなに泣き虫だったか？」

記憶の中にいた幼い少女は、いつも笑っていた。いや、自分に揶揄われた時、一度だけ悔しそうに泣いたことがあったことを思い出す。

『ねえ、見てみて。美味しそうでしょう？　リアムが見せてくれた宝石みたいに綺麗なの』

さっきまで自分が持ってきた鉱石のかけらを見て喜んでいたサラが、今はケーキに目を奪われている。彼女の好物のラスターシアの果物がたくさん乗ったタルト。

『うまそうだな。……もらった』

そう言うと最後のひと切れを行儀悪く素手でつかんで、ぱくりと食べた。自分よりケーキに夢中な彼女が、なんとなく気に入らなかったからだ。

『あ……』

次の瞬間、しまった、と思った。紫色の瞳は見る見るうちに潤み、あっと言う間に決壊する。

『……ばかぁ。……なんで食べちゃうの？　最後のひと切れは、リアムと半分ずつ分けようって……そう、思ってたのに。……いじわる……。もう、お嫁さんに……なってあげないんだからぁああ』

ぽかぽかと小さな手が胸に叩きつけられる。痛くはないがサラが怒っていることは伝わってきた。そして、お嫁さんになってあげない、と言われたことが思いがけずショックで動揺してしまった。

『わ、悪かった。あんまり美味しそうだったから……。今度ラスターシアに来るときには、海の向こうの国の珍しい果物もいっぱいお土産に持ってくるからっ』

　小さな姫の怒りにうろたえて、侍女たちに頭を下げて、新しいお菓子をいくつも持って来てもらった。それを何回か繰り返しているうちに、サラは徐々に泣き止んで、用意されたお菓子を食べながらようやく笑った。

『わたし、ずーっと覚えていますからね。リアムは美味しい果物をいっぱいお土産に持ってこないといけないいんですからねっ。忘れたらわたし、リアムのお嫁さんにはなりませんからねっ』

　コロコロと変わる表情が可愛くて、機嫌を直してくれたことにホッとした。けれど懲りない自分は、そんなことがあっても、サラを揶揄うことはやめられなかった。だからその後は彼女を泣かせない程度に、注意深く様子を見ながら、することにしようと心に深く誓ったのだった。

『リアム、リアム王子様っ』

　いつでも自分の後をついてきた可愛いサラを思い出す。孤独だった自分を小さな手で抱きしめてくれた姫君。自分だけを求めてくれた……愛おしい未来の妻。

（あんなに幼かった少女が、こんなに……美しい女性に成長して……）

　今、この腕の中で自らに身を任せている。刹那、愛おしさが胸に込み上げて、嗚咽が漏れる瞬間のように、唇が震えた。

こらえきれず、きつく抱き寄せると、自らを包み込むサラの中に締め付けられて、思わず声を漏らしそうになる。

サラが小さな声で、もう、大丈夫。と囁き、そっと抱きしめ返してくれる。それは、初めて抱きついてきた幼いサラと、ひとつも変わらない優しさがあった。その声に導かれて、緩やかに華奢な体を貫いていく。悦びが一瞬で全身に掛け巡った。

（ずっと……ずっと好きだった。幼い頃から、もうそうであることが当然のように愛おしかった。たぶん、恋と気づく前に愛していた。いつの日か、自分の手でサラを世界で一番幸せな姫にしてやりたいと、本気でそう思っていた……）

自分の動きに彼女の呼吸が切なげに乱れた。どうしたらいいのかわからないほどの、愛おしさが胸に込み上げてくる。

（もう手放したくはない。一生手元に置いてずっと大切に愛し続けたい。……俺は悪魔だ。かまうものか。サラが欲しい。器だけでなく魂だけでなく、今からある生すべて、サラの悦びも、悲しみもすべてが欲しい。そうだ、俺は悪魔らしく欲しいものを手に入れて、好きなように生きてやる……）

愛しい人を手に入れてようやく心が定まった。ひときわ深くサラを貫き、自らのモノだと主張するように最奥に自らを解放する。

――愛してる。これからもずっと。

「……俺の、スミレ姫」

口づけと共に、永い想いを実らせたヴェリアルは、リアムしか使わない呼称で彼女を呼んでしまったことに、

……その時はまだ、気づいていなかったのだった。

＊　＊　＊

初めて男性を受け入れるのは、もっと痛くて辛いのだと、そう思っていた。それこそまた意識を失わないようにするのに必死になるかと思っていたのに。

（ヴェリアル……）

何度も何度も啄むように愛おし気に落とされるキスに、好きと告げてしまいそうな衝動を必死に抑え込む。ぎゅっと握りしめてくれた手は互いに微かに震えていた。ゆっくりと時間を掛けてサラはヴェリアルに最後の一線を奪われていく。

「……全部、入った。よく……頑張ってくれたな」

穏やかに褒めたくせに、ヴェリアル自身は素直に、とても気持ちよさそうな顔をしていた。そうさせているのが自分なのだとしたら。

（凄く、すごく嬉しい……）

きっと、一度しか抱いてもらえない。だからこそ、ずっと忘れないでほしい。悪魔がどんな風に一生を送るかは知らないけれど、彼の心の奥底に『私』を刻み付けたかった。ほろほろと止めようもなく零れる涙をキスで拭う。

「……サラはそんなに泣き虫だったか？」

揶揄うような言い方。そんなところだってリアムとよく似ているから……。

もう大丈夫。最後まで全部、私を奪って……。そう囁くと彼はのめり込むようにサラの体を抱きしめた。

（私の体……中まで全部、ヴェリアルでいっぱい……）

そのことがたまらなく嬉しい。何度も愛おし気に口づけられて、心はふわりと幸福感で満たされていく。聞こえるのは寄せては返す波の音と、自分の漏らす甘い声と、乱れたヴェリアルの呼吸。

（ずっとこのまま時が止まってしまったらいいのに……）

このひとときは、リアムが私に与えてくれるはずだった幸せを、ヴェリアルが自分に与えてくれたのだと、サラは確信する。徐々に呼吸を乱すにつれて、ヴェリアルは右手も左手も、サラと指を絡め互い違いにつないだまま、何度もサラの唇を奪う。

キスをされて、心も体も全てがヴェリアルで埋め尽くされていく。きっと……幸せ、というのはこの瞬間なのだと、サラは愉悦に溺れながら微かに思う。

「あっ……ヴェリアル……もう……貴方でいっぱい……ぁあっ……ああっ」

痛みを忘れるほどの快楽が一気にサラを引き上げていく。好きな人に抱かれる悦びが一気にサラを頂上に押し上げていった。

(これからどんなことがあっても……私はこの一瞬の記憶があれば、生きていける)

体を貫かれ、深く口づけられて、サラが身を震わせて登りつめたのを確認すると、ヴェリアルは引き絞った矢を放つように、彼女の最奥で情熱を迸らせる。

ぎゅっときつくきつく、抱きしめられて、キスが落ちてくる直前、頬を撫で愛おし気に囁く彼の声がサラの鼓膜を震わせた。

「……俺の、スミレ姫」

刹那。

キスが降ってくるのを受け止めながら、サラは大きく瞳を見開いていた。咄嗟に漏れそうになった声を必死でこらえる。

(貴方は……誰なの)

彼女のことを『スミレ姫』と呼んだこの人は……。

以前、サラをそう呼んだ時のまだ若いリアムの声が脳裏によみがえり、ヴェリアルのそれと重なる。あの頃より大人びて低く深くなった声。それでも優しい響きは以前と何ひとつ変わらない。サラは混乱して彼の顔を確認するように、思わず身を起こしていた。

「……んっ。急に動くな……」

冷静に考えようと思った瞬間、彼女の動きに感じたのか、眉を顰めた彼が甘い吐息を漏らし彼女をなだめるように腰を揺らす。それだけで理性が溶けて物事を冷静に考えられなくなってしまう。

残滓を味わうような緩い快感に身をゆだねながら、サラは気づいてしまった事実に激しく動揺していた。魂を奥底から揺さぶるような大きな鼓動が、こめかみまでドクンドクンと脈打つ。呼吸が苦しくて体が熱くなってくる。

（いや……そんなこと、違うよね。でも……）

怖くて尋ねることはできない。でも、そんな風に愛おし気に秘密の愛称で呼んでくれた人を、彼女はひとりしか知らない。

それに……。サラはずっと思っていたのだ。一生、リアムしか好きになれないと。だから神殿巫女として、一生ひとりで生きていくようにとホーランドに告げられた時も、正直ほっとしてしまったくらいなのだ。そんな自分が、何故こんなにもすんなりと、突然目の前に現れた悪魔を愛してしまったのか……。

「体は大丈夫か？」

意地悪なことばかり言うくせに、すぐに気遣ってくれるところもリアムと一緒だ。優しく髪を撫でられて、動揺している自分を知られたくなくて、サラはそっと瞳を閉じる。

（ああ。貴方がリアムだというのなら、こんなに惹かれてしまった理由がわかる）

驚いている表情で気づかれないように、彼に抱きつき、内心の動揺をひた隠しにした。

自分を『スミレ姫』と呼んで、幸せそうに抱き寄せる悪魔の瞳は黒い。けれどその瞳が蒼かったら？　汗をかいて微かに濡れる漆黒の髪が、もしも銀色だったら？

想像して疑いは確信に変わる。次の瞬間、喪ったと思っていた恋人に再会できたことに素直に歓びが込み上げてきた。言葉の代わりに涙が幾つも零れ落ちていく。彼がリアムだとサラが気づいたことはわかっていないのだろう。よけいなことは言わずに、そっと彼女の泣き顔を覗き込むと、優しい口づけで拭ってくれている。

（ああやっぱり……リアムだったんだ……）

どうしてわからなかったんだろう。こんな風に自分に触れてくれるのは、リアムしかいないのに。他の男性とは全然違う。彼に触れられた時だけ、こんなに心地いいのに……。

――でも。

（なんで……今気づいてしまったの）

もう、全て決めてしまったのに。もう揺らぐことは許されないのに。

サラはぎゅっと悪魔に抱きついて、切ない吐息をひとつ漏らす。

でも、もし……。

――神様の皮肉でこういう結果になったとしても。

「……貴方が初めての人で、よかった」

ぽつりとつぶやくと、目の前の悪魔は優しく、サラの額に唇を落とす。

何度も何度も存在を確認するように彼は彼女の熱の残る頬を撫で、言葉もなく、切なさに潤む紫色の瞳を愛おしげに見つめる。

室内にはさざ波の音だけが響いている。どちらともなく唇を重ね合わせ、再び抱き合った。

太陽を追い続けていた月は、既に西の空に消えている。

月の光を失った暗闇では、近づかなければ互いの姿すらよく見えない。

「もっと……」

そばにいて。

どちらともなく囁いた言葉に互いの体を重ね合わせ、もう一度唇が重なる。


——そして。

月光も差さない暗闇の中で、さざ波の音と甘い吐息、切ない囁きのみが、静かな部屋を満たしていく……。

第十章　悪魔の望みと聖姫の願い

願いを叶えてもらうのは、元の神殿で、というサラの言葉に、ヴェリアルは少し違和感を覚えながら、彼女を連れてエレノア神殿に戻った。

彼の腕の中でサラは微かに震えていた。初めて男性を受け入れたせいか、それともその後の契約に怯えているのか……。どちらにせよ、彼女の願いを叶えたら、自分は悪魔だけれども、共にいてほしいとサラに伝えよう。そうヴェリアルは考えていたのだが……。

「……では、契約通り、お前の器は俺がもらい受けた。改めてお前に願い事を問おう。サラ、お前は何を望む？」

彼女の私室の小さな部屋。そのベッドの上に、ヴェリアルとサラとは向かい合って座っている。

『何事も交渉ですからね。人生を決めるのも交渉です』と笑って告げるサイラスの言葉を思い出しながら、悪魔はサラを見つめ、微笑みかけた。

「それから……お前の願いを叶えたら、そのあとひとつ、俺の話を聞いてくれないか？」

ヴェリアルの言葉に、サラは緊張した面持ちで唇を引き結び、じっとヴェリアルを見上げた。

「あの、私の願い事、なんでも叶えてくれるんですよね？」

震える声で彼女が囁く。

「ああ、この間言ったように、人の生死に関わるものでなければ」

彼の答えに頷くと、サラはヴェリアルの頬に手を伸ばし、躊躇うことなく唇を寄せる。

「……絶対ですよ。最後のお願いですから」

そっと口づけてからサラはぎこちなく小さな笑みを浮かべた。

「ね、リアム」

その言葉を聞いたヴェリアルは、驚愕に漆黒の瞳を大きく見開いた。

「な、んで……いつ、気づいた？」

「やっぱり……リアムだったんだ」

そんな彼を見て、サラは瞳を潤ませて柔らかく微笑み、唇を再び寄せる。ヴェリアルは問うべき言葉を抑え込まれ、唇が離れた後は眦を下げてほろりと涙を零す彼女に見惚れてしまっていた。

自分の正体を気づかれていた。ならばすぐに自分の想いを伝えなければ、と思った瞬間、サラは彼の唇に指先を伸ばし、その言葉を再び封じた。

「私の願いは、リアムが幸せになること。ただしそれは、彼が数日間の眠りから目覚めてから。……リアム、私の大事な物をもらってくださってありがとう。もう心配しなくて大丈夫だから。私、ひとりでも頑張れるから。……おやすみなさい、リアム。目覚めたら幸せになってね……」

そう言われた瞬間、自分の体を通し、契約が成立し始めるのをヴェリアルは感じ取る。

「ちょっ……ちょっと待ってくれ」

(俺は……サラ、お前に言わなければいけないことがある)

自分の想いを告げることすら封じられたまま、彼の体は契約によって睡魔に侵されていく。自らが叶える願いのはずなのに、自分の意思は何ひとつ優先されないことに、ヴェリアルは歯がみしながらも、睡魔に逆らうことすらできない。

意識が失われる直前、とある名前を呼んで、交渉すら後回しに、ひとつ頼み事をするのが精いっぱいだった……。

＊　＊　＊

「……驚いた顔をしていたなぁ……」

リアムだとわかったと告げた時のヴェリアルの顔を思い出していた。今、彼はあどけなさの残る表情でぐっすりと眠っている。サラはその頬に、一滴、涙を零す。

明日には……サラはカイルの元に行かなければならない。そして悪魔の力ではなく、自らの力で自分の国を立て直すつもりだ。

本当は彼にいろいろ尋ねたい。どうして悪魔になってしまったのか、そしてなぜ今頃自分のところにやってきたのか。でも、もしこれ以上彼と一緒にいて言葉を重ねてしまったら、何もかも捨てて彼と生きていきたいと、彼に連れて行ってほしいと懇願してしまうだろう。しかしそうすればラスターシアの民を救うことはできず、母まで失ってしまうかもしれない。自分のために辛い思いをしている人たちを見捨てて、自分だけ幸せになる選択はサラにはできなかった。そして巫女として、元王女として、この国を悪魔《ヴェリアル》に救ってもらってはいけないと最後に判断したのだ。

（ありがとう。もう十分。これで私の願いは、すべて叶ったの……）

悪魔になって戻ってきても、姿が変わっていても、やっぱり彼に惹かれた。世界で一番大好きな人と一夜でも結ばれて、サラは本当に幸福だった。だからもう未練は残さない。これから先は、神殿巫女になった時に決めたように、自分の命は国のために捧げよう。

（目が覚めたら……なんで勝手に決めたんだって、リアムは怒るかな）

それでも、ラスターシアを救うという決意は変わらない。たとえその正体がリアムであっても、悪魔の力に頼ってはいけないと、自分の力で実現しなければいけないのだと結論を出した。だからその決意が鈍らないように、彼にはしばらくの間、眠っていてもらうことにした。

――だけど……夜が明けるまでは……もうすこし傍にいたい。

眠ってしまった愛しい人の傍らに、寄り添うようにしてサラは横たわった。黒い角を避けて、そっと黒い髪を掻き上げて、秀でた額に口づける。

たぶん眠ってしまったせいで、悪魔の姿に戻ってしまった彼にそっと抱きつき、ゆっくりと鼓動を打っている心臓の上に頰を乗せて、手を捉え指先を絡める。

さっき力強く握りしめてくれた大きな手。触れてくれた指先。優しくてやっぱりちょっと意地悪な囁き。何度も口づけを交わした唇。

どれもこれも……全部忘れない。

彼との幸せな一夜の思い出を胸に、誠心誠意ラスターシアのために努力しよう。そう心に誓いながらも、まだリアムへの想いを捨てきれず、サラは自分がした選択に怯え、不安を感じていた。

（だから、今だけは……）

明け方までの数時間、この部屋を出る寸前まで、愛おしいリアムの腕の中で、サラはずっと彼に触れ続けていたのだった。

＊　＊　＊

女悪魔のアイリスは、サラが迎えの馬車で連れていかれるのを見送った後、そっと彼女の寝室に入っていく。

「……全く、困った時だけ人に頼らないでほしいね。ヴェリアル、これは高くつくよ」

そこで太平楽に寝こけているのは、意識を失う寸前に自分を呼び出した新米悪魔だ。いや、人間にしてやられるようなら『悪魔見習い』で十分かもしれない。

とにかく。あれだけ執着していた姫をようやく抱いたと思ったら、逆に上手く転がされて、身動きが取れない状態に追い込まれていたというわけだ。

「っんと、アンタってバカだよね。馬鹿正直で……まったく悪魔に向かない子だよ。けど、アンタを愛する人間が自らの魂を犠牲にして、アンタの幸せを願ったんだ。賭けはヴェリアルの勝ちだね。まあ契約自体、アンタは覚えてないいんだろうけどさ」

そう言いながら、真剣勝負が好きな女悪魔は、彼の名を解放し、髪色と瞳の色を元々のものに戻す術式を唱えた。

悪魔になる契約を交わした時、リアムは婚約者の姫が彼の銀色の髪と、蒼い瞳を気に入っているから、賭けに勝てば返して欲しいと交渉したのだ。そしてアイリスはあえて実現不可能な条件を彼に出した。だが、不可能なはずのその条件を彼の最愛の姫が満たしたのだ。

「ま、アタシもアンタの蒼い瞳が嫌いじゃなかったからね」

肩を竦めたアイリスは彼の方に手をかざすと、ヴェリアルの髪を撫で、閉じられた瞼を撫でた。

次の瞬間、ヴェリアルの黒髪は見事な銀髪に変わっていく。閉じられているから今は確認できないが、その瞳も元々の蒼い深い海の色に戻っていることだろう。

「これで、見た目だけはヴェリアルから、リアム王子様に戻ったよ。でもまさか、あの姫様、本当にヴェリアルをリアムだと見破るとはね。しかも最後はちゃっかり行動の自由まで奪ってから、この子のために自分の願いを叶えさせるなんて面白い。アタシは気に入ったよ。さすがヴェリアルの長年の想い人なだけある」

ちょんと突いた黒い角はそのまま健在だ。目の色と髪の色が元に戻っていても、彼が悪魔という生き物であることは変わらないからだ。千日をかけて悪魔へと変貌を遂げた体は、容易に人に戻ることなどできない。それはリアムもわかっている。だからあの時、見た目だけは元に戻れることを条件としたのだ。

（まあ、絶対に人間に戻れない、というわけでもないけどねえ……）

とはいえ、その条件は安易なものではないし、それについてタダで教える気もない。でも、人間に戻れる可能性があることを知って、条件の厳しさに葛藤する彼を見るのも楽しいだろう。何か面白い物を賭けることを条件に、教えてやってもいい。いやいっそ、あの姫君を悪魔にするようにそそのかしてもいい。そっちの方が簡単だし楽しそうだ。にやにやと笑いながらアイリスは、熟睡している彼を見下ろす。

「……さてと。この子をうちに連れ帰ったら、また出かけないとねえ。サイラスもしょうもない頼み事をしてくるし、他にも様子を見てやらないといけないのがいるみたいだしねえ。いろいろと……忙しいんだよ。アタシは」

ぷりぷりと怒りながらも、その表情はまんざらでもない。退屈が大嫌いな女悪魔は、こうした騒動が大好物なのだ。ヴェリアルも、女悪魔が面白そうと思えばむげに断らないとわかっていて、アイリスに大事な頼みごとをしてきたのだろう。

「さて。目が覚めた後、この子はどうするのかねえ……」

くつくつと笑いながら、彼女は自分よりふた回りは大きいヴェリアルを軽々と片手で抱え上げ、そのまま空間を飛ぶ。そしてエレノア神殿のサラの私室には、誰もいなくなったのだった。

＊　＊　＊

「ああ、この日をどれだけ待ち望んだことか……。サラ姫は今日も愛らしいですね。さっそく私の元へ……」

リアムと別れた日から三日後。サラはエルセラ国の王都サエラムにいた。長年の友好関係によって、ラスターシア元王都のスタージアと、サエラムの間は道が整備されている。よって早馬で一日半、馬車でも三日あればサエラムにつく。

そしてサラをサエラムにある王太子殿の玄関で出迎えたのは、エルセラ国王太子、カイル本人だった。

今まではヴェリアルからもらったドレスを身に着けていたサラだが、今日はカイルが贈ってきた青紫色のドレスを纏っている。手を差し伸べたカイルに、緊張で冷たくなった手を預け、静かに馬車から降りた。

カイルの美しい蒼い瞳を見つめても、もうこの間のようなときめきは感じない。リアムと一夜を過ごした今は、同じ蒼い色の瞳でも、サラにとっては明らかに別物だとわかってしまったからだ。

（でもこれから私はこの人と一緒に生きていくことになる……）

サラは二十歳の誕生日、契約を完了してヴェリアルを解放しようと決めた。その決心が鈍らないうちに、カイルの結婚の申し出を受け入れたのだ。そして、誕生日の翌朝、カイルの元に向かうことを了承した。

（せめて……）

もう少し早く、ヴェリアルの正体に気づくことができたのなら、自分は違う道を選んだのだろうか？　でも彼がサラに対して以前と同じ愛情を持っていてくれたなら、自分がリアムであることを最初から教えてくれたはずだ。しかし、彼は最後まで黙っていた。それが答えだとサラは思う。悪魔となってしまった彼は、もう以前のように自分を愛してはいないのだ。過ぎたものは取り戻すことができない。

それにヴェリアルの正体を知って、正直心が揺れたけれど、一度王太子と約束したことは簡単には反故にできない。カイルからも、ふたりの婚姻は『国同士の婚約に等しい』と言われてしまったからよけいだ。これ以上ふたつの国の関係を、自分のせいで悪化させるわけにはいかないのだから。

正直カイルが何を考えているのかわからない。けれどカイルが約束してくれた『エルセラ国王妃』になれば、ラスターシアの状況を好転できる立場になる。それに「このままではラスターシアが疲弊しすぎて、エルセラにも悪い影響がある。それならば以前のようにふたつの国が夫婦のように支え合い、補い合い、ひとつの家庭を築くように成長していけたらよい」と、カイル自身話してくれたのだ。……だから。

（もう一度リアムに会いたいという願いも、私の一番大事なものを受け取ってもらいたい、という想いも、すべて受け入れてもらったのだから……）

サラは必死に自分の気持ちに折り合いをつけようとする。そんなサラの想いなど知りもしないカイルは、兄の愛していた元許婚を手に入れて、満足そうな表情を浮かべていた。

「明日の夜には……サラに会わせたい人たちがいるのです。みんないい子ばかりだから、楽しみにしていて」

その言葉を聞いた時も、サラは何が自分に起こるのか、予想すらしていなかった。

「……サラ姫？　どうかしましたか？」

ソファーで隣に座っているカイルが物思いにふけっていたサラの顔を覗き込む。

「あっ……すみません」

「いえ、慣れない馬車に長時間乗って、スタージアからサエラムまで来ていただいたのですからお疲れでしょう……。少しお休みになりますか？」

カイルの気遣いの言葉にサラは慌てて顔を左右に振る。

「大丈夫です。明日は……レナード国王にお会いするのでしたね……」

「ええ。私がサラ姫を娶ることについてはすでに了承をいただいておりますが、最終的に、ふたりで国王に謁見し、正式な許可をいただく予定です。その後は婚約を国内外に周知し、具体的に婚礼の式典の日取りを決める、そういう流れになりますね」

サラは頷きながら、酷く複雑な感情に捕らわれていた。

レナード国王は友好条約を破って、突如ラスターシアに宣戦布告した。その戦で彼女の父と兄を捕らえ処刑し、母を連れ去って寵姫とした男だ。サラにとってどれだけ恨んでも恨み足りない男でもある。実際に会ったら感情はどのように動くのだろうか。でも、どんなことがあろうとラスターシアの今後のために堪えなければ。そんなサラの千々に乱れる心境に気づいていないだろうカイルは屈託のない笑顔を返す。

現王のレナードに子供はいない。若い頃に患った病気のために、子供を授かることができないらしい。そのため、甥であるカイルが立太子している。王太子の結婚となれば、国の一大行事となるのだろう。サラはことの重大さに、そして愛情をもって彼と結ばれるわけではないことに、改めて不安を感じていた。

だがそもそも王族の結婚は、愛情をもってなされる場合の方が少ない。父と母もそうだった。けれどもふたりはとても仲の良い夫婦になっていったのだ。単に自分の中でまだ燃え盛っているリアムへの恋情を、心の隅に押しやっておけばいいだけだ。サラはそう思い、自分を納得させる。

「そうだ。明日国王に結婚の許可をいただけたら、タニア様にご挨拶に参りましょう」

その言葉にサラは目を見開く。

「お母様に……会えるのですか？」

サラの声は思わず弾む。彼との婚約を了承したのも、ひとつには母に会って無事を確認したいという想いが強かったからだ。

「ええ……このところ床に臥せがちでしたが、貴女に会えばきっとタニア様も安心されるはずです。ふたりで結婚の報告に参りましょう」

ぎゅっとサラの手を握りしめて、にっこりと優しく微笑むカイルは、リアムを彷彿とさせるほど穏やかで優しい表情をしていた。

（大丈夫。時間さえかければきっと、互いを大事に思いあえる夫婦になれるはず……）

これからは目の前の人を敬愛して、一緒に頑張って行こう。そうサラは決意していたのだ。

*　　*　　*

そして翌日の日中にはカイルに伴われて、サラはレナード国王の謁見の間に向かった。

玉座には、豪奢できらびやかなエルセラ王室の内装にふさわしくない、陰気な男が座っていた。

「顔を上げよ。――お前がサラ。……タニアの娘か……」

深い礼から顔を上げたサラを、無表情に見上げるレナードは、母の名前を呟くと、小さくため息をつく。

サラは父と兄を捕らえ処刑した、金髪にハシバミ色の瞳の非道な国王の顔をじっと見つめた。有り難いことに、その顔はリアムにもカイルにも似ていなかった。

まるで死人のような覇気のない表情に、じわりと湧いた恨みの感情は行き所を失い、サラはじりじりとする苛立ちと苦しさで、目の前の男を睨まないように瞳を伏せる。父と兄の敵《かたき》だ。サラの生まれ育った国を飢えさせている張本人だ。ただ……本人にはそんな自覚すらないのかもしれない。熱のこもらない瞳に、サラはこっそりとため息をつく。

ふと視線を王の周りに向けると、控えている大臣たちも同じように無気力で、国の政《まつりごと》に心を砕き、理想の炎を燃やしているようには見えなかった。

（……昔のエルセラは、こんな雰囲気じゃなかった気がする。無気力なエルセラに支配され続けたら、ラスターシアの将来はもっと酷いことになってしまうかもしれない）

レナード国王にも現状を理解してもらい、属国を食いつぶすようなやり方ではなく、共存していくために、ラスターシアの国力を復活させることが、エルセラにとっても利となることを伝えなければ、と思う。それにはやはり自分自身がこの国の中に入り、カイルと共に政治を立て直して行かないといけないのだ。自分の選択は間違ってなかった、と改めて思う。

「……まあいい。ふたりの結婚を許可する。……タニアにも報告したいというならば、明日以降、あれの体調を考慮したうえで、良い日程を大臣に相談するといい」

それだけ言うと、国王は興味を失ったようにけだるげに手を払い、カイルとサラを謁見の間から退出するように促した。

サラは緊張で意識が遠ざかるような感じを覚えながらも、必死に呼吸を整え、無事謁見《えっけん》の間から退出したのだった。

＊　＊　＊

その日の夜。サラは就寝の支度をしたうえで、侍女に連れられて、立派な扉の前に立っていた。こんな時間にどこに連れていかれるのか。まさか正式な婚姻を前に、新婚の床に呼ばれるなんてことがあるのだろうか、と不安に思いながらも扉が開くのを待っている。

先触れを受けていたらしく、間もなくカイル自らが扉を開き、彼女を室内に招き入れた。部屋の入り口にはオーガンジーのカーテンが幾層にも掛けられていて、中の様子は判然としない。

「サラ……こっちだよ」

この部屋の奥に何が待っているのだろうか。カイルに肩を抱かれたまま、心細い気持ちでカーテンの奥に進む。

「……っ」

だがカーテンを潜り抜けた先で、見えた光景にサラは絶句した。

窓のない部屋の中央には豪奢な天蓋つきの大きなベッドがあり、その足元をぐるりと取り囲むようにいくつもランプが並んでいた。室内には甘い匂いのする香が煙るほど焚き染められており、扇情的な光がベッドを下からゆらゆらと仄明るく照らしている。

ベッドの周りにずらりと、二十人ほど控えているのは、どれも若く美しい女性だった。その上、裸の方がいっそ清楚に思えるのではないかというほど、淫らな衣装を身に纏っている。

（どっ……どういうこと？）

後宮を置き、女性を何人も侍らせる他国の王の話は聞いたことがあった。

だがラスターシアでは、愛妻家の父は母だけを妻として、後宮というものは存在していなかったし、リアムもそういう制度は好かないと言っていた。もちろん世継ぎの問題があるから側室を置く国王はきっと多いと思う。しかし目の前の光景は常軌を逸している。

「ねえ、サラ。これから、みんなと仲良くしてくれるよね。もちろん貴女は私の妻だ。誰よりも特別にたっぷりと愛してあげる。だから貴女も、私に仕えるこの女たちと仲良くやっておくれ」

普段通りの笑みを浮かべたカイルに腰を押され、ベッドに登るように指示される。彼は目の前の光景に呆然としているサラを、半ば無理やりベッドの中央に押し上げた。

「さあ、さっそく貴女に妻としての最初の仕事をしてもらおうかな」

ベッドの中央で胡坐を掻いた彼は、肩を抱いていた手を彼女の後頭部に移すと、自分の股間にサラの顔を強く押しつけた。

「きゃっ……」

彼は下着すらつけておらず、裸にガウンを羽織っただけだった。サラはベッドの上で体勢を崩しながらも、ガウンの間から覗く男性の象徴を見ないように顔を背け、必死に押さえ込む手から逃れようとする。

「ったく。男の慰め方も知らないのか。まあ……神殿巫女としてお堅い生活を送っていたようだからね。ではしかたない。そうだな……その緑の目のお前。代わりに私を慰めろ」

名前すら呼ばずにカイルがひとりの女を指さすと、女は小さな声で礼を言いベッドに上がる。サラの目の前でカイルの指示に従って彼の服を脱がせ、いきりたつモノを口に含み、淫らな水音を立ててしゃぶり始める。

サラはその光景を唖然としたまま見つめていたが、その淫らな様相が深まっていくうちに、動悸が激しくなり意識が遠のいてくる。

(リアム……私、どうしたらいいの……)

ラスターシアを救う、などと意気込んでいたのに、このような光景を目にするだけで、心は乱れ、体は恐怖に竦む。

「サラ、今はこの子のしていることをしっかり見て、やり方を覚えてくれればいいよ。次は貴女のその愛らしい口で慰めてもらおうと思っているから」

カイルは含み笑いをし、女の髪を撫で、そのまま女の頭を掴み、ぐっと自らの腰を反らした。口内奥深くまでそれを突き入れられ、女は苦しそうにえづきながらも、彼の望むように動こうと必死らしい。

（こんな……酷いこと……）

サラは思わず涙が浮いてくるのを感じる。リアムは自らを悪魔だと言いながら、サラが嫌がることを強いたことは、一度たりともなかった。だがカイルは兄とはまったく別の考えを持った人間なのだと、改めて気づかされる。これから自分を待ち構える運命が、どんなものであるのかがわかってくるにつれ、サラは自分の置かれた立場に吐き気を覚えていた。

「サラ、待たせたね。今度は貴女の番だ。さあ、そこに横になって」

咥えていた女を引きはがすようにして、カイルはサラの手を取る。こんな大勢の前で情交をするのかと、咄嗟にサラがその手を振り払うと、カイルは眉を顰め、彼女の手首をぎりと掴み直した。サラは痛みに唇を噛んで耐える。

「まだ理解できてないのかな。貴女は敗戦国の元王女にすぎない。貴女の運命も、貴女の国の運命も、唯一生き残った貴女の大事な肉親の命も、全ては私の手のひらの上だ。馬鹿でないのなら、どうすべきかくらいわかるだろう?」

冷たく告げると、手首を手荒く握りしめたまま、その清らかな唇を無理やり奪う。

「んっ……ゃあっ……やめっ……んんんっ」

味わうように、べろりと唇を舐め上げ、無理やり唇をこじ開けて、舌を絡ませてくる。

サラは望まぬ関係を強要されて背筋を寒気が走り抜けた。

（イヤ……この人に好き勝手にされるのは……）

サラは怯えを飲み込んで、暁色の瞳を開き、改めて目の前の状況を確認する。

無表情な女たちが、意思のない視線を自分たちに投げかけている。だが次の瞬間、その中に強い視線があることに気づいた。その視線の持ち主はサラに真っすぐな視線を向けると、改めてカイルの方を見て、嫣然とした笑みを浮かべ、口を開く。

「……ねえ、カイル王子様。そんな女は放っておいて、アタシを抱いて」

女は豊満で淫らな体の線がよくわかる、艶っぽい黒いドレスのようなものを身に着けていた。脚の間まで見えるのではないかというほどスリットがきわどく入っている。

黒髪につり上がった美しい漆黒の瞳を持ち、細い眉を上げて誘惑する。それはどこか闇に属する魅力をもった女だった。女性のサラでも蠱惑《こわく》されるほどの妖艶さが際立っている。

カイルは突然自分に声を掛けてきた女の顔を確認すると、その体をみて、だらしなく唇の端を緩めた。

「お前は……初めて見る顔だな。だがいいだろう。面白そうだ。こちらにきて、私を慰めてくれ」

女はベッドに上がり、サラの目の前で横たわったカイルに跨り、そそり立ったものを、ゆっくりとその身に受け入れる。

「あぁっ……王子様の、固くて大きくて……すっごく素敵」

甘い声を漏らすと、女はカイルを全部受け入れ、淫らに動き始める。すぐに、ぐちゅん、ぐちゅん、と淫靡な音がベッドの上で響き、女は妖しく腰を振り、カイルは愉悦にうめき声を上げる。

サラはカイルの興味が自分からそれて、ホッとしたのと同時に、目の前の状況の異常さに、徐々に意識が保てなくなっていく。女の腰の動きに合わせて、ギシリギシリとベッドが軋む。

「はぁ……お前は陰魔か悪魔か……。んぁっ。イイ。……精が搾り取られるようだ……タマラナイ。お前の中で……イクぞっ」

「あぁっ……イイわ。王子様の、いっぱい頂戴っ」

淫らな狂乱を目の前で見せつけられ、常軌を逸した状況から逃れるように、サラの心は限界に達して、気づけば失神していたのだった。

＊　　＊　　＊

「姫さん……そろそろ目を覚ましておくれよ」

何者かに抱きかかえられ、体を揺さぶられて、サラはようやく目を覚ます。

「あ、貴女は、それに……」

ベッドの上には、精を吐き尽くし、だらしなく半裸で眠るカイルがいる。そして周りにいたはずの女達は姿を消していた。

「ほら、もう終わったよ。女達もいなくなった。動けるかい？」

目の前に黒ドレスの女がいた。先ほどの部屋のベッドの端で、サラは女に抱えられていることに気づく。

「箱入り巫女姫としては、少々刺激的な夜だったね。アタシは楽しかったけどさ。愛想のない兄王子より弟王子の方が欲望に素直だねえ。しかもタフで可愛かったし」

「あの……貴女は？　それに兄王子より弟王子って……」

それはリアムとカイルのことを言っているのだろうか？　親切な手に引かれて身を起こしながら、サラは何かを知っていそうな妖艶な美女を見上げる。

「さあ、なんだろうね。……アンタはサラ姫だね。アタシはアイリス。とりあえず、姫さんは早く部屋に戻った方がいいよ。この絶倫王子に、寝起きを襲われたいのなら別だけどね」

第十一章　銀髪蒼目の悪魔に奪われて

「まあ、たいして眠れないかもしれないけど、一応横になっておけば？　人間は脆くて、すぐ体を壊すからねえ」

サラを部屋まで送り届けると、扉の前でアイリスは笑いながら言った。そういえば寝所に連れて行った侍女はそのまま姿を消している。最初からサラを朝まで部屋の外に出す予定はなかったのかもしれない。ここには誰も味方はいないのだと気づきぞっとした。けれどアイリスは、少なくともあの状況でカイルを誘惑して惹きつけてくれたのだ。サラはそのことに思い至ると、深々と頭を下げていた。

「あの……アイリスさん。困っているところに声を掛けてもらって。ここに連れてきてくれて……すみません」

「うん、アタシは楽しかったからいいよ。本当にあの王子、必死になっちゃって腰振りまくって、すっごく可愛かったしぃ」

にっこりと満足げな笑顔を向けられても、サラはどういう顔をして対応したらいいのかわからない。

思い返せば、あの部屋にいた女たちの中で彼女だけが瞳に強い意志を宿し異彩を放っていた。しかも彼女の行動はいろいろ不思議なことが多い。首を傾げたサラは、ありえない可能性を思いついてしまう。

「あの、もしかして、なんですけど。……アイリスさん、私を庇ってくれたんですか？」

「──どうだろうねえ。……ってことでアタシは帰るよ。まあ何をするにも体力が一番大事だからね。アンタは今日の日中に備えて、ちっとは寝とくんだね」

アイリスはサラの問いをはぐらかし、気安くサラの額をペシンと叩くと、部屋に押し込んだ。サラは眠くはなかったが、そのまま後ずさり疲れた体をベッドに投げ出した。

（これから……どうなってしまうんだろう）

リアムの元を去った時には、自分はどんなことにでも耐えるつもりでいた。けれど、よもやこんな乱れた結婚生活が待ち構えているとは予想していなかった。カイルが側室や愛妾を得る可能性はあると思っていたが、まさか複数の女性を同時に侍らせ、閨事を行うような人間だと想像もしていなかったのだ。

サラは、不安に身を震わせて、抑えようのない深い吐息を後悔と共にいくつも落とす。

（夜が明けて、正午になれば国内と近隣諸国に婚約が公示されてしまう）

自分が選んだこととはいえ、最悪な婚姻生活が待ち構えていることに嫌悪感しかない。覚悟の足りなさを悟り、サラは怯えと不安と葛藤の中で、まんじりともせず朝を迎えたのだった。

＊　　＊　　＊

翌朝、平然とした顔でカイルが朝食を一緒に取ろうとサラを誘う。彼女は抗うことができずに、共に朝食を取ることになった。大きなテーブルの端に座り、少し遠い距離でサラに言葉をかけるカイルは、昨日の夜のことがなければ、相変わらず穏やかで優しい男性に思える。

「本日、貴女と私の婚約を国民に向けて発表することになりました。国内への発表と同時に、関係諸国にも婚約成立の報を送ります。そして三ヶ月後には結婚式を盛大に挙げる予定です。今日の正午にバルコニーで貴女をお披露目いたしますから、この後はその準備をしていただければ。もちろん元々綺麗で愛らしいサラ姫ですから、国民たちが目を瞠るような美しい婚約者としてお披露目できることを、私も楽しみにしています」

美辞麗句を並べるカイルの整った顔を見つめながら、サラは複雑な想いを必死に押し隠す。

「……かしこまりました」

それ以外、何を言うことができるのだろうか。諦めの中で無難に答えた瞬間、ふっとカイルが唇の端に歪んだ笑みを浮かべた。

「……亡くなった兄がこのことを知ったら、喜んでくださるでしょうか？　兄は貴女のことを本当に大切に思い、誰が見ても明らかなほど、深く愛していましたから……」

その酷薄な笑みを見た瞬間、サラは戦慄を覚えた。彼が兄に対して抱えている、心の闇が透けて見える気がしたからだ。

（もしかして……私はリアムの婚約者だったから、こうしてここにいることになったの？）

リアムとカイル。兄弟の間に複雑に存在していた恩讐に、自ら飛び込んでしまったことに気づき、サラは何も言葉を発することができなくなったのだった。

＊　＊　＊

その数時間後、サラはエルセラの海のような深い蒼色のドレスを身に着けて、宮殿のバルコニーの控え室に座っていた。

「サラ姫様、本当にお美しいです……」

カイルの用意した侍女たちがサラを取り囲み、その容姿の美しさを褒めちぎる。そんな中、少しでも彼女が窓や扉に近づこうとすれば、やんわりと室内に押し込まれ、逃がさないようにと見張られている気配を感じていた。

こんな扱いがこれからの自分の生活の基本になっていくのだろう。そして何とか耐えてカイルの子供を身ごもれば、価値観が違いすぎる奔放なカイルと、夫婦として添い遂げることは難しくなるだろう。その後はラスターシアとエルセラ両国の血を引いた子どもの母親として、空しく存在し続けることになるのかもしれない。

部屋の中央に座らされたサラが窓に視線を向けると、外にはサラの気持ちと相反する美しい青空が広がっている。ざわざわと廊下を行き来する人々の様子が、サラのいる控え室にも伝わってきた。どこか楽しげで浮かれているように思うのは、結婚という慶事の発表前だからだろうか？

正午のバルコニーでの婚約の発表と共に、結婚式の招待状をもった使者がエルセラから各国へと、立つことになっている。もうそうなればエルセラも自国の威信をかけて、サラを手放すことはしないだろう。

（怖い、逃げ出してしまいたい）

思わず救いを求めて、外に繋がる扉を見つめたその時。

「……お時間になりました。サラ姫様、どうぞこちらに……」

部屋の入口まで近衛騎士団長自ら、サラをバルコニーに案内するためにやってくる。もう逃げることはできない。

（リアム……騙してごめんなさい。せめて貴方だけは私の分も、幸せになって……）

胸の中でそっと大事な人の名前を呼んで、あきらめの瞳を伏せて、サラは試練に満ちた新しい運命に、一歩足を踏み出したのだった。

＊　　　＊　　　＊

「サラ、こちらに……」

抜けるような青空の下、銀髪を揺らし蒼い目を細めて笑うカイル王子は、文句のつけようもないほど、理想的な夫に見える。

「……はい」

昨夜の姿さえ見ていなければ、リアムに対しての想いがあったとしても、素直にカイルを夫として敬愛し、支えていこうと思えただろう。

（でも……他の男性を想いながら、自国の利益のためだけに、別の男性に嫁ごうとしている私には、これがふさわしい運命、なのかもしれない……）

気持ちの交わらないふたりが一歩バルコニーに踏み出すと、左右にはエルセラ国の重鎮、大臣たちや主だった貴族、将軍たちが立ち並んでいる。それに海の商業国家にふさわしく、商業ギルド、船舶ギルドなどの経済を支える長たちも、一段下のバルコニーに揃っていた。

そしてバルコニーの下にはサエラム近郊に住む者が、それぞれ手に入れたのであろうエルセラを象徴する蒼い布を手に、祝賀のために駆けつけている。

（気が遠くなりそうなほど多くの人たちが、お祝いに来てくれている……）

そして、眩暈を起こしそうなサラの視線の先には、

（……エルセラの、蒼い海）

つい数日前にリアムと一緒に見た海が、広がっていた。

謁見の間で会ったリアムの叔父は昨日と同じように、不機嫌そうな顔で辺りを見渡し、
先触れの声に、人々の喝采が大きくなる。

「エルセラ国王、レナード三世陛下、ご出座」

手を挙げてその喝采と歓声を沈めた。

「皆の者に知らせたいことがある。カイル王太子の慶事に関してだ」

王の言葉を聞くために、辺りはシンと静まりかえる。

「このたびカイルは、ラスターシアのサラ姫と婚姻することになった」

その言葉と共に一斉に歓声が上り、カイルは笑顔を浮かべながら、逃げようとするサラの手を痛いほど強く握る。その手は酷く冷たくて、優しさのかけらも感じられない。彼女はその途端、多くの人々の注視の中で失神しそうなほどの恐怖を覚えた。

祝賀の声が辺りに響き渡る。中には、王太子妃おめでとうございます、と気の早い声が上がり、カイルが手を振ってそれに応えた。手に持った布を振り回し、人々は祝意を表す。

（私は……自分の想いを隠して、これだけ多くの人を欺いて生きていくのだろうか……）

確認するように蒼い海を背景に、蒼い布を振る民を見つめた。すると世界が、徐々に白み始めたことに気づく。

（呼吸が……苦しい）

荒く呼吸をしないように、そっと微かに開いた唇から細く息を吸い込む。まるで呼吸の仕方を忘れてしまったように上手く息を吸えない。けれどもう、ゆっくり呼吸をしたらい い、と優しく囁いてくれる声はないのだ。自分が彼をおいてきてしまったから。

（落ち着いて、大丈夫だから……）

そう自分に言い聞かせる。衆人環視の前で、みっともなく気を失わないようにと、ぎゅっと奥歯を噛みしめる。そうやって落ちていきそうな意識を必死に保とうとした。

——その瞬間。

ふわり、と肩の辺りが温かくなる。視線を向けるとそこにあったのは、震えるサラの肩を包み込むような大きな手のひら。

「……ゆっくり息をしたらいい。そうすれば気を確かに持っていられる。今しばらくは、サラに失神してもらっては困るからな……」

耳元で聞きなれた柔らかい声がした。

はっと振り向いた瞬間、どこから現れたのか、銀色の髪の男性がサラを庇うように肩に触れたまま、一歩、足を踏み出す。

「カイルとサラの婚姻？　それは承服しかねるな。サラは、私の婚約者のはずだが」

良く通る深い声が聞こえた、その刹那。

突如現れた人物の姿に群衆の歓声が途切れ、代わりにさざ波のような騒めきが辺りを埋め尽くしていく。

「……お前は？」

サラとカイルの間に立って、サラを抱き寄せた男性は、振り向いたカイルに向かってにっこりと笑顔を向けた。

「久しぶりだな。カイル。兄の大事な許婚をお前に譲ったつもりはないんだが、これはどういうことだ？」

サラはそれを聞いて、彼の腕の中から視線を上げていく。

力強い腕、肩のあたりまで伸びた銀髪。しっかりとした肩に凛と伸びた首筋、整った顎のラインから、薄い唇。まっすぐ通った鼻筋。そして、柔らかく細めるのは目の前の海のような蒼く強い……瞳。

「……リアムっ」

元々持っていた髪と瞳の色を取り戻すと、その人は彼女が十二の時からずっと想っていた最愛の人だったことがよくわかる。

（なんでっ……なんでここにいるの？）

数日前、サラの誕生日に最後の逢瀬を終えて、必死に諦めた人が今ここにいることに、サラは驚きで声すら出ない。ただひたすら狂おしいほど、心臓が激しく鼓動していた。ドキドキしすぎて心臓が口から飛び出しそうだ。咄嗟に手で口を覆い、言葉もなくその人を見上げてしまう。全身が燃え上がり体中が発熱しているように感じる。

その姿を瞳でとらえるだけで、心が温かくなる。サラを守るように抱き寄せている彼の手が愛おしすぎて、その中で溶けてしまいそうだ。じわりと涙が浮かんで、目元が熱を持つ。

「――俺が幸せになるように、願ったのはサラ、お前だろう？　だから幸せになるために、一番大事なものを取りに来た」

「……ごめんなさい、私っ」

咄嗟に口をついたサラの謝罪に、苦笑する様子は以前と何ひとつ変わらない。

「……その件については、あとでたっぷり仕置きしてやる。覚悟しておけ」

剣呑で意地の悪い台詞をサラに言うと、次の瞬間、リアムは形の良い唇をほころばせた。ふわりと眦を下げて柔らかく笑う。

「だがサラのおかげで、本来の俺の姿を取り戻せた。ありがとう」

ふたりが小声で交わす会話の合間にも、バルコニーの下からは、リアム様だ、リアム王子様だ、と期待に満ちた声が上がりはじめていた。

「お前は……」

カイルの声に、リアムはすうっと瞳を細め、カイルとレナード国王を睨みつけた。

「七年前に、お前たちが私から奪ったものを取り戻しに来た。だがその前に……大切なものを奪われたエルセラの者たちにも、返す必要があるな」

そう告げた瞬間、黒いドレスを身にまとった女が、数十人の妙齢の女性たちを連れてバルコニーに出てきた。

「あれって……アイリス……さん？」

それは今朝方サラを助けてくれたあの女性だと、彼女が気づいたその瞬間。

「――ロザリア！」

「お父様っ」

貴族たちは口々に連れてこられた女性たちの名前を呼んで走り寄り、涙を流しながら抱きしめる。その様子を見て、カイルは一瞬制止したさそうに拳を握るが、衆人環視の前だと気づいたらしい。鋭い視線でリアムを睨んだ。

「何を勝手なことを……」

「勝手なことをしていたのはお前たちの方だろう？　カイル、お前が権力を笠に着て、強制的に召し上げていた女性たちは家族のもとに返したぞ。これで人質を取られていた者たちも、王位継承権について、まっとうな判断ができるようになるだろう」

どうやら、あの部屋にいた女性たちは、カイルが無理やり集めた貴族の娘や身内の者だったらしい。人質となっていた大事な家族を取り戻した人々は、安堵の表情を浮かべ、リアムを見つめた。

「リアム王太子様、無事御帰還くださり、我々も嬉しく思います」

宰相の言葉に、自然と辺りからは『リアム王太子万歳』『おかえりなさい、王子』との歓声が上がる。リアムは小さく手を挙げて歓声を受け入れた。

「……今度こそ、私の持つべきものをすべて、返してもらおう」

一歩自分の方に踏み出してきたリアムを見て、カイルは慌てて声を上げた。

「……皆の者、騙されるな。これは兄上の偽物だ」

咄嗟にサラの手を捕まえようとして、それに失敗すると、カイルは死んだはずの兄に鋭い視線を向ける。等しく蒼い瞳が炎を散らすように睨み合う。

「兄上は七年前の不幸な事故で亡くなられたのだ。我々エルセラの民を謀《たばか》ろうとそのような姿で現れても、誰が信じるものか！」

「さあ……それはどうだろうな」

リアムは周りを見渡すと、家族をカイルに奪われていた大臣や貴族たちの信頼を込めた視線がリアムに向かう。それを見て彼が柔らかく頷き返すと、再び歓声が上がった。

その様子にカイルはカッとなって腰の剣に手を伸ばす。そしてためらうことなくそれを、帯剣していないリアムとサラに向かって振りかざした。

明るい太陽の光を受けて、剣はギラリと不気味な光を辺りに散らす。リアムが抗う手段がないことを確認したカイルは、勝ち誇ったように叫んだ。

「この性悪悪魔め。正義の剣で成敗してくれるわ！」

かばうものを持たないリアムとサラに剣がまっすぐに振り下ろされ、サラは恐怖で目を閉じそうになる。その耳元でリアムは、お前の正統な婚約者を信じろ、と囁いた。

（リアムのことを……）

サラは瞬間、目を見開き、目の前の光景を紫水晶のような瞳でひたと見つめる。

「滅びるのは、カイル。お前の方だ。父と兄を亡き者にしようとした弟よ……」

「あっ……」

リアムが手をかざすと、今まさに彼らに振り下ろされようとした剣は、一瞬で粉々に砕けた。

「――正義は、我と共にある」

リアムの言葉と共に砕けた剣は、金剛石《ダイヤモンド》のようにキラキラと輝きながら、サラとリアムの上に降り注いだ。光の粉となったそれは、ふたりの姿を神々しいほど彩り、さらなるどよめきが湧き上がる。

「……ちなみに。叔父レナードと弟カイルが陰謀のためにサインを交わした誓約書がここにある。エルセラの民よ、この誓約書を見て真実を理解して欲しい。私は正当な王位継承者として告発する。父はこのふたりの簒奪者によって命と王位を奪われた。私自身も長い間動けないほどの重傷を負わされたのだ」

咄嗟に駆け寄ってきた宰相にその誓約書を渡すと、宰相はその書面を周りの大臣たちと一緒に確認する。

「確かに……国王とリアム王太子様を殺害し排除する、との誓約書にレナード国王とカイル様のサインがされています」

その言葉にカイルは慌てたように辺りを見渡す。

「不用意に身元の分からない女を王太子殿奥深くに入れ、うつつを抜かすから、大切な物を奪われるのだ」

リアムの言葉に、貴族の姫君たちを連れてきたアイリスが、楽し気にこちらに向かって手を振ってみせる。

（つまり……カイルとレナード国王が……先王とリアムの命を奪おうと画策した犯人だった、ということなの？）

サラは、父と兄、それに大切な許婚を亡き者にしようとした敵の男に、嫁ごうとしていた自らの愚かしい選択に言葉を失っていた。

「叔父上。このことについてはどう申し開きをされますか？」

リアムの言葉に、レナードは顔を顰め、彼を睨み返す。

「先ほどから……妖しい力を使いおって。お前こそ、どこぞから湧いてきた魔物ではないのか？　このっ……悪魔めっ！」

「……この私が悪魔ですか？　兄を殺し、甥を殺してまで王位を簒奪し、友好国であるラスターシア王妃を、私利私欲のために手に入れようとした貴方の方がよほど、悪魔と呼ぶにふさわしいのでは？」

見た目は元に戻っていても、正真正銘、本物の悪魔であるリアムは自らの命を奪おうとしていた叔父を見て、楽しそうに笑った。

「レナード国王陛下、カイル王太子様。この誓約書については、後ほどお二方にお話を伺うことにしましょう」

それだけ言うと宰相は、警備を行っていた騎士団長に頷いて目くばせをする。団長は騎士たちを引き連れ、レナードとカイルの身柄を確保した。

「そいつは偽物だ。あの事故で生きていられるわけがない！　リアムが確実に死ぬように計画を立てたのだからな」

「カイル、相変わらず愚かだな。さすがに兄としてももう庇うことはできない。自分が引き起こしたことの始末は自分でつけてもらうよりほかないのだから。……近衛騎士団、このふたりを拘束し、地下牢に連れて行け」

喚きながら引き立てられるカイルと、黙って拘束されたレナードを確認すると、リアムは首を左右に振り、深いため息をつく。だが一瞬ののち腕の中にいる許婚の姫の顔を覗き込み、ようやくホッとしたように微かな笑みを唇の端に刻んだ。

「――サラ、醜いものを見せて悪かった。だが終わったぞ。もう大丈夫だ。いつ気を失ってもいいからな」

いつも通りくすりと笑う彼の顔を改めて見て、サラは詰めていた息を吐き出す。『リアム新国王陛下万歳！』と連呼する民の声を聞きながら、愛おしい人の腕の中で、ようやく安心して意識を手放したのだった。

＊　　　＊　　　＊

ゆっくりと意識が覚醒すると同時に、サラは体が震え、はぁっと無意識に甘い吐息を漏らしていた。次の瞬間、胸元に感じた、柔らかくて暖かい湿った感触にサラはまたもや体をくねらせてしまう。

「ぁっ……」

咄嗟に薄目を開けると、そこに蒼い瞳があった。

「んっ……ぁあっ」

次の瞬間、首筋を甘噛みされて、思わず高い声が上がってしまう。

「やっ……リアム？」

サラを覗き込んだリアムは、悪戯っぽい表情をしているのに、その瞳は妖しい色香を漂わせていて、それだけでサラの心臓はドキンと高鳴った。

「あっ……あの。私？」

サラは状況が理解できず、慌てて辺りを見回すと、ようやく記憶が戻ってくる。窓辺からは薄いカーテン越しに昼の明るい日差しがたっぷりと差し込んでいる。バルコニーで意識を失ってからさほど長い時間が経っていないと思われた。

「あの……あの後、どうなったんですか？」

サラは眩しさに瞳を細めたまま、朦朧とした記憶をたどるように、リアムに尋ねた。

「ん？　別に問題はない。カイルとレナードは地下牢に捕らえたし、俺は疲れたから少し休むと伝え、人払いをしてある。まあ、夜は閨議をしないといけないだろうが」

ゆるゆるとサラの頬を指先で辿りながら、リアムは答える。

「それより先に、まず俺は人の話を聞かない、意地っ張りな姫君に仕置きをしないといけないからな」

「ひぁっ……んっ」

突然、ちゅうっと音を立てて、胸の蕾に吸い付かれて、サラはベッドの上で白魚のように体を官能的に震わせた。

「え？　なっ……なんでっ、私、裸なの？」

改めて自分の姿を確認すると、ベッドで全裸のまま横たわっていることに気づく。

慌てて体を隠そうとしたサラの両手首を、リアムは柔らかくとらえ、彼女の肩の辺りに抑え込んだ。

「緊張で気を失った姫君を、正装から楽な服に着替えさせるのは侍女がしたぞ。まあその時着替えさせた脱がせやすい服などは……とっくに俺が剝ぎ取ったが」

ニヤリと笑った彼の指の先を見れば、ベッドの下に投げ捨てられた寝間着が落ちていた。

「なっ……リアム？」

明るい部屋の中で曝された、自身の真っ白な素肌にたまらないほど羞恥心を覚え、しかもその肌に艶っぽいリアムの視線が這うのを感じて、じわりと熱が込み上げる。

「……一気に色づいたな。ああ。肌の香りもぐっと強くなった……。寝ていると反応が少なくてつまらなかったから、いいところで起きてくれたな」

サラの首筋に顔を寄せ、瞳を閉じてその香りを嗅いだリアムの唇から、甘く掠れた声が零れる。サラは気を失いそうなほど恥ずかしくて、潤んだ瞳で彼女を抑え込むリアムを睨んだ。

「そんなことっ……しちゃダメです」

「ダメ？　なんでだ。俺を騙した挙げ句……あんな男に身を預けるようなことをして。お前にたっぷりと仕置きしてやらないと俺の気が済まない……」

責める口調の合間に、水音を立ててサラの色づいた耳朶を食み、そのままリアムはねっとりと耳殻を嬲り始めた。

「ぁっ。はぁ――ごめんなさい。……リア……っ私、ぁあっ」

じゅる、じゅっ。耳元で淫らな音がして、サラは謝りながらも甘い声を上げてしまう。そんな彼女をリアムは欲望で濡れた蒼い瞳で見つめ、言葉を奪うように荒っぽくキスをした。

「許さない、絶対に」

言葉とは裏腹に唇は再び甘く重なり合い、サラがうっとりするほど優しく舌を絡め、その身を蕩けさせていく。

「サラの心も、体も、魂も、すべて俺だけのモノだ。他の男に触れさせるなど、決して許さない。未来永劫、俺の元から逃しはしない。そんな気が起こらなくなるくらい、たっぷりとその事実をサラの体に教え込んでやる」

キスの合間に囁く言葉は、物騒なのに蜜が滴るほど甘い。

何故リアムがこの姿を取り戻したのか、そもそもリアムがヴェリアルという名前の悪魔になって自分のところに召喚されたのはどうしてなのか、サラを救ってくれたあの謎の黒ドレスの女性の正体など……気になることはいっぱいある。

けれど今は、全てがどうでもいいくらい、この腕の中にいられることが幸せすぎた。

(だけどこんな明るい部屋で……なんて)

「あっ。ぁあっ……ダメっ。まだお日様が高いのに……」

抗うサラの手首を押さえ込んだまま、リアムは貪りつくようにサラの首筋に、鎖骨に、胸元に、キスを落としていく。

「明るいからいいんだ。サラの恥ずかしい姿をたっぷりと堪能できる。安心しろ。全て、俺の脳内に焼き付けてやる」

「やっ……見ないでっ……。せめて暗くして……ダメ、あっ……そんなっ」

貪るような激しいキスが落ちたところに、仄かに赤い痕が咲いていく。

もしかしたらああいう風な形でリアムをだましてしまったサラを、本当は怒っているのかもしれない。そう思ってしまうほど激しく貪られながらも、悪魔がもたらす快楽に慣らされてしまった体は、少々手荒く扱われても甘く疼く。

昏い閨での睦み合いと違って、日差しの下でのそれは、何ひとつ隠すことができない。

明るい部屋の中での淫らな行為を、そっと目を開き確認するだけで、羞恥心に血液が沸騰するようだった。

自分の胸がいつもより感じて張りつめて、艶っぽく色づき、固く尖った蕾がツンと立ち上がっているのを確認して、身を火照らす。そんなサラに見せつけるように、次の瞬間、悪魔の舌が淫らにその蕾に絡みついた。

「はぁっ……ああっ、リアム、そんなっ……ダメッ……」

王宮の奥深くでは人の気配を感じない。けれどこんな時間から不道徳なことをしている自分がいたたまれない。それなのに、淫らな舌に感じて甘く啼いてしまっていた。

そんなサラを追い詰めるかのように、わざとたっぷりと水音を立てて、リアムはサラの尖りを唇に収める。

色づく頂をチロチロと舐められ、吸われ、甘噛みをされると、甘い疼痛が体中に火をつけていく。片方だけ丹念に愛されると、もう片方の蕾がリアムのキスを欲しがって熱を持ってジクジクと疼く。

（もっと……いっぱい苛めてほしい）

無意識にそう願ってしまっている。はしたなくて言葉には出せない。けれどもっとリアムに意地悪されて、もっと彼を感じたい。もう二度と彼に触れてもらえることはないと思っていたから、なおさら本能が愛おしい人を欲しいと望む。

「すっかり俺なしではいられない体になってしまったな。片方だけでは物足りない、両方ともたっぷり可愛がってほしいって顔、しているぞ」

じっと顔を見つめられて、ゆるりと頬を撫でられた。妖艶な視線に絡め取られると、吸い寄せられるように彼の体に縋りついてしまう。

「サラは感じやすくて、いい子だ。もっと気持ちよくなりたいんだろう？　素直に感じたいと俺に乞えば、もっともっとよくしてやる」

意地悪な囁きにもゾクゾクと震えが止まらなくなってしまう。明るい部屋の中で、左右の胸の尖りをたっぷりとリアムの唇に吸われ、淫らな悪魔の舌で可愛がられ、大きな手でやわやわと揉みたてられる。

先ほどまで恥ずかしげに尖っていたそれは、ぷっくりと膨れ上がり、艶々と実る果実のようにあっと言う間に成熟する。

そんな自分の体が淫らで恥ずかしいと思いながら、愛しい人にそう変えられていると思うと、嬉しくて頭の芯がとろけるほどの幸福感を覚える。

「あっ、あ、あぁっ……そこっ。ダメっ。リアム、気持ち……い……もっと……」

サラは想いのまま、矛盾にも気づかず望みを訴えてしまう。

「ああ、そういえば。この前お前を抱いた時に、サラの中をしっかり舌で味わっておけばよかったと思ったんだったな。この明るい部屋の中で目と舌でたっぷりと味わってやる」

楽しそうに喉を震わせて笑うと、リアムは身を起こし、自らの服を肩から滑り落とす。

サラの膝裏に指を滑らせると、ゆっくりと秘所を開いた。

はしたない恰好をさせられて、蒼い瞳で覗き込まれた。サラは咄嗟に目を閉じ、自由になっていた手を使ってそこを隠そうとする。

「見ちゃ……ダメっ」

「なんでダメなんだ？」

「やっ……だってリアムが見てるの……恥ずかしい……からぁ」

そう言った瞬間、お腹の奥がズクンと疼き、ヒクンと蜜口が収縮する。

「サラ、すごいことになってるぞ。溢れだした蜜でぐしょぐしょに濡れてる。……俺に見られて……また……たっぷりと零れてきた……どうしてほしい？」

リアムはサラの右足を抱え、そのつま先にキスを這わせながら、彼女に妖艶な流し目を送る。

「やっ……やだ。みちゃ……それに……そんなこと、聞かないで。リアムの、意地悪っ」

「俺は昔から、サラに意地悪するのが大好きだったからな。今も閨で困った顔を見るのがたまらなく大好きだ」

ちゅっ。音を立てて右足の親指の先に口づけると、ねっとりと指の合間まで舌で舐る。そんなところに唇を寄せられている事実に、ぞわりと背筋が泡立つような感じがした。

「ダメっ……汚いから。そんなとこっ」

サラが恥ずかしがって身を捩ると、リアムは嬉しそうにくつくつと笑う。

「じゃあどうしてほしいのか、俺に言ったらいいだろう？」

「いっ……意地悪っ」

「意地悪で結構……」

悪戯っぽく笑うリアムの言葉と表情に、どうしようもなく、きゅんと胸が疼いてしまう。

「リアム、ズルい……」

「ズルくない。サラを気持ちよがらせて、もう二度と俺を裏切らないように、たっぷりとわからせてやりたい……サラに俺しか欲しくない、と言わせたいだけだ」

独占欲まみれの言葉を口にしながら、リアムはサラのつま先から、ズクズクと疼き続けている中心に向かって、気が狂いそうなほどゆっくりと唇を滑らせていく。

「サラ？」

「……ぁっ……はい」

「綺麗だ。花びらがひくひく震えて、奥から蜜が溢れてくる。サラは本当に感じやすいな」

じっと見つめられて、サラは涙が零れそうなほど恥ずかしくて身を捩る。

だが、足を閉じたくても右脚を抱え上げられ、左の膝には軽く手を押し付けられているから全く閉じることはできない。長い焦らしの時間が終わり、足の根元の内側、秘所のすぐ横に舌が落ちてきて、そよぐように舌先を動かされる。

「あっんんっ……やぁ……」

「んっ、甘いな……こんなところまで蜜まみれだ」

気がおかしくなりそうなほど、お腹の奥から蜜口にかけて熱を帯び、常に入り口はリアムを誘うようにヒクヒクと蠢いている。

「リアム……オカシクなりそう。助けて……」

「どうしてほしい？　指が欲しい？　舐めてほしい？」

直接的に尋ねられてサラは本気で困ってしまう。潤んだ紫色の瞳で意地の悪い婚約者を睨む。

「サラ？　言ってもらわないとわからない。どうしてほしいんだ？」

笑いながら言うリアムに、サラは切なさに啼く体を抱きしめるようにして身悶える。

「素直に言えばいい。恥ずかしいことを言わされるのも仕置きだ。ほら、言わない限り俺はお前を可愛がってやれない」

悪魔の誘惑にサラは羞恥心に涙を零しながら懇願する。

「……お願い。いっぱい……舐めて。リアムの指でも……たくさん苛めてほしいの」

「ああ……よく言えたな。サラは本当に素直で可愛い」

愛し気に囁いたリアムの指が花びらの端を上に引く。

「サラの感じやすい真珠も……もう熟れたリカージュの実みたいに、充血して真っ赤になってる」

「あっ……ぁあ」

欲望の芽の根元を指先で引かれ、露出したところにリアムの熱っぽい吐息が落ちて、ビクンと体が跳ねた。そのまま唇で嬲ってほしい、とサラが思った瞬間、

「でも、まだこっちの脚を可愛がってないな。まだお預けしておくか」

妖艶な瞳をにっこりと細めて、リアムは楽しそうに笑う。

サラは、はっ、はっ、と短い息をつきながら、必死で熱っぽい焦燥感に耐える。ぞわぞわと体の奥で蠢いていた欲望は、触れてほしいと肌の表面でズクズクと疼き始めていた。

「ね……お願い……もう許して。リアムに気持ち良くして……ほしいの……」

彼の手を捉えて、その手の甲に指先を這わせる。くるりと手のひらを返してぎゅっと彼の手の中に握りしめられて、ようやく待ちわびた舌が蜜口に落ちてきた。

「んっ……サラは我慢のできない困った子だ……だが、サラの蜜は美味いな。俺にとっては最高の媚薬だ……」

ぴちゅ。くちゅり。淫らな水音を立てて貪られていく。サラはようやく得られた快楽に身を震わせて悦びを表す。

「あっ……ぁあっ……リア……っ」

「サラ、目を閉じるなよ。俺にどうされているのか見ているんだ」

艶めいた声で命じられて、サラはさらなる歓喜の瞬間を待ちわびる。高く足を抱え上げられて、サラによく見えるように固定された、次の瞬間。

「はっ……ぁあっ……あぁぁあぁぁあっ……」

リアムの悪魔の舌が熱っぽく疼く中に侵入してくる。その舌が冷たく感じるほどサラの中は熱を持っているようだった。ゾワリと内壁を舌で擦りたてられて、サラは脳がジンと痺れ、その一瞬で愉悦に意識が遠くなる。

ぎゅっと手を握りしめられて、はっと視線をそこに戻すと、恥ずかしいほど大きく足を開きながら、ねっとりと舌を奥まで差し込み、サラを夢中で貪っているリアムの蒼い瞳と視線が合ってしまった。

ずちゅ。ずちゅ。と何度も中を舐る水音と共に、舌を深く挿抜しながら、サラの中を味わい、陶酔したように酷く淫らな表情を浮かべるリアムを見て、恥ずかしいと思う気持ちより、悦びが一気に湧き上がってくる。

「あっ……ダメっ、も……イっちゃう……」

リアムの楔がサラを貫く剣なら、柔らかくより淫らに動く、ねっとりした悪魔の舌は、まだ艶事に慣れないサラの体を愉悦に堕落させていく媚薬のようだ。

淫靡な悪魔の舌に、何度も犯されているうちに、サラの悦びはどんどん高まり、呼吸が乱れると、あっと言う間に意識が白くなる。

「あぁっ……も……ダメ、オカシクなっ……ちゃ……」

刹那、責める手を緩めることのないリアムに追い込まれ、サラはあっさりと意識を失う。


……ずちゅ……ぐちゅん。

ズクンと全身が泡立つような感覚と共に、サラは再びゆっくりと目を覚ます。まだヒクつく中に、指を差し入れられ、緩やかに挿抜されているのを感じて目を開くと、そっとリ

アムのもう一方の手が伸びてきて頬を撫でられた。

散々焦らされた揚げ句、舌で蜜壺をたっぷりと犯されたサラは、どうやらあっと言う間に達してしまったらしい。しかも意識を失っている間もこうやって、今度は指で弄られ続けていたようだった。

そのせいで一度達して落ち着くはずの欲望は収まらず、サラの中は疼き続け、ますます昂っている。

「目が覚めたか。……ならもう抱くぞ」

低く艶やかな声で囁かれて、ゾクリとサラは身を震わせる。あの時最後になるはずだったのに、再びこうやって彼に抱きしめられている。そのことが嬉しくて、早く彼を確かめたい。

「はい……私も……リアムが欲しいの」

そう言った瞬間、ファサリと音がして明るい日差しが陰る。はっと目を開いてその光景を見つめると、サラの体を開いたまま、リアムは黒い羽と角のある姿に戻っていた。

銀髪蒼目の悪魔は、清廉な昼の光の下で、瞳を細めてどこか酷薄に笑う。

「先に言っておく。……元の容姿を取り戻しても、俺が悪魔であることには変わらない。それでも……お前は構わないというのか？」

どこか苦し気な色合いの蒼い瞳を見て、サラは咄嗟に手を伸ばし、そっと肩に落ちる彼の銀髪に指先を絡める。近づく頬を指で撫で、軽く身を起こしてその唇にキスを落とす。

「悪魔のリアムも……その角も、羽も、全部綺麗。私、リアムが……いいの。貴方が王子様でも悪魔でもなんでもかまわない。リアムだったらそれでいいの。貴方が好きなの。貴方じゃなきゃダメなの……」

「後悔は……しないな?」

「後悔しない。貴方をもう、二度と失いたくないから」

互いの指先が絡まり合ったその刹那、サラは再び悪魔の楔に身を貫かれていた。

「リア……。ひっ……あっぁあぁぁぁぁあ……」

瞬間、全身を満たされて体の奥底から深い悦びが込み上げてくる。

「リアム……抱きしめて」

黒い羽の根元に手を回し、サラはぎゅっと悪魔にしがみつき、さらに奥深くまでリアムを受け入れる。明るい日差しの下に黒い羽根が舞い散る。

「……もっと、深くっ」

サラの白い肌を黒い羽が覆い、見事なコントラストをなす。リアムは誘惑に耐え切れず、サラの臀部を捉え、サラの体を持ち上げるようにして、逃げられないよう固定すると、深く抉るように腰を送る。

「はっ……そこっ。奥……ぁたっちゃう……」

ごりごりと欲望の塊を押し付けられて、サラは最奥でリアムを感じる。微かな痛みはあるものの、彼を求めて疼く奥に、リアムの熱っぽい塊を押し付けられて、たまらない愉悦を連れてくる。

「あ……ダメ、またっ……イっちゃ……」

散々焦らされて火照るところを、押し広げられ、熱い楔を打ち込まれ、サラは達しながらあっさりと意識を失う。けれど今日のリアムは容赦がない。

「……はぁっ……やぁっ……あ、あ、あああっ」

そのまま何度も腰を送られてサラは悦楽の中で目を開ける。そして意識を戻すと同時に、また快楽の淵に追い込まれていく。

「リア……あっ……ダメっ……またキちゃ……許し……て」

「いや、許さない。俺に抱かれて、悦楽の淵に堕ちてしまえ。達して気を失えばいい。そのたびにこうやって何度でも貫いて、愉悦の中でお前を目覚めさせてやる。俺が欲しくてたまらなくなって、サラが懇願するようになるまで何度でも……」

悪魔の欲望まみれの言葉を聞くと、サラはゾクゾクするような恐怖と甘い誘惑に挟まれて、無意識のうちに昂っていく。

「ぁあっ……リアムが好き。大好き」

意地悪されても、お仕置きされても、苛められても。……リアムが好き。愛してる。今こうして触れられることが何よりも幸せだから。激しく責め立てられると、彼に狂おしいほど深く、愛されていることを感じられるから。

「……っと、もっと……いっぱ……欲し……」

快楽の狭間でねだると、リアムはさらに激しく壊れそうなほど強く深く貫いた。サラは追い込まれ気を失い、また再び目覚め、絶頂に襲われる。

「もう逃さない。これでお前は俺の花嫁だ……」

長い時間を掛けて、最後の欠片までサラを全て喰らい尽くすと、所有印を刻むように、リアムはサラの中に自らを解き放った。

「ああっ……リアム、嬉しい……」

悦びの狭間でサラは歓喜の涙をこぼし、甘くて優しいキスを受ける。

けれどそれでリアムのサラへの責めが終わることはなく……サラは明るい日差しの下で、すべてをさらけ出したまま、その日差しが真っ赤に染まるまで、何度も失神しながら、延々と悪魔に貪り続けられることになったのだった。

第十二章　聖姫と悪魔の婚姻

「……サラ、まだベッドで横になっていなかったのか」

濃密な数時間を過ごした後、今後のことを閣議で話し合うために、サラの元から立ち去ったリアムが彼女の寝室に再び姿を現した時、すでに深夜を回っていた。昼間の艶事の疲れもあって、彼が戻ってくるのを待っているうちにソファーで眠ってしまっていたサラは、控えめなリアムの声にはっと目を覚ました。

「リアム……疲れたでしょう？　大丈夫？」

サラの言葉に、リアムも柔らかく瞳を細める。

「俺は大丈夫だが……サラの方が疲れているだろう？」

こんな日常会話も夫婦のようで、なんだか幸せすぎて、サラは頬が緩んでしまう。

「リアムを待っているの、嬉しいから」

愛おしい人を待っていられること自体が、サラにとってはとても幸福なことだった。機嫌よくクスッと笑うと、リアムも柔らかい笑みを浮かべ、サラの肩を大事そうに抱く。

「そうか。一緒にいてやれなくて悪かった。ああ、国王代理というのはなかなか忙しいものだな。だが改めて正式な戴冠式と……」

　そう言った次の瞬間、リアムは不安そうな顔をしてサラの顔を覗き込む。

「お前との結婚式の準備をしないといけないからな……いや、サラは本当に俺が相手でいいのか？」

　その言葉にサラは無意識でぎゅっとリアムに抱き着いていた。改めてリアムの口からふたりの結婚式について告げられると、あの失われていた時間が本当に取り戻せるかもしれないと希望が湧いてくる。

「私こそ、リアムの婚約者で……いていいの？　リアムは今でも、私をお嫁さんにしたいって思ってくれている？」

「悪魔になってしまった俺で……よければ」

　眉を下げ困った顔をして、リアムは小さく笑った。そんな表情にサラの胸は、幸福と切なさの狭間で、きゅっと締め付けられる。

「相手が悪魔でも、リアムだって気づいてなくても、私はやっぱり貴方を好きになってしまったんです。……だからそんなことは私にとっては何も関係ないの」

　その頬を指先で撫でながら囁くと、じわりと胸が熱くなる。こんなにも彼のことを愛していたのだと、改めて胸に迫るものを感じて、サラは目に涙を浮かべた。

「そうか……サラ、ありがとう。お前がそれでいいと言うなら、三ヶ月後に婚礼の儀式を行おう。その旨を知らせるために、近隣諸国にも使者を出す」

それだけ言うと、リアムはふわりとソファーからサラを抱き上げる。蒼い瞳がサラを見つめ、艶めいた色合いを浮かべた。

「……ったく。大人しく寝かせてやろうと思っていたのに。そんな潤んだ目で、俺を煽るのだな。さっき散々抱いたのにまた欲望で体が疼く。まあいい……婚礼の儀式をする前に、夫婦として今夜から寝室をひとつにするように指示を出したんだが、それも文句はないな？」

その言葉の意味がわかって、じわりとサラも熱が上がる。

「あの……それって」

「……そもそもサラが十五になると同時に、俺の元に輿入れするはずだったんだ。それより五年も遅れている。本当だったら今の歳までに千回以上は抱けただろうに。だから……せめて今からでもずっとそばに置いておきたい、毎晩でも愛したい、と思う俺は間違っているか？」

どこか拗ねたように囁かれて、また胸が甘く締め付けられた。

「……それとも先ほどの仕置きが物足りなくて、そんな可愛い顔で俺を誘うのか？　だったら今すぐにでも……」

直後に妖艶に細められた瞳に悪魔の片鱗を見て、今度は艶めいたときめきを感じ、サラの心臓はあわただしく騒ぎ出す。

そのまま続き部屋のベッドに連れていかれ、横たえられると彼の唇がサラのそれに落ちてきた。

「サラ……足りなくて文句があるんだったな。わかった、お前の体は夫である俺のモノだ。安心しろ。満足いくまで、たっぷりと可愛がってやる」

「え、あのっ……」

意地悪な口調なのに、夫、という言葉にじわっと喜びが込み上げてくる。まだ足りないとばかりにキスで唇を塞がれて、違うと訴える気を失った……のだが。

「……私、リアムを騙すようなことしたのに、こんなに大事にしてもらっていいの？」

わずかなキスの合間に、罪悪感が湧いてくる。

「……どうせ、悪魔に願い事を叶えてもらうのは正しいことなのかとか、そういうくだらないことを考えた挙げ句、カイルの誘いにまんまと乗るはめになったんだろう？」

ぎゅうっと子供のように頬を摘まれて、サラは突然のリアムの行動に目を丸くした。

「これから、そういう時は一番に俺に相談しろ。エルセラの王太子であるカイルと結婚すれば、お前のラスターシア復興を助けてくれると考えたんだろうが、それなら俺でもいいはずだ。そもそも俺こそがこの国の正統な王太子だったんだぞ。これからエルセラ王として、お前と共にラスターシアもエルセラも良い国にしよう。たとえ正体が悪魔であっても、その力に頼らずに、国民にとって良い王になればいいだけのことだ。俺は俺自身の力でお前の望みを叶えてやる。それならお前も納得できるだろう？」

そう言って笑ったリアムの言葉にサラは目から鱗が落ちた気がする。

確かにそうだ。悪魔だろうが、正統な王太子であったリアムが王位を継承し、王となってサラと協力してくれるなら、それが一番いいことなのだ。なんでそこに思いが至らなかったのだろう？

「そもそも俺の幸せが、なんでお前の存在なしで叶うと思ったんだ？」

「あの……リアムは今でも私のこと……」

そのことに自信がなくて逃げてしまったのかもしれない。もし悪魔になったリアムに、お前のことはもう好きではないと言われてしまったら。彼が正体を明かしてくれなかったのは、自分のことを愛していないからだとはっきり言われてしまったら……。

結局それが……一番怖かったのだ。

「さっきあれだけたっぷりと愛してやったのにまだ実感がないのか？　好きに決まっているだろう。そうでなければ、あんなに手間も時間も掛けないし、苦労もしない。そもそも俺は愛していない女は抱けない。過去も未来も欲しいのはお前だけだ」

怒ったように一気に言い切ったリアムは、その言葉がすべて真実だと訴えるように、じわりと目元を染めた。

「……私も好き。小さな頃から、ずっとリアムだけが好き。貴方と一緒になれないのなら、一生誰のものにもならないってそう思ってた」

そう告げると、リアムが困ったように眉を下げる。

「……やっぱり今すぐお前を欲しくなって困る。それに一度抱いたら、間違いなく朝まで止まらなくなるから、もっと困る」

「リアムってば……」

無茶苦茶なことを言っているのに、なんだかそんな様子まで愛おしくて仕方ない。

思わずぎゅっとリアムの手を握りしめると、視線を絡ませながら再び唇が触れ合った。

するとそれだけで、再び体が溶けるように力が抜けていく。

舌が絡み合い、伝う甘露を味わうと、頭がジンと痺れる。昼過ぎにあれだけ執拗に抱き合ったことすら、意識の向こうに押しやられてしまっていた。

互いに貪り合うようなキスを繰り返すうち、淫らな水音が増していく。ふわりとリアムの大きな手が胸元を覆い、サラの感じて尖る蕾を指先で転がす。

「んっ……ダメ。昼間あんなに、したばかりなのに……ぁあ、そこっ……リアムっ」

サラが甘い声を上げて、ヒクンと体を震わせた。その時。

「いいねえ。今までアンタは禁欲的なのかと思っていたけど、姫さん相手だと、悪魔にふさわしく、トコトン欲望に素直だ。ね。ヴェリアル……じゃなかった、リアム王子」

突如ベッドの脇に姿を現したのは、

「あっ」

昨日の夜、サラを救ってくれた妖艶な女性、アイリスだった。

「……あの？」

この女の人は、どこから現れたのだろう。不思議に思いながらも、サラは慌てて乱れていたドレスを整える。真っ赤になっているサラを見て、ニヤリとアイリスは悪そうな笑みを浮かべた。

「こんな夜更けに何の用だ？」

「アンタね、この女悪魔アイリス様に、都合のいい頼み事をしておいて、その偉そうな態度はなんなの？」

アイリスはぷりぷりと怒りながら、サラの顔を覗き込み、訴えかけた。

「え、あの……女悪魔？」

思わずサラが声を上げると、アイリスはそれには答えず、ただにんまりと笑った。

「ねえ姫さん、コイツはねえ、アンタに寝かしつけられた時、『あとでなんでも交渉に応じるから、俺のサラをあの男に一切触れさせるな』ってそれだけ思念を飛ばしてから、ぶっ倒れたんだよ」

くくっと笑って艶やかに瞳を細める。アイリスの揶揄うようなセリフにサラの頬が熱を持った。カイルの閨に呼ばれた時、アイリスがサラを助けてくれた理由に、彼女はやっと気づいたのだ。

「あの……昨日の夜は、本当にありがとうございました」

改めてアイリスに礼を言うと、彼女は小さく笑って彼女の耳元に唇を寄せる。

「まあ『一切触れさせない』ってのはさすがに無理だったね。そこんところは王子には黙っておくんだよ。この男、こう見えて本当に悋気が激しいからねえ……」

こっそりと囁かれ、サラはこくこくと頷いた。

「なんだ、何かあったのか？」

「野暮だねぇ、女同士の内緒話だよ。まったくアンタは姫さんのことになると、なんでも気になるんだね」

アイリスは話の内容をごまかすように、憮然とした表情をしているリアムの額をつつこうとする。リアムはそれを邪険に振り払った。

「煩い。……それにサラ。アイリスに礼など言う必要はない。カイル相手に散々楽しんだみたいだからな」

「ヤルからには楽しまないとねえ。いいじゃん、カイル王子可愛かったしぃ」

そう言いながら、わざと抱き着いてくるアイリスの手を、リアムは不機嫌な顔でよけた。

「……だそうだ。そもそも、この女が命を救う代わりに俺を悪魔に仕立てたんだ」

「そうさぁ、アタシがこの子の命の恩人だからね。姫さんがまたこの男に会えたのもアタシのおかげなんだから、もっと感謝してくれていいんだよ」

不機嫌そうなリアムを見て、サラは思わずくすくすと笑ってしまっていた。見た目の年齢はあまり変わらないけれど、じゃれ合うようなふたりが、仲の良い親子のように見えてしまったからだ。小さな頃に母を亡くしてしまったリアムにとっては、この面倒見の良さそうな女悪魔は、彼を可愛がってくれる母親のような存在だったに違いない。

「今回のことも相応の礼をするのだから気にするな」

「ふーん、アンタはそういう可愛くないこと、言うんだ。ね、お姫さん。もっといいこと教えてあげるよ。この王子様ときたら、せっかく悪魔になったのに、姫さん以外の女は、体も魂も欲しくないって散々駄々を捏ねて、どんな召喚にも応じなくてさ。どんだけ初恋の姫にメロメロかと思ったら、アンタに会って以来、抱けもしないくせに、会いに行っては『恋してます』って感じのため息三昧。欲しけりゃさっさと抱けばいいのに、会いに行って嫌われたくないからそれもできない。恋煩いも大概にしろっていう感じだったんだよ。で、は……ようやく手に入れたと思ったら、今度はとっとと寝かしつけられて。なのに気を失う寸前まで姫さんのことばっかり心配して。まったくどれだけ、骨抜きにされてんのかと、アタシはおかしくてさ」

畳み掛けるようなアイリスの話をなんとか遮ろうとしていたリアムだが、途中でその口は止められないと、あきらめたらしい。サラはアイリスの言葉に、どれほどリアムが自分のことを大事に思ってくれていたのかがわかって、胸が熱くなった。アイリスはそんなサラを見て、柔らかく微笑む。

「でも……よくわかったね。黒い髪に黒い瞳の悪魔が、アンタのリアム王子だって……。この子、アタシと悪魔になる契約を交わした時に、もしアタシの出した条件を満たしたら、ヴェリアルからリアムの容姿に戻せって言ってきたんだよ。その代わり、それが叶わなければ、一生黒目黒髪の悪魔ヴェリアルと名乗って、アタシの下僕として生きる、とね」

「そんな……」

「……悪魔にならないと生き残れないと言われたから、せめて容姿ぐらいは自分のモノを取り戻したかった。ただ交渉の内容を記憶しているとこっちの有利になるからと言われて、記憶自体、アイリスに消されていたんだが。だが、お前が自分の望みより俺の幸せを願ってくれたおかげでその勝てないはずの賭けに勝てた。この通り、元の姿を取り戻せたんだ」

リアムは優しい瞳でサラを見つめ、彼女の頬を撫でると愛おし気に笑む。

「ってまたここで、イチャイチャし始めないでおくれよ。それに、これも持ってこいってアンタが言ってただろ。ほら」

アイリスは巻物を袋から取り出して、リアムに渡す。

「ってことで、疲れたからアタシは帰るよ。最終的なアタシへの報酬は、アンタの状況がおちついてから交渉しようか。まあ、たっぷりと絞り取るつもりだから覚悟しておくんだね」

それだけ言うと、アイリスはあっという間にその場から姿を消した。

「…………とりあえず煩い奴らは、まとめて今、話をしておくことにするか」

言いたいことを言ってアイリスが姿を消すと、リアムは肩を竦め、先ほどの絵を広げていく。サラがその絵を覗き込んだ瞬間。

「王子。その様子だと、どうやら上手くやったみたいですね。アイリスも上手く立ち回ってくれたみたいだし。俺、よく気が回るからな。少々才覚が立ちすぎて、逆に鬱陶しがられることも多々ありますが。……ね。言ったでしょ。貴方があの事故に巻き込まれた経緯について、ちゃんと調べておいた方がいいって。情報はひとつでも多い方が、有利に交渉ができるんですよ。まったくこの期に及んでまだ調べてないから、俺が手を回したんです。俺はもともと、貴方の叔父と弟が王位簒奪をもくろんだのだと思ってましたけど、証拠がないと弱いんでね。誓約書か何か、証拠を見つけるようにって、アイリスにね。もちろん貴方の支払いで交渉したんで、あとはよろしく」

絵の中から赤髪をピンピンと跳ね上げた、茶色の目をした陽気な男性がこちらを向いて笑顔を向けている。

サラは驚くことばかりで、もう気を失うことすら忘れている。突然話しだした絵の中の男に呆然としていると、

「……おお、もしかして貴女は、サラ姫ですか？　こりゃまた、えらいべっぴんさんに成長されましたねえ。リアム王子が骨抜きになるわけだ。まあ、俺が知っている最後の貴女の姿は、七年前の婚約発表の子供の姿絵の貴女ですが」

絵が何で動くのかとか、またしてもいろいろ疑問はわくが、それより、その男の顔に不思議な既視感を覚えて、改めて描かれている彼以外の人物に視線を向けた。

どうやら他の人物たちは動いたり喋ったりはしないらしい。そこには妻らしき女性と、その腕に抱かれた赤子の姿も描かれている。

「あれっ……これって……レナ？」

よく見知った顔を見つけて、サラは思わず声を上げてしまった。

「……この一家を知っているのか？」

リアムに尋ねられて、サラは改めて、妻である女性と大事そうに抱かれている茶色の髪と瞳の赤子を確認するように見つめた。

「はい。……もしかして……貴方は、サイラスさん？」

この陽気な男性の肖像画を、サラは見舞いに訪れたレナの寝室で見かけたことがあった。

「……ああ。確かに俺はラスタージアの商人、サイラスだ。サエラムからスタージアに帰る途中、王子たちと一緒に落盤事故に巻き込まれて……。死ぬ寸前で、アイリスと交渉して魂だけは絵に定着させてもらったんだが、代償に自分の記憶を失ったんですよ。死ぬほど会いたい家族がいるのに記憶を失うという皮肉さがたまらなく面白い、とあの性悪女悪魔に言われてね。つまり俺にはどうしても会いたい家族がいるはずなんだ。サラ姫、俺のことを知っているなら教えてください」

マイアそっくりな茶色い瞳をまっすぐに向けて、サイラスはサラに懇願する。サラは絵の中の男性に向かって小さく頷いた。

「サイラスさん。貴方はスタージアの商家の出身で、そこに一緒に描かれているレナの夫で、抱かれている可愛い赤ちゃん、マイアのお父さんだと思います。レナは優しい人で、私が神殿巫女になったあとも、ずっと面倒を見てくれて、マイアは本当に可愛い女の子に成長して、もう七歳になります……」

サラの言葉に、サイラスは息を呑んだ。

「……ああ、そうだ。愛しいレナ。ようやく思いだせた……なんで忘れていられたんだろう。マイアは……あの小さな赤子はもう七つになっているのか……。ふたりとも……元気にしていますか？　も、もしかしてレナは俺が死んだと思って再婚したりとかは……」

さっきまで陽気に笑っていた男は一転、心底怯えた顔をしてサラのことを見上げる。そうか、レナが愛していた男性は、こんなに明るくて陽気な人だったのかと、サラは小さく笑ってしまった。

「……レナは……」

ふとその優しい笑顔を思い出す。ほんの数日会っていないだけなのに、なんだかすごく懐かしくて、また会いたいとサラは心の底から思う。だとすれば長い間、レナと会えなかったこの男性はどれだけ寂しかったことだろう。

「……レナは？」

不安と期待をこめてサラを見上げる男を見て、レナならきっと、失ってしまった最愛の人がどんな形で戻ってきても、素直に喜ぶだろうと確信する。

「レナはいなくなってしまった旦那様が好きすぎるようで、たくさん来ている再婚話を全部断り未亡人として、舅のブランドンさんのところで、愛娘マイアと生活していますよ。彼女の寝室には、今でも貴方の絵が飾られています」

サラの言葉にサイラスは小さく息を呑む。

「──『今でも夫《サイラス》を愛している』と。声だけでも聞きたいと私にそう話してくれました」

「……ありがとう、サラ姫。貴女の言葉は……俺が今、一番聞きたかった言葉だ……」

サラの言葉にサイラスは瞳を潤ませて、深いため息を零したのだった。

＊　　＊　　＊

翌日、リアムは戴冠式と婚礼の儀式に関することを閣議で決定し、速やかに各国に使者を送った。そして日中には、サラはリアムの計らいで、レナードから解放された母タニアに会うことができた。

「サラ……本当に良かった……」

体調を崩していた母の顔は、ずっと外に出てなかったせいもあるだろう。蠟のように白く痩せていた。だが、その表情は大事な娘に再び会えた、という喜びでいっぱいだった。どんなに精神的につらい状況でも、母は心を折らずに娘のことをひたすら案じていてくれていたことが、サラにはひと目見て分かった。

「──お母様っ」

唇が嗚咽に震える。弱っている母は駆け寄ることもできず、椅子の前で必死に手を伸ばした。

「サラっ」

　互いの名を呼び合ったあと、親子は言葉もなくただ抱き合う。必死に手を回した母の背中はびっくりするほど細くて、以前より小さくなったようにサラには感じられ、思わず涙が零れた。

「……サラ、リアム王子と結婚するんですってね。よかった、彼が無事で。ずっと……サラはリアム王子が大好きだったものね。いろいろとつらい思いをさせてしまったけれど、きっとこれからは彼が守ってくれるし、貴女は間違いなく幸せになるわ」

　タニアはそう言って泣き笑いの顔をする。サラはその言葉に何も返せず、ただひたすら母を抱きしめることしかできなかった。

「サラ、こんなに大きくなったのね。おめでとう、この間二十歳の誕生日だったでしょ。ああ、立派な大人の女性に成長して。大きくなっていく貴女の姿を見られなかったことが……母親として、一番悔しいわ」

　母の切ない言葉に、サラは失われた時を思い、瞳を潤ませる。

「お母様。結婚したら、私、リアムの赤ちゃんを産むから。だから、教えてもらいたいことが、これからいっぱいあるの……だから……絶対に元気になって」

　サラの言葉に、母は大きく息を呑んだ。次の瞬間、幸せそうに吐息を漏らし、サラの瞳を覗き込んで、再会してから初めて晴れやかに笑う。

「母親として貴女にしてあげられることがまだあるのね。……そう。まず貴女の結婚式までに、私も少しは元気にならなくちゃ。お父様の分まで私が貴女のお祝いをしないといけないですものね」

そう言うと母は、後ろに控えていたラスターシアから連れてきた侍女に目配せをする。彼女は大事そうに美しい宝箱を開けると、サラに向かってそっとそれを差し出す。

「これって……」

淡い光沢を受けて、優しい光を集めたような美しい乳白色の宝玉の数々が、サラの目に飛び込んできた。五歳の時にリアムとの婚約が内定してから、毎年、誕生日に贈られ続けた最高級の真珠が美しく整然と並べられていて、サラは思わず目を瞠る。

「……世界で一番大切な婚約者から贈られた、サラの大事な嫁入り道具でしょ。誰にも持っていかれないように母親の私が預かっていたの。エルセラでは贈られた真珠の数と質で、どれだけ愛されている花嫁かわかるのよ。世界一幸せな花嫁として、この最高級の真珠で、貴女の婚礼衣装を彩ってもらわないとね」

昔みたいに悪戯っぽく笑う母の、気力を取り戻したような声にほっとしたサラは、母に縋りついて子供のように、わあわあと声を上げて泣いてしまったのだった。

＊　＊　＊

そして三ヶ月はあっと言う間に過ぎ、エルセラ国王になったリアムと、サラ姫の婚礼の儀式の日を迎えた。

「サラ姫様。すっごく綺麗……」

侍女たちの間から、ちょこっと顔をのぞかせるのは、今日の結婚式にスタージアから招待したマイアだ。

当然その横には華やかに装ったレナもいる。まだふたりにはサイラスのことは告げていない。あとでゆっくりと会わせてあげた方がいいだろうと、その時には、彼女たちに提案したいこともある、とリアムは言っていた。

（きっとそれは……レナ達にとっても、いい話になる）

この三ヶ月、エルセラの新王になったリアムをずっと隣で見ていて、サラはそのことを確信している。

優しくて思いやりがあって、しかし必要なところでは厳しく振る舞うこともできるリアムは、日に日にエルセラ王宮の中で信頼を集めていき、最初は不安がっていたエルセラの重鎮たちも、今は明るい表情を浮かべることが増えてきていると思う。

「サラ姫様……おめでとうございます」

レナも以前の明るくて元気な姿を取り戻している。サラは真っ白な衣装ごと、そっと姉のようなレナに抱きしめられ、万感の思いでほろりと涙を零した。

「ずっと……今までありがとう。レナがいたから私……っ」

たったひとりで夜を迎えるのが怖かった日もあった。当然のように傍にいてくれた大事な人たちをすべて奪われて、突然人々の悪意に曝された。そんな時でもレナだけはずっと自分のことを優しく抱きしめてくれた。そして元気で可愛いマイアに、どれだけ笑顔をもらったことか……。

「ほら、サラ姫様、泣いたらだめですよ。今日はお化粧をしているんですから。大好きなリアム国王陛下が大切な花嫁を、時遅しと待っていますよ」

いつもと変わらない笑顔を浮かべたレナは、サラの涙をそっと真綿で吸い取る。

「サラ姫様、そろそろお時間です」

レナ達との再会を邪魔しないようにと、しばらく奥で控えていた侍女たちに付き添われて、サラは贈り物の真珠であつらえた装飾品を身に着け、美しい婚礼衣装を纏ってそっと立ち上がる。

「姫様、本当にお姫様になっちゃった……」

可愛いマイアが言うと、室内にいた侍女たちもうっとりとため息を漏らす。

「ええ……本当にお美しいです……」

「それに素晴らしい品質の真珠がこんなにたくさん使われて」

彼が贈れなかった間の分も国内中から掻き集めたらしく、五歳から十五年分の想いが込められた全部で百五十粒の真珠が清楚に彼女を飾り立てる。そのことにサラは、リアムから深く望まれて行われる婚礼式なのだと再確認し、幸せな笑みを零す。

「ええ、サラ姫は本当に陛下に愛されていらっしゃること。姫君、ヴェールを……」

侍女に促されて、そっと顔の前にヴェールを下ろすと、サラの世界は淡い白一色に染まる。再び顔を出せるのは、夫であるリアムがそのヴェールを上げて、サラの唇に誓いのキスをする時だ。

幸せな気持ちに、心臓の高鳴りを感じながら、ゆっくりとサラは侍女たちに付き添われ歩いていく。神殿の控え室にはサラの母親、タニアが待っている。母と共に娘として最後の参拝を終え、それから夫と共に、愛の女神エレアの前で永遠の愛を誓うのだ。

「今日はおめでとう。サラ、本当に綺麗よ……。こんな日がやってくるなんて……夢のようね。女神様に感謝いたしましょう」

感動に瞳を潤ませる母に手を引かれ、サラはタニアに導かれて愛の女神の前で、改めて産み育ててくれた母へ感謝し、そんな母を護ってくださった女神様にお礼を述べる。

（お母様、だいぶ元気になられたみたい）

再会した時には心労でやせ細っていた母は、今はふっくらとし、以前の美しい容貌を取り戻しつつあった。サラは邪悪なカイルとレナードに離れればなれにされた頃の、母の美しさを思い出して嬉しく思う。

（女神エレア様。サラは悪魔の妻になってしまいますが……女神様のおかげで再び大切な人と出会い、愛を得ることができました。ありがとうございます。サラはこれからも、エレア様をずっと……敬愛して生きていきます）

サラは心の底から真剣に祈った。

エレア様は悪魔に嫁ぐ自分をきっとお許しくださるはず。愛することが何よりも大事だと、そう教えてくださる神様だから。愛の女神様には、ラスターシアは救えないのではないか、と不遜なことを思っていたサラを、愛の力でラスターシアの国ごと、救ってくださったのだから。

母子の参拝が終わると、ゆっくりとリアムが歩み寄ってきて、サラは母の手からリアムの手にゆだねられる。

「……今日のサラは、エルセラの海そのもののように美しいな……」

耳元で甘い言葉を囁かれ、サラは白いヴェールの下で頬を真っ赤に染めた。

巫女たちが各々持った楽器で美しい旋律を奏でる中、神官が朗々とした声で神の言葉を紡ぐ。サラとリアムはその尊い言葉を聞きながら、自然と互いの手を握り合っていた。

(なんて……幸せなことだろう)

ずっと好きだった優しい王子様の元に妻として嫁ぐ日を、サラは幼い日からずっと夢のように思い描いていた。彼を失ってからも、夜ごとの夢に見ては、切ない思いで涙と共に目覚めたことも数えきれない。

微かに波の音が聞こえる。サラはそっとヴェール越しに、国王としての正装を纏ったリアムを見上げた。

「もう……二度と離さない」

強く蒼い瞳を魅了されたように見上げ、サラは潤んだ瞳のまましっかりと頷いた。互いの手をぎゅっと握る。

巫女たちの弦楽が終わり、一斉に白い鳥が空に向かって放たれた。白く美しい神殿には、光が眩しいほど降り注いでいる。

「……エルセラの国王となっていても、俺が悪魔であることに変わりはない。悪魔との婚礼など神に認められることはないだろう。それでもお前は俺の妻だ。未来永劫……」

神前で不穏なことを囁くリアムですら、サラは愛おしく思えてしまう。

「神様も認めてくださったから、私たちを再び会わせてくださったんですよ。私は悪魔であろうとなかろうと、世界で一番大好きな人の妻になれるのが嬉しいのです」

そっと小声で囁くと、彼は一瞬小さく息を呑む。ヴェール越しに小さく頷くと、彼は照れたように小さな笑みを浮かべた。

父も母も兄も奪われ、寂しくて不安だった日々を過ごした。けれども再びリアムに出会い、求められてこうして夫婦になれた今に繋がっているのだと思えば、苦しくとも大切な日々だったと思う。サラはすべての出来事について、神に感謝していた。

「女神エレア様の神前で、誓いの儀式を……」

神官の言葉に、ふたりは向かい合う。震えるリアムの手がサラのヴェールに掛かり、ゆっくりとサラの顔を明るい太陽の下に現した。互いを強く求めあう暁色の瞳と蒼い海色の瞳が、隔てるものなく出会う。

「……サラ、愛してる。これまでも、これからも……お前だけを、永遠に……」

普段は柔らかく深いリアムの声が、緊張に微かに掠れて、低くサラの耳に届くと同時に。

――今まで何度もしたキスの中で、一番、厳かなキスが、サラの唇に落ちてきた。

＊　＊　＊

「姫様、すごく、すごーく、綺麗だったぁ～」

「こら、エレア様の前で婚礼の儀式をされたから、サラ様はもう王妃様、よ」

入り口でレナがマイアに注意を促す声が丸聞こえで、サラは傍らに立つリアムを見上げて小さく笑みを浮かべた。

式の後のわずかなふたりきりの時間。だが、リアムはサラのために、彼女の大事な人たちを呼んでくるように言ってくれたのだ。

「国王陛下、お二方をお連れいたしました」

「ああ、入ってもらうように」

近衛騎士団の案内で部屋の前まで来たレナとマイアは、少し戸惑いながら王の私的な謁見室に入ってきた。

「リアム国王陛下、サラ王妃様、このたびはおめでとうございます」

「おめでとうございます」

レナの言葉についで、マイアがぴょこりと頭を下げる。そんなふたりの様子にリアムも目を細めた。

「スタージアではサラがおふたりに、本当に世話になったと聞いています。まるで本当の家族のように良くしてくださったと。ありがとうございました」

丁寧にあいさつをし、彼女たちを賓客のようにソファーの向かいに座るように案内をしたリアムに対して、レナは少し驚いたように瞳を見開いた。それから優しい笑みを浮かべ腰を下ろす。

「ありがとうございます。……いえ、尊い身分の姫君のお世話をさせていただいて、光栄でした。今日のサラ姫様は本当にお美しくて。失礼ながら親しく傍にいさせていただいておりましたから、自分の妹の結婚式を見るような、幸せな気持ちにさせていただきました」

「レナ、スタージアからわざわざ来てくださってありがとう」

サラの言葉にレナは嬉しそうに頷く。

「姫様、本当におめでとうございます」

「ママ、王妃様、じゃないの？」

先ほど注意されたからだろう、母親の呼び方が元に戻っていたことをマイアに指摘されて、レナは困った顔をする。サラとリアムはそんな親子を微笑ましく思う。

「さて、さっそくだが、貴女にお願いしたいことがあってこちらに来ていただいたのだ。貴女は今、夫を亡くされて、母ひとりで子育てをしているそうだが……」

「はい、確かにそうでございます」

「それでは、もし可能であれば、王宮内に知り合いがいないサラのために、娘さんと一緒に話し相手として、エルセラ王宮勤めをしてもらえないだろうか？　もちろんマイアさんの将来のためにも、できる限りの支援をするつもりだ」

突然の国王からの提案にレナは目を瞬かせた。

「ついでに……私の元に、少々奇妙な男がいるんだが、それの世話もしてもらえないだろうか」

「……奇妙な男？」

レナは意味がわからずにきょとんとして、新婚夫婦のことを見上げる。

「貴女はこの絵に見覚えがないか？」

ソファーから立ち上がると、リアムは額縁に飾られたひとつの絵を持ってきた。

「あの、この絵って……」

「お母さま、これは何？　これってお母さま？　この人は……マイアのお父さま……？」

渡された絵を覗き込んだマイアの問いに、絵の男は、いきなり『くぅ――――っ』と唸り声を上げげた。

「――え？」

「レナ、俺だ。サイラスだ。って、そこにいるのはマイアか、ちゃんと父の顔がわかるんだな。レナ、ありがとう。いい子に育ててくれて」

いきなり立て板に水の如く話し始めた絵の男に、レナは絶句する。

「あの……」

「お父さま？　これ、お父さまがしゃべっているの？　お父さま、マイアもうじき八歳になるよ。……ねえ、お父さま、どうして絵の人になっちゃったの？」

＊　　＊　　＊

びっくりして腰を抜かさんばかりのレナと、あっさりと状況を理解したマイアは、改めてサイラスの話を聞くことになった。

「……そういうわけで、リアム王子……ああ、即位されたのなら、リアム国王だな。そのおかげで、魂だけはこの絵に定着させてもらったんだ。そしてサラ姫にお前たちの消息を教えてもらって、こうして再び逢うことができた。まあ父と名乗るには、少々奇妙な姿になってしまったが……」

やっと思いが叶ったと勢いに任せて語るサイラスの言葉を、リアムが引き継ぐ。

「俺個人はサイラスを愛する妻と子供の元に返してやりたいが、新米国王としては、サイラスの見識を、エルセラとラスターシアのために生かしてもらいたいと思っていて、彼を国王付きの相談役として雇いたいと考えている。もちろん給金も払う。サイラスには日中は私の執務室で一緒に仕事をしてもらい、夜は家に帰って休んでもらえたらと、そう思っているんだが……レナ、貴女がこのうるさい男を今でも夫と思っているのなら、少々変わった形にはなるが、再び一緒に暮らしてみてはどうだろうか？」

リアムの言葉にレナは呆然としながら、それでも絵画の中の自らの夫の姿を、そっと指先で撫でるようにした。

「レナ、くすぐったいよ」

照れたような笑顔で言葉を返すサイラスを見て、レナはようやく小さく笑う。

「わかりました。確かに不思議な感じはしますけど、どんな姿になってもサイラスは、エレア様の前で永遠の愛を誓った私の大切な夫です。夜は家で父親としての役目を果たしてもらいます。夫婦は同じ家に住むのが一番ですから、私たちも夫と共に、エルセラ王宮でお世話になりたいと思います」

「ってことは、昼間は王宮で仕事して、帰宅したら今度は家庭で父親業をするのか？ ずいぶんとこき使われることになるが……」

サイラスは柔らかく瞳を細め、くしゃりと赤髪を掻き上げた。

「そりゃ……絵の男としては最上級に幸せな生活だな」

＊　＊　＊

「……そう言えば、ずっと気になってたんだが、サラはいつから俺がリアムだと気づいていたんだ？」

記念すべき一日を過ごした夜、ふたりは新婚初夜の床にいた。

ちゅ、と小さくキスを落としながらリアムはサラの暁色の瞳を覗き込む。艶事の甘い雰囲気の中、ゆるゆるとサラの長い髪を撫でるリアムの指は優しい。結局最初から最後まで、悪魔の癖に、ヴェリアルはリアムと同じようにサラに優しかった、と改めて彼女は思う。

「だって……リアム、私のこと『スミレ姫』って呼んだから」

自分が不用意に漏らした言葉すら覚えてなかったらしい迂闊なサラの夫は、驚いたように目を瞬かせる。

「俺が？　……いつ言ったんだ？」

初めてサラを抱いたその瞬間、こらえきれず漏れてしまったリアムのその声を思い出すだけで、サラは甘い胸の高鳴りを覚える。

「ん？　素直に答えられないようなタイミングだったのか？　どういう時に言ったのか、その可愛い唇で教えて欲しいな」

サラの一瞬の逡巡を見抜くと、意地の悪いことを言いながら、機嫌よさそうに笑うリアムの様子に、サラは苦笑してしまった。

「……リアム、そんなに私に意地悪がしたいの？」

「……俺は、俺に意地悪されて困るサラが大好物なんだ」

サラの指先を捉えて自らのそれに絡めると、指先にキスを落とす。こんなに嬉しそうに自分に意地悪をしたいという新婚の夫を、怒ることもできなくて、サラは仕方なく拗ねてみせた。

「リアムって……やっぱり、ちょっと……」

「変だって言いたいのか。ああ、否定はしない。俺はずっと……お前だけが好きだった。だからサラが俺でいっぱいいっぱいになって困ったり、苦笑したり、恥ずかしそうにする瞬間が、たまらなく嬉しいんだ。お前にとっては迷惑な話だろうと思うが自分でもどうにもこの欲だけは抑え込めない」

眉を下げ困ったような顔をすると、次の瞬間、くしゃりと照れたような笑みを浮かべる。

「最初は……ヴェリアルとしてお前の初めての男になり、サラの処女と魂を奪うだけで満足するつもりだった。だがほんのしばらく一緒にいただけで、お前のこれからを、すぐ隣で見ていたいと、そう思ってしまった」

恥ずかしそうに告白するリアムを見て、サラは十二歳の時、初めて覚えた恋のときめきを思い出していた。あの時と同じくらいときめいているのに、今はもっともっと、心の奥底から自らの夫になった人を愛しく思うようになっている。

「私、今日、貴方の正式な妻になったんですね。ずっとずっと……夢だったリアムのお嫁さんに……」

じわりと涙が浮かぶ。そんなサラを見て、リアムは蒼い瞳を細め、指先にそっとキスを落とした。

「サラ。俺のスミレ姫。お前はずっと、運命が俺に授けてくれた大事な姫だった。離されている間にさらに想いが募って、今は何よりも一番愛おしい。お前さえそばにいてくれれば俺は幸せになれる。だから、これから夫として命のある限り、そばにいることを……お前に許してもらいたい」

　こんなに好きになれる人と再び出会えて、きっと何があっても、また出会うたびに自分はこの人に恋をするのだろうと、サラは確信していた。

「リアム、もういなくなったりしないでね」

サラの涙目の懇願に、リアムは小さく苦笑する。

「悪魔なんでね、そうそう死ぬこともなくなったな」

「だったら……リアムが悪魔になって良かったかも？」

　悪魔になって戻ってきてしまったことを、結婚式を挙げてからも気にしている彼に、冗談めかして言い返すと、リアムは困ったように笑う。手を伸ばしてぎゅっと彼の手を握りしめ、取り戻した蒼い瞳を見つめる。

「私はリアムがこうして隣にいてくれることが嬉しいの」

　彼はまだ腑に落ちていないかもしれないが、悪魔だろうとリアムはリアムだ。だったら、怪我をしたり病気になったりしないで、ずっとそばにいてくれることがサラは純粋に嬉しい。にっこりと笑顔を返すと、

「ああ……まったく……サラは可愛い過ぎる。だからすぐ、お前が欲しくなってしまうんだ。……ほら、お前の最愛の夫がこんなになっている。こっちに来い」

睦言が始まる前にたっぷりと甘い愛撫で慣らされて、サラの体はまだ蕩けたままだ。

離されていた時間を取り戻すように、結婚式までの三ヶ月間、閨での濃密な時間を共にして、サラはもう彼の楔なしに満足することはできなくなってしまった。

座り込んだ彼に抱きかかえられて、生まれたままの姿で向かい合うように座ると、彼のモノは既にサラを求めて、鎌首をもたげていた。熱を花びらに押し付けられて、サラはじわりと体温を上げる。リアムはサラの頰を撫でてサラの唇にキスを落とす。

「んっ……んぁっ……ふ……」

啄むように始まったキスは直ぐに深さを増した。先が割れた舌をサラの口内に差し入れ、サラの舌を絡め取りながら感じやすい所を刺激されると、それだけでサラは身が震えるほど感じてしまう。キスに夢中になるとサラは無意識で腰が揺れ、触れ合う部分からは、ぬちぬちと濡れた音が聞こえ始めていた。

「もう、サラも俺を欲しがっているな……」

耳元で艶っぽく囁くと、そのまま彼はサラの腰を抱き、楔をあてがってゆっくりと下から貫いていく。

「あっ……リアムっ……また、キちゃう……」

リアムのうなじに手を回し、さらに大きく張り詰めた彼を、自分の最奥に当たるように体勢を整える。

「サラは本当にイヤラシイな。俺をこんなに締めつけて……何処に何をいっぱい欲しいんだ？」

「リアムが欲しいの。……ぁあっ、はぁ……んんっ、もっと……奥までちょうだい。全部……リアムで、いっぱいにしたいのぉっ」

淫靡なおねだりをする新妻の言葉に耐え切れなくなったリアムは、ベッドに押し倒すと、彼女の柔らかい体を目一杯開いて、蜜口の手前から最奥まで、大きく挿抜をし始める。たっぷりと内壁を擦られて、ぐちゅぐちゅと、蜜がかき混ぜられる音がサラの耳に届いた。彼女が悦楽に乱れ始めると、堪えきれず悲鳴のような喘ぎ声を上げる。

「あっ、もっ……ダメ……あぁっ熱いっ……はぁっ……っと、もっとぉ……あっあっああっ」

「んぁっ……そんなに締めつけ……るな。……安心しろ……何度でも……溢れるほど、お前の中、に……精を注ぎ込んでやるっ」

リアムの声が甘く乱れ、艶めいて掠れる。それがサラにはたまらない。

愛してる、愛してる、愛してる。

溢れる想いでいっぱいになった体を壊れてしまいそうなほど貫かれて、身の内に悦びが幾つも降り積もっていく。

意識が遠くなりかけると、それを引き戻すように、再び激しく突かれる。そのたびに血液が沸騰し全身に愉悦の甘い泡がふつふつと湧き上がるようだった。その泡がサラの体一杯になると、幸福感に満ちた真っ白な世界が降りてくる。

「はぁ……タマラナイな。……サラ。俺の愛しいスミレ姫。愛してる……」

「ああっ私も。……リアム、貴方なしでは……生きていけないの。……も……またイッちゃう……」

愛を囁きながら、悦楽にびくびくと体が跳ね上がった。サラの中はリアムを逃さないようにきつく彼を締めつける。淫らに律動しながら深く達し続けると、リアムは呼吸を乱し、熱の塊をサラの中で弾けさせた。

「リアム……私、すごく幸せ……」

愛しい男の腕の中で、彼の熱を最奥で感じて、サラは今夜もまた至福の中で失神したのだった。

エピローグ

「……リアム、起きてる?」

夜気と共に、窓からするりと新婚初夜の閨に忍び込んできた不届き者は、リアムの予想通り女悪魔のアイリスだった。

「ああ、『交渉』しに来たのか?」

リアムは苦笑しながら腕枕をしていたサラをそっとベッドに降ろす。薄物を身に纏うと、窓辺の月光の下で、アイリスと並んで立った。

「無事、念願の花嫁を手に入れたみたいだしね。でね、アタシ、何が欲しいか考えたんだけど」

「……ああ、何が欲しい? 俺とサラの幸福に影響しないものなら何でも与えてやる」

「うーん、いろいろ考えたけど、あの子、ちょうだい」

「あの子って……誰のことだ?」

「アンタの弟。可愛いカイル王子」

夜な夜なアイリスが牢に忍び込んで、カイルを抱いて遊んでいるのは知っていたが、そこまで執着しているとは思わなかった。リアムは小さく笑みを浮かべ、弟の不幸を嗤《わら》う。

「あの子、もらってあげる。どうせ殺しちゃうかどうか、迷ってたんでしょ？」

国王殺害を謀り、王位を簒奪した叔父レナードは断首されることが既に決まっているが、血を分けた弟まで処刑するとなると、国民の目も気になる。どうしたものかと迷っていたのも事実だ。かといって、恩赦で許す気もない。

「アイリス、あんなのが欲しいのか？」

「……だって、アンタの顔が好みで助けたのに、ちっとも懐かないし。姫さん以外は興味ない朴念仁《ぼくねんじん》だし。でもさ、あの子は肉欲に脆くて、性欲も強いし、しばらく遊ばせてくれそうだもの……」

そして猫が獲物を弄ぶように散々弄り倒し、最後には死なせてしまうのだろうが……。そうやってアイリスは何人もの人間の男を愛し、壊れるまで抱き潰しては、その死を悲しんで大泣きするという、一貫性のない行動を繰り返している。悪魔とは欲深いものだ。それを横目で見て、そうならない自分は欲望に対して淡泊なのだと思っていたが、サラを手に入れて以来、それが全くの勘違いだったことにリアムは気づいていた。

――サラが欲しい。もっと欲しい。

人の体は悪魔より脆いから、壊さない程度に愛さなければいけない。だが加減をするのがだんだんつらくなってきた。もっと骨の髄まで何十時間でも淫らに激しく貪り合いたいと、そんな欲を抑え込むのに必死なのだ。

サラへの想いを通して、自らの中に人間とは違う思考回路が育っていることに気づいていた。今頃になって欲深い悪魔の心が芽吹いてきたことは……たぶん、アイリスにもわかっているだろう。しかし自分はサラを抱き殺してしまわないように、自分の欲望を抑えて、大事に大事に愛し続けなければいけない。改めてそう心に誓いながら、リアムは小さく頷く。

「わかった。じゃあカイルをやる。好きにしたらいい」

「んふふ。じゃ交渉成立ね」

牢内で病死したことにすれば都合がいい。失うもののない交渉で済んだことに満足しながら、リアムはアイリスを見送ると、再びサラの眠るベッドに身を滑らせた。

＊　＊　＊

「……ってアタシとしたことがすっかり忘れてた。あそこにアレが置きっぱなしじゃ、マズイね」

リアムの寝室を出ると、小さくため息をついて、アイリスは闇に姿をくらます。次の瞬間、彼女が現れたのはサラのいたラスターシアのエレノア神殿の図書室だった。

「……まあ手間取ったけど、これであの子も真っ当な悪魔になってくれそうだし、アタシとしてはひと安心だね。それにあの姫君が自らの魂を捧げて、リアムの幸福を願ったたんだ。どうあっても幸せになるだろうしね」

　神殿の図書室にあってはならない本を取り戻すと、アイリスはニィと口角を上げて笑みを浮かべた。その本の表紙には『黒魔術』と書かれている。それは最初サラが手に取って召喚術を行った本だ。

「本は取り戻したことだし。今度こそカイル王子を迎えに行って……我が家に連れて帰ろうか。早速、今夜からあの子をたっぷり可愛がってあげないとね」

　アイリスは満足そうに笑いながら窓辺に立つと、月明かりの下で一羽の妖しく美しいカラスに姿を変える。そして赤く輝く月を背景に、漆黒の翼を広げ、飛び立った。

　空から一枚の黒い羽根が降ってきて、夜目に白く浮かぶ神殿に影を落とすと、その後は静寂に包まれた宵闇が辺りを包み込んでいたのだった。

＊　＊　＊

「……ん？　リアム、どうしたの？」

「なんでもない。起きたのか？　ならもう一度……抱いてやろうか？」

　ベッドが小さく軋む音をたて、サラはふと目を覚ます。その途端落ちてきた夫の淫らな囁きに、サラは苦笑を浮かべながらも、幸せそうに身をすりよせた。

「リアムってば……。私、もうクタクタ。眠くて……おやすみなさい。また明日、ね」

月明かりの下でサラの紫色の瞳がゆっくりと閉じて、それを見つめているリアムはもう一度愛おしい妻を抱きたいという尽きぬ欲望に身を焦がす。

代わりにぎゅっと柔らかい体を抱きしめて、このまま無理やり眠ったままのサラを抱いたらどうなるかと、一瞬迷うが……。

（まあいい。明日はあの海の傍の屋敷にサラを連れて行って、光がいっぱいに差し込む窓際で、一日中抱いてやろう）

初めて抱かれた場所で、今度はどんな顔をして啼くのだろうか。恥ずかしがり、そのくせ淫らに乱れて許しを請うサラの姿を思うと、ゾクゾクと欲望が込み上げる。

（……とてもじゃないが、眠れそうにない……）

ズキズキと熱を持つ楔を抱え、こんなに欲情していては一睡もできないだろうと思いながらも、リアムは幸福そうな笑みを唇に浮かべる。

大切な宝物を真綿で包むように引き寄せ、幼い頃から切望していた大切な花嫁をその両手に抱いて、リアムは今後何があっても、この幸福な一時を永遠にするのだと心に誓い、蒼い瞳を閉じたのだった。


【完】

番外編1　新婚の夢の中で果実の香りに酔う

「あの……なんでこんな状態になっているんですか？」

サラは戸惑ったような顔をして、リアムを見上げる。

「何がだ？」

彼は思わず零れそうになった笑いをこらえながら、彼女に向かって真面目な顔をして見せた。


結婚式の翌日。王が変わったばかりで新婚旅行とまではいかないが、せめてふたりきりの一時を楽しみたいと、城下にある海に近い瀟洒な屋敷にサラを連れてきた。数ヶ月前にサラの誕生日を一緒に祝った家だ。

この屋敷は絶壁の上に建っている。そのため入口を衛兵に守らせれば、家の中に人を置かずに済む。ふたりのいる居間の窓からは眼下に海が見え、遮るもののない明るい日差しがレース越しに燦々と差し込んでいる。

ここはリアムが王太子時代に、密かにひとりで時間を過ごしたい時に使っていた隠れ家なのだが……。

「ここには夫である俺とお前しかいない。……何か、問題があるか？」

にっこりと笑って答えると、サラはじわりと頬を染めて、自分の様子を確認する。

「問題って……あの」

サラが困っている理由はわかっている。自分もサラも、居間で素裸でいるからだ。この家についたと同時にリアムは、サラから服を全部奪ってしまった。赤くなる頬につられるように、じわじわと全身の白い肌が桃色に色づいていく。きっとその肌はいい香りがするのだろうと思いながら、リアムはその欲望を押し隠すように、もう一度目を細める。

「だから言っただろう？　エルセラでは結婚してから三日間は、夫婦ふたりきりで過ごすのだと」

「はい、それは聞いていましたけど……でもなんで、来た途端に……こんなっ」

両手で必死に自分の前を隠そうとして、恥じらう様子がたまらなく可愛い。そう思いながら、リアムはわざと首を傾げ、不可解だというような表情を浮かべた。

「ふたりきりで過ごす間は何ひとつふたりを分け隔てるものなく、一番自然な姿で過ごすのが、この国の婚礼の風習なのだが……」

困ったような表情を浮かべて見せると、サラは眉を下げ、じとりとリアムを見上げた。

「……あの、リアム、本当に？」

「……もちろん」

そんな決まりなどない。だが、他国の風習というのは、そのほかの国では理解できないことも多いから、完全に否定することもできないはずだ。もちろんそんなことはサラの前ではおくびにも出さず、

「サラこっちに来たらいい。お前の好きなフルーツをたくさん用意したぞ。一緒に食べよう」

笑みを浮かべ手招きをして誘うと、困惑しながらもサラは少しこちらの方に近づいてきた。ソファー前に置かれた机には、サラの好きなフルーツとお菓子が山のように盛られている。ずっと贅沢な生活をしていなかったからだろう。サラは未だにフルーツには目がない様子だ。

「……捕まえた」

うっかり近づいてきたところを捉えて、そのまま抱き込むようにして、一緒にソファーに座らせる。自分から言い出したからには服を着るわけにいかず、当然彼女を抱きしめた自分も服は纏っていない。サラは目のやり場に困っているようだから、何でもないような顔をしてリカージュの実を取りサラの唇に触れさせた。

「ほら、素直に口を開いたらいい」

「あ……あの」

「この三日間は、夫になんでも世話をしてもらうんだ。これから一生お前を食べさせていかないとならないからな。そういう風習だ。ほら、あーん……」

もう一度唇に果実を触れさせると、サラは頬を染めながらそっと艶やかな唇を開く。

「はい。……んっ……美味しい」

みずみずしい果物を口にすると、サラは思わず笑みを浮かべる。甘い果実の汁が零れたサラの唇に顔を寄せながらリアムは囁いた。

「そうか、じゃあ俺も味見をしてみよう」

ちろりと、サラの愛らしい唇を染める赤い果実の汁を舐めとると、ゾクリとサラは身を震わせる。

「……美味いな。もっと……欲しくなる」

そう言いながらその唇に喰らいつく。驚いたサラが緩く唇を開くとそこに舌を差し入れ、サラの口内のリカージュを果汁ごと味わった。果実を味わいながら、サラの甘い舌を堪能していると、

「あっ……んんっ……」

甘い声を上げて、あっと言う間に乱れていく。普段と違うことをされると、すぐに感じてしまうらしい。

「んっ……リア……ム？」

唇を離すと、机の上に盛られた手のひらほどの大きさの果物を手に取ったリアムを見て、サラはそのまま愛撫が深まると思っていたのか不思議そうな顔をした。

「これは東の国で取れる果物、ファルジィだ。食べたことないだろう？」

それは人の肌のような薄い皮を纏った薄桃色の果物だ。ひと皮剝くと艶やかな果実が姿を現す。触れるだけで、爽やかな香りとたくさんの果汁が溢れて、上手く食べるのが難しいほどだ。それを丸ごとサラの唇に触れさせる。

「あの……」

「そのままかじりついたらいい。それが一番うまい食べ方だからな」

そう言うと、果実の芳醇な香りに誘われたかのように、サラは口を開き、淡桃色の果実にかじりつく。

「んっ……おいし……っ」

甘くジューシィな果実を咀嚼して嚥下すると、サラは瞳を細めて幸せそうに微笑む。汁気たっぷりなファルジィの汁はリアムの指を伝って、サラの胸元に落ちる。

「もっと食べたらいい……この果物は、東の国で子孫繁栄を叶えると言われる果実で、たいそう縁起がいいものらしいからな」

「んっ……でもリアムの手が汚れちゃう」

微かに躊躇う様子に、果実に触れていない綺麗な手でそっと髪を掻き上げてやった。

サラはフルリと長い睫毛を震わせて、紫色の瞳を開く。その瞳はとろんと淫らに艶めいている。東の国では、ファルジィの実は媚薬の効果があると言われているが……どうやらそれもあながち嘘ではないのかもしれない。

「そんなことは気にしなくていい。わざわざお前のために取り寄せた珍しい果物だ。愛しい妻が美味しそうに食べてくれるのが一番嬉しいのだからな」

そう言って、再び彼女の口元に果実を寄せると、サラは初めて食べる果物が気に入ったらしく、再び甘えるように微笑む。

「んっ……んむ」

唇を濡らし、自分の手から素直に食べている様子が可愛らしくて……思った以上に艶やかだった。ゾクゾクするような淫らな欲情を孕んだ瞳で見つめると、果汁はすでにサラの唇の端を伝い、顎の先まで滴り落ちている。

「……リアムは食べないの？」

半分ほど食べて尋ねるサラに、リアムは果実を手に持ったまま、目を細めて頷く。

「ああ。せっかくだから食べさせてくれるか？」

サラに果物を渡すと自分の口元に寄せてくれる。リアムは素早く果実に歯を立てる。サラの指に甘い汁が絡み、それがとても美味そうに見えた。

「あっ……」

リアムはサラの手を捉えると、サラの膝の上に落ちた果実を無視して、指先を濡らす果汁に舌を這わせた。

「ぁっ……ゃあ……」

蕩けるような果実の露はサラの指先から指の間までたっぷりと滴り落ちている。それが手首を通じてさらに肘の方まで広がっているように見えた。

「全部……綺麗にしてやらないとな」

サラの瞳を見つめつつ、彼女の細い指先に舌を這わせ、甘い汁を舐めとっていく。そのたびにサラは眉を寄せ、這いずる舌先に感じてしまうのを必死にこらえている。

わざと時間を掛けて、指から手の甲、手のひらと、前腕部まで舌を滑らせていった。ふと見れば白いたわわな膨らみは、滴り落ちた果実の蜜を纏い、胸の先まで張り詰めて尖っている。

「こんなところまで垂らして。ここも綺麗にして欲しいだろう？」

糖度の高い果物の蜜は指にねっとりと絡みつき、甘い匂いを発していた。まるでそれ自体が熟した実のようなサラの蕾を指で摘まむと、サラはますます体を震わせて、甘えるような声を上げていく。

「ぁっ……リア……なんか、変な感じ……」

その頂点を味わうように舌で転がすと、サラはそれだけで達しそうなほど体を震わせる。すでにソファーの上に座っていることもできずに、崩れ落ちるように座面に頭を落としていた。

リアムはサラの体をしっかりとソファーに押し付け、机の上に乗った小粒な果実、フランベーゼを手に取ると、微かに黒味がかった果実を潰すように親指と中指の腹で押さえて、サラの唇に持っていってやる。小さな果実をサラの唇に押し付けると、サラは美味しそうにフランベーゼを食べる。そしてそのまま蕩けた顔をしてリアムの指まで舐めとるように懸命に舌を動かしはじめた。

「……それ、美味いのか？」

「んっ……美味し……の」

　自らの指を必死に舐める様子に、ますます欲望が高まっていく。熱を持ちドクドクと脈打つ自身をサラの舌で弄ばれているように感じる。既に、彼の欲の象徴は今すぐ妻を抱きたい願望で張り詰めている。

「……俺は果物より、サラが食べたい」

　そう言いながら、次々とフランベーゼやリカージュを取ると、それを潰して肌に塗りつける。サラの白い肌は、赤や暗褐色の艶やかな果汁で染められ、リアムはその体を果実ごと貪っていく。

「あぁっ……はっ……はぁんっ……だめぇ……」

　果実の汁を塗りつけられては貪り食われ、サラは慣れないことをされてよけいに感じ潤んだ瞳でリアムを見上げると、切ない声を上げて啼く。

「ああ、白い肌に……果実が美しいな」

　恥じらう体を開くと、愛らしい花びらを唇で愛でる。

「だが、サラの白い肌に咲いている、この花が一番美しい。この奥の蜜が一番美味い」

　開かれた蜜口に浅く舌を差し入れ、じゅるじゅると何度も舐めとるようにすると、サラは恥ずかしがって顔を両手で覆う。

「さっきのファルジィより、もっとみずみずしくてトロトロで……」

「やだっ……言っちゃ、ダメっ」

「サラのが一番、甘くて美味い。たっぷり汁を溢れさせて……いい匂いをさせて俺を誘うんだな」

「やぁっ……リアム……いじわるっ」

「……俺に苛められるのが大好きなくせに。あぁ、こっちも熟れてる。食べてほしいんだろう？」

蜜口の手前で、ぷくりと膨らんだ小粒な果実が食されるのを待っている。指先で突くと、サラはビクンと震えて、高く甘い声で啼いた。

「ぁあっ……ぁっらめぇ……」

乱れすぎて、言葉すら不明瞭になっているサラの快楽の果実の皮を、引き上げるようにして剝き、実に唇を寄せる。

「ひぁっ……ぁあっ……あ、あっ」

ぴちゃりと音を立てて、剝き身になった甘い実に舌を躍らせると、リアムはビクンビクンと震えるサラの体を抑え込む。唇で覆い、舌で甘い果実をたっぷりと転がし、散々食んで、じゅるりと音を立てて吸い上げる。それから口内でますます大きく熟していく快楽の実を吸い上げ、蜜と果実を髄まで味わう。

「ああっ……やあっ……ダメ、も、イっちゃ……」

鼻にかかったように甘える声がたまらなくて、コリコリと硬く尖る実に甘く歯を押し当てると、サラは、背を反らし、リアムの口元に恥ずかしい部分を押し付けながら、高い声を上げて絶頂を告げる。

「あぁっ……も、ダメ。リアっ……イク、イクのぉ……あ。あああ、あ。あぁあ、あ、あ、あ、ぁぁあっ」

「……サラ？　おい、サラっ？」

カクリと力が抜けた体を抱きしめて、リアムは慌てて官能に色づく頬を撫でる。だがその瞼は完全に閉じられて、ピクピクと体だけが震えている。

「……苛めすぎたな。また、感じすぎて気を失ったのか。まあいい。なら今度は風呂でたっぷりと可愛がって……そのまま……今度こそじっくりと抱いてやる」

性質の悪い笑いを浮かべると、リアムはそっとサラを抱き上げる。

まだまだ日は昇ったばかりで、サラと過ごす時間はたっぷりある。今度は風呂の中で、果実で汚した体を丹念に洗ってやってやろう。そのまま愛撫を施して、気を失う寸前まで追い込んでから、浴室で立たせたまま後ろから抱いてやる。砕けそうな足腰を必死で支え、サラは愛らしい声で啼くだろう。その声が浴室に響いて、酷く恥じらう姿を後ろから獣のように襲いながら、たっぷりと堪能したい。

「まったく俺の妻は……世界一愛らしい。だから欲望が抑え込めなくなる」

浴室で抱いた後は、今度はじっくりと時間を掛けて、ベッドで弄んでやろう。気を失ったら寝かせて少し休ませてやって。

そうやって一日中、好きなだけサラを責め立てて、深い快楽の虜にしてやろうと考えるだけで、抑え込めないほど気分が浮き立つ。悪魔の欲望は無限だ。その欲望すべてでリアムはサラだけを求めている。

（好かれたのが不幸だと思って諦めてもらうしかないな）

小さく笑みを浮かべると、リアムはそっとその体を抱き上げたまま、既にたっぷりの湯が用意されている浴室に向かって、サラを運んでいったのだった。

番外編2　新妻は最愛の夫との赤ちゃんが欲しい

結婚してから数ヶ月。国の立て直しに邁進していると、どうしても愛妻と一緒に過ごす時間が減る。それでもエルセラとラスターシアの復興をサラが望んでいると思うからこそ、リアムは日々努力をしていたのだが。

（どうも……サラは俺に隠し事をしているらしい）

夜、サラとの寝所に来ると、何かを慌てて枕元に隠したり、ごまかすように抱き着いてきたりする。

「……何かあったのか？」

「何もありませんよ。今日は昼間、レナとマイアとお茶をしたのです。相変わらずマイアは可愛くて。女の子はいいですねえ。あ。もちろん、男の子も可愛いし。子供は大好きですけど」

そんなことを言って柔らかい頬を胸に摺り寄せられると、隠し事が何かを探るより、つい可愛い過ぎる愛妻をベッドに押し倒すことを最優先してしまい、感じすぎるとやっぱり気を失ってしまう彼女のことを失神するまで貪ることになる。

（……結局、何を隠しているのか……）

サラのことだ。浮気やそれ以外の深刻なものでないのはわかっている。それでも秘密があること自体が許しがたい。リアムがため息をつくと、執務室の壁に掛けられた絵の男が楽しそうにこちらに視線をよこした。

「リアム国王陛下。何か悩み事でも？」

最近、妙に機嫌のいい日が増えたサイラスに、素直に相談するのもなんだか癪だ。

「いや別に。……ああそうだ。スタージア王都内に新しい税制を導入する前に根回しをしたい。そういったことに向いている人間を知らないか？」

「ええ。もちろん知ってますよ。スタージアは生まれ育った俺の故郷ですから……。ふむ、税制ですか、そうですねえ……」

立て板に水のように、いろいろな情報を並べたてるサイラスの言葉を聞きながら、リアムは再度小さく吐息をつく。近いうちに時間を作って、サラにじっくり話を聞かないといけないだろう。そう思いながら、リアムは目の前の書類仕事を進めることにした。

＊　　＊　　＊

「お母さま、マイア、お花を見てくるわね」

明るい日差しが燦々と差し込むエルセラ王宮内の中庭には、優雅なお茶の時間を過ごせる東屋がある。

今日はエルセラ国王のリアムが各ギルド長たちとの定例会のため、午後からの予定が詰まっている。だからレナとマイアは王妃サラに誘われて、美しい花が咲き誇る庭園でのお茶の時間を楽しんでいた。

「転ばないようにね。それから遠くに行かないように。お城の皆さまにご迷惑をおかけしないようにね」

母の言葉に手を振って、マイアは植えられた花壇を覗き込むなどして、天真爛漫に遊んでいる。

そんなマイアの様子に、レナはエルセラに来てよかったと笑みを浮かべた。マイアはお腹いっぱいになるまで食べて、父親であるサイラスにもすぐ懐いて、毎日楽しそうに笑っている。傍から見れば奇妙な形にせよ、エレア様のご加護で家族三人共に暮らせることをレナは心から感謝していた。

だが、芳醇な香りと共にひと口お茶を飲んだサラは、憂いを含んだ表情で、ほうっとため息を零している。

「……本当にマイアは可愛いわね」

「ありがとうございます。素直なところがあの子の一番良い所で。あっと言う間にサイラスにも懐いてしまいましたわ」

幸せでいっぱいなはずなのに、このところ、たまにサラが寂しそうな表情を浮かべることを、レナはひそかに心配している。

「いいなあ。私もはやくリアムの赤ちゃんができたらいいのに」

平らな下腹部を撫でると、切なそうにマイアを見ているサラに、恩人でもある彼女の役に立つのなら、とレナは少し恥ずかしい自分の秘密を打ち明けたくなった。

「実は、アイリス様にサイラスとの関係について相談したら、特別な香りのするお香と、それ専用の香炉をくださったんです……」

「お香と、香炉？」

突然始まった話にサラは不思議そうに首を傾げた。

アイリスは、落盤事故で重傷だったリアムの怪我を治療した有能な魔導医として、新しいエルセラ王宮に出入りするようになっていた。そしてアイリスの興味を引く変わった素材や珍しい物と交換で、いろいろな相談事にも応じてくれると王宮内で噂されている。

ある日、レナはアイリスに声を掛けられた時に、実態をもたないサイラスとの夫婦関係について相談をし、代わりに昔父親に聞いた、魔石がたまに発掘される小さな村の話をしたところ、その情報をいたく気に入ったアイリスは、『絵の男じゃ物足りないだろう？　これを使ったらアンタの夫に夢の中で抱いてもらうことができるようになるよ』と言って、いくつかの品物をくれたのだ。

「アイリス様にいただいたお香を香炉で焚いて夜寝ると、不思議なんですけれど、夢の中でサイラスに会えるんです。すごく実感のある夢で、抱きしめてくれたり……」

「……え？」

サラは不思議そうに目を瞬かせた。サイラスは絵の中の自身の肖像画に魂が定着しているだけで、体はもうこの世にはない。レナはそんな夫でも受け入れたけれど、アイリスの香炉のおかげで、女性として夫に触れてもらうことができるようになったのだ。

「それで、サイラスに聞いたら、やっぱり彼と夢を共有しているみたいで、夢の中でだけですけれど、夫婦としてちゃんと愛し合うこともできて……」

ポッと赤くなったレナの様子に、彼女の言っている意味を理解したサラも顔を赤くして、こくこくと頷いた。

「そ、そうなのね。レナが幸せでよかったわ」

「奇妙な夫婦関係だと思いますけど、でも普通に会話をして、夢の中で触れ合えて……。どれだけ幸せな気持ちになれるか。……本当にサイラスを救ってくださったリアム様とアイリス様には感謝してもしきれませんわ」

「そうなの。だったらよかったわ」

まるでわがことのように喜んでくれる、そんな優しいサラ姫だから……。サラが巫女だった頃のように、レナは勇気を出してその白魚のような手をそっと握った。

「だから。サラ様、もしお困りのことがあったら、アイリス様に相談されるとよろしいと思いますわ。きっと助けてくださいます」

その言葉にサラは、ほっとしたように小さく笑みを浮かべたのだった。

＊　＊　＊

アイリスは呼び出された王妃の私室にふらりと入り込んだ。

「姫さんが私に用事だって？」

ふたりきりで会うのは、カイルの寝所から抜け出した朝以来じゃないだろうか。リアムはサラが女悪魔から悪い影響を受けたら困るなどと生意気なことを言って、大事な姫君には会わせてくれない。

（けど……。今日はリアムがいないんだね）

王妃の私室に呼び出されたということは、どうやらリアムに内緒の相談らしい。なかなかおもしろくなってきた、とアイリスはにやけそうな顔をあえて真面目に取り繕う。

「めずらしいねえ。どうかしたのかい？」

尋ねると彼女はちょっとだけ顔を赤らめて、膝の上のドレスをぎゅっと握りしめる。サラは正真正銘の深窓の姫君ではあるのだけれど、ちょいちょい子供っぽい所が見受けられる。まあそんなところをリアムは可愛いと思っているようだけれど。

「あっ……あの。リアムって悪魔、なんですよね」

何を当然のことをと思うが、一応先を促すように頷くと、彼女は真っ赤な顔をしたま
ま、ドレスを握りしめた手をじっと見つめながら一気に話をし始める。
「あの。私、赤ちゃんがなかなかできなくて。も、もしかしたら悪魔と人間だから、でき
にくいのかもって思って……」
そこまで言い切ると、サラはアイリスをじっと見つめて答えを待つ。その必死な様子と
羞恥心に耐えている様子を見てアイリスは気分が高揚してくる。
（いいねえ。初々しくて。そのくせ欲塗れで必死で楽しいねえ）
ワクワクしつつ、アイリスはあえて表情を崩さない。
「なるほどね。そういう相談かい。ちなみにリアムには毎晩可愛がってもらっているのか
い？」
アイリスの問いに、羞恥心で顔を伏せてしまったサラを見て、にやぁっと悪い笑みが湧
いてくる。リアムは自分にはちっとも靡かなかったけれど、果たして最愛の姫の前ではど
んなふうに振舞っているのか。それをサラ姫自身から聞けるなんていうのは、得難い機会
だ。楽しくてたまらない。
「ほら、状況がわからないと私も対応のしようがないんだよ。場合によっては薬を処方し
たり、何か道具を用意できるかもしれないし」
そう促すと、サラ姫は羞恥心に息も絶え絶えになりながら、必死に説明をし始める。
「あのリアムは……毎晩……してくださいます」

「ふぅん。どのくらいの回数で？」

「……あ、あの。夜に寝所に入ってから、最低でも一度は。翌日の朝が遅い時は、二度とか、三度とか……。それでも全然足りないって」

「なるほどね。それは一回ごとが、かなり濃密なのかい？　そしてたっぷり気持ち良くさせてもらっている？」

　具体的に聞き出してやろうかと思ったら、サラは必死にこくこくと声すら出せずに頷く。失神癖のある姫君は、既に恥ずかしさにクラクラし始めているようだった。慌てて茶を薦めると、それを飲んで大きくため息をついた。

　落ち着いたところで、再度、姫君が失神しない程度にゆっくりじっくりと、微に入り細に入り、新婚夫婦の閨での営みを聞かせてもらう。淡泊そうなことを言っていたリアムの、なかなか充実している夜の生活に思わずアイリスはにんまりしてしまった。どうやら彼も悪魔として立派に成長しているようで何よりである。

「なるほどねえ。頻度と仲睦まじさには問題ないようだね。だけどアンタが言う通り、悪魔と人間だと子供が授かりにくいっていうのは確かにあるよ。悪魔の子種がどうしても人間のそれより濃いからだろうねえ……」

　などとしたり顔で話してやると、サラ姫は先ほどまで真っ赤にしていた顔を青くして、この先もずっと子供が授からなかったらどうしたらいいのだろう、と心配そうにこちらを見上げた。

「まあ、エルセラ王宮では楽しくやらせてもらっているしね。私の個人的な研究もしたいから、詳しくその後の経過を教えてもらえるなら、相談に乗ってやるよ。いくつか有効な方法も思いつかないわけではないしね」

「そ、そうなんですか？　いい方法があるなら教えていただきたいです。私、どうしてもリアムの赤ちゃんが産みたいんです」

「ふーんそうかい。じゃあアンタたちがたっぷりと濃密にひと晩愛し合った翌朝のシーツを一枚持ってきてほしいんだけど」

「愛し合っ……。あの、それって……」

意味を理解した途端、サラはみるみる全身が赤く染まっていく。発熱したように、あわあわと喘ぐと、羞恥心の限界が来たのか、ふっと意識を失う。

「……相変わらずだね、この姫様は。って失神するほど恥ずかしいことかねえ……」

咄嗟にサラを抱きかかえたアイリスは、真っ赤になったまま気を失っているサラの顔をのぞき込んで言ったのだった。

＊　＊　＊

「ねえ、リアム。本当に大丈夫なんですか？」

サラが今、リアムと一緒に歩いているのは人気のない浜辺だ。本来ならお付きの人をずらずら連れて歩くはずの立場なのに、お忍びどころか、今日は本当にふたりだけ。

　体調不良の国王が寝所で寝ており、王妃はその隣で看病をしているということにして、なおかつ寝所には王妃以外入ってはいけないと厳命してある。もちろん部屋の周りにはたくさんの近衛兵と侍女たちが控えているのだけれど。その状況で、リアムは悪魔の力を使って、サラを連れて王宮を抜け出したのだ。

「たまには羽をのばさないとな。自由な生活をしてたから、始終誰かに付きまとわれていると、肩が凝って仕方ない」

　くくっと喉を震わせて笑うと、彼の銀色の髪がキラキラと光を集める。今日は執務をさぼって、ふたりでゆっくりと浜辺でも散歩しようかと、リアムがサラを誘ったのだ。もちろんお互い町人の服装になっているのも、出会った時に絹のネグリジェに着替えさせたのと同じ様に、彼の魔力を使ったらしい。

　子供の頃のようにリアムと手を繋ぎ、のんびりと浜辺を歩く。まるでヴェリアルだったリアムと過ごしたあの日のように。

「なあ……サラ？」

　リアムはふと足を止めて、目を眇めて明るい水平線に視線を移した。

「……最近、俺に秘密にしていることがあるだろう？」

　突然聞かれて、サラは咄嗟にどう答えようか思案する。彼はその沈黙に、ぎゅっと繋いだ手に力を籠めた。

「それは……俺には相談できないこと、なのか？」

微かに不安そうな声。それを聞いてサラは彼にきちんと伝える決心をした。ここからはリアムの協力がないと無理なのだ。

「私、実は……リアムの赤ちゃんが欲しくて。それでアイリスさんに相談したんです」

そう言った瞬間、リアムはバッと音を立てる勢いでサラを振り返る。

「アイリスに？　何か条件は付けられなかったか？」

その剣幕に驚きつつも、サラは小さく顔を横に振った。

「別に。今エルセラ王宮に出入りして、いろんな人間と堂々と話せて、とても充実した楽しい生活をしているから、いいって……。リアムにはその恩があるからって」

「……本当か？　アイリスにしてはずいぶんと殊勝な……」

悪魔は決してタダ働きなどしない。と以前リアムが言っていたけれど、アイリスはお金より、希少な品物より、楽しくさせてくれる何かが一番欲しいのだと言ったのだ。

「そうしたら、悪魔と人間だと子供ができにくいから、お互いの体質をしばらくの間近づける必要があるって言われて、私たちの気を合わせた糸を作ってくださったんです。それを編んで小さな敷布を作りました。敷布をシーツの下に敷いて……あの。その上で閨事をしてもらったら、子供ができやすくなるんですって。それに子供がお腹に来てくれてからも、ちゃんと育ちやすいって教えてくれて……」

あの恥ずかしいシーツはそれを作るための材料になったらしい。できるだけたくさんお互いの愛液が混じっている方がいいと言われて、たっぷり愛された翌朝のシーツを渡して、恥ずかしくてまた失神してしまったのは、さすがにリアムには内緒だ。

「……私、このところ、こっそりとそれを編んでて。やっとできたんです。だからっ」

まるで、リアムに閨事をねだっているみたいだが、普段なら目の色を変えて艶っぽさを増すリアムが一瞬ぽかんとした顔をして、次の瞬間じわりと目元を赤く染めた。

「……それで、俺に隠れて夜な夜な編み物をしてたのか？」

彼の言葉に小さく頷くと、大きな手がサラを抱き寄せてぎゅっと抱きしめた。

「そこまでして悪魔になってしまった俺との間の子供を欲しいって……サラはそう思っていてくれたのか？」

微かに震えている彼が、悪魔になってしまったことをずっと気にしているのをサラは知っている。だからこそ、ぎりぎりまで内緒にしておきたかったのだけれど。

「はい。だけどやっぱり夫婦に秘密はダメですね」

くすりと笑ってサラが言うと、リアムはこつんと彼女の額に自らの額を寄せて小さく笑う。

「ああ、夫に秘密でそんな大事な相談を他の奴にしたサラには、あとで甘くて気持ちいいお仕置きが必要だな」

明るい海辺の日差しが陰って、サラの唇に優しい夫の唇が重なる。甘やかすように何度も触れて、緩やかにすり合わせる。くすりとサラが笑うと、ほんの少しだけ唇を離してリアムが囁いた。

「愛してる。サラ。俺のスミレ姫……」

明るい海辺の太陽の光の下で、再び唇が触れ合って、サラは心の中で愛の女神エレアに感謝の祈りを捧げた。しばらく唇だけを何度も触れ合わせた後、ふたりで手を繋ぎ、ゆっくりと浜辺を歩き始める。

「また……子供が生まれたら、一緒にエルセラの海に連れて来てくれますか？　みんなに内緒で、家族だけでお忍びで……」

サラが小さく笑ってねだると、リアムは蒼い瞳を柔らかく細めて笑んだ。

「ああそうだな。近衛兵も侍女たちも、大臣もアイリスも全員撒いて、我が子を抱いてここに来よう」

それから悪戯っぽく腰をかがめてサラの耳元に囁く。

「それにはまず、子作りからだな……」

サラはその言葉に目を見開き、答える代わりに彼の手をぎゅっと強く握る。海色と暁色の瞳が出会って、互いに幸せそうに細められる。

寄せては返す波のように、リアムは愛おしい妻に優しいキスをした。

あとがき

こんにちは。当麻咲来です。このたびは私の書籍化三作目の作品となる『失神するほど愛されて　悪魔は聖姫を夜ごと悦楽に堕とす』を手に取っていただき、本当にありがとうございます。

この作品は、デビュー作より前に書き始めた、私のいわばティーンズラブ処女作品です。その後、第一回ムーンドロップスコンテストの募集記事を見て、募集テーマの関係でこちらの作品は一旦保留し、結果としてその時応募した『王立魔法図書館の［錠前］に転職することになりまして』で最優秀賞を受賞し、その後、続編まで刊行させていただきました。

そして今回ご縁があって、同じムーンドロップスレーベルより、この作品を世に出させていただくことになりました。このお話で初めて拙作と出会ったという皆さま、以前の作品もお読みいただいている皆さま、このたびは本当にありがとうございます。楽しい時間を過ごす一助になっていたら嬉しいです。

さて、このお話はちょっとしたことですぐ気を失ってしまう元王女サラと、彼女に召喚された悪魔ヴェリアルのラブストーリーです。ふたりは惹かれ合いますが、ヒロインがすぐ失神してしまったり、悪魔には色々と事情があったりで、関係はなかなか進みません。

ふたりとも幼い頃からの一途な恋情を忘れる事ができないまま、心の距離が近づいていきます。一進一退する切ない恋と、危うい関係に一緒にドキドキしてもらえたら……。

また、女悪魔のアイリスや、ヴェリアルと運命を共にすることになる商人のサイラス、サラの喪われた婚約者の弟であるカイル王子など個性的なキャラクターも多く、彼らを書くのもとても楽しかったです。

このたびイラストレーターの氷堂れん先生に、美しい表紙と挿絵を描いていただきました。特に表紙はヒロインの瞳の色である紫と悪魔の黒の使い方が印象的で、ふたりの表情がイメージ通りで、見ている私までドキドキしてしまいました。

また今回も担当編集者様には、元の作品からさらによりよい作品にしていくために全力で手助けしていただきました。そして様々な方の力添えをいただき、無事本を刊行することができました。

なにより拙作を楽しんで読んでくださる読者の皆様のお陰で、再びこうして新しいお話をお届けできたことに心から感謝しております。

最後に、あとがきまでお付き合いいただいた皆様に、あらん限りの愛と最大限の感謝を‼

また近いうちに皆様にお会いできることを祈りつつ……。

このたびは、本当にありがとうございました！

当麻咲来

恋人を愛し過ぎる嫉妬深い騎士
×恋に奥手な26歳の図書館司書
身も心も蕩かして、あなたしか見えないように
陰謀、誘惑、猜疑心…異世界で司書の受難は続く

当麻咲来〔著〕
城井ユキ〔イラスト〕

異世界に迷い込み、王立魔法図書館の司書［錠前］になった美月。候補者と肌を合わせる［鍵選びの儀式］の結果、書庫を開架できる運命の男性［鍵］となったのは騎士のイサックだった。
二人は地方にある図書館の分館に赴きそれぞれの場所で「錠前を開ける儀式」を行うことになるが、イサックの故郷で美月の体に異変が起きる。
『王立魔法図書館の［錠前］に転職することになりまして』後日譚。

★著者・イラストレーターへのファンレターやプレゼントにつきまして★
著者・イラストレーターへのファンレターやプレゼントは、下記の住所にお送りください。いただいたお手紙やプレゼントは、できるだけ早く著作者にお送りしておりますが、状況によって時間が掛かる場合があります。生ものや賞味期限の短い食べ物をご送付いただきますとお届けできない場合がございますので、何卒ご理解ください。

送り先
〒160-0004　東京都新宿区四谷3-14-1　UUR四谷三丁目ビル2階
（株）パブリッシングリンク
ムーンドロップス 編集部
○○（著者・イラストレーターのお名前）様

失神するほど愛されて

悪魔は聖姫を夜ごと悦楽に堕とす

２０１９年６月１７日　初版第一刷発行

著……………………………………………………………… 当麻咲来
画……………………………………………………………… 氷堂れん
編集……………………………… 株式会社パブリッシングリンク
ブックデザイン……………………… 百足屋ユウコ＋モンマ蚕
（ムシカゴグラフィクス）
本文ＤＴＰ……………………………………………… ＩＤＲ

発行人………………………………………………………… 後藤明信
発行…………………………………………………… 株式会社竹書房
〒102-0072　東京都千代田区飯田橋２－７－３
電話　03-3264-1576（代表）
03-3234-6208（編集）
http://www.takeshobo.co.jp
印刷・製本…………………………… 中央精版印刷株式会社

ISBN978-4-8019-1938-9　C0193
Printed in JAPAN